古典文獻研究輯刊

二四編

曾永義 主編

第5冊

《紅樓夢》婚姻現象之研究

丁如盈 著

國家圖書館出版品預行編目資料

《紅樓夢》婚姻現象之研究／丁如盈 著 -- 初版 -- 新北市：花
木蘭文化事業有限公司，2021〔民110〕
目 4+206 面；19×26 公分
（古典文學研究輯刊 二四編；第 5 冊）
ISBN 978-986-518-567-1（精裝）
1. 紅學 2. 婚姻 3. 研究考訂
820.8   110011656

ISBN-978-986-518-567-1

9 789865 185671

古典文學研究輯刊
二四編 第 五 冊   ISBN：978-986-518-567-1

《紅樓夢》婚姻現象之研究

作　　者　丁如盈
主　　編　曾永義
總 編 輯　杜潔祥
副總編輯　楊嘉樂
編　　輯　許郁翎、張雅淋、潘玟靜　美術編輯　陳逸婷
出　　版　花木蘭文化事業有限公司
發 行 人　高小娟
聯絡地址　235 新北市中和區中安街七二號十三樓
　　　　　電話：02-2923-1455 ／傳真：02-2923-1452
網　　址　http://www.huamulan.tw 信箱 service@huamulans.com
印　　刷　普羅文化出版廣告事業
初　　版　2021 年 9 月
全書字數　180597 字
定　　價　二四編 20 冊（精裝）台幣 45,000 元　　版權所有・請勿翻印

《紅樓夢》婚姻現象之研究

丁如盈　著

作者簡介

　　丁如盈，在學習的路上兜兜轉轉，大學雖保送中文系卻選擇研讀其他領域，但最後仍因喜歡中文而持續在職進修，以「《紅樓夢》婚姻現象之研究」為題，取得中文博士學位，目前為國小教師和大學兼任助理教授。

　　曾赴北京語言大學進修漢語師資培訓課程，也曾兩度至泰北地區僑校擔任師資培訓工作。近年來，也開始教授華語相關課程。期許自己可以用更圓融、更積極的態度去面對生活與教育工作，和學生一起成長，一同茁壯！

提　　要

　　本論文以「《紅樓夢》婚姻現象之研究」為題，先分析《紅樓夢》裡的婚姻內容，再探討《紅樓夢》裡的婚姻觀，以及故事中所反映的清代婚俗法制，接著剖析《紅樓夢》裡婚姻生活的寫作手法，最後綜述各章之研究結果與未來展望。

　　第一章為「緒論」，主要闡述本論文的研究動機與目的，並分析前人的研究文獻與成果，最後說明本論文的研究範圍與研究方法。

　　第二章為《紅樓夢》的婚姻書寫」。主要梳理出書中四種身分下的婚姻類型，接著探討婚姻裡的妻妾關係與爭寵情形，以及嫡庶血脈的各項糾葛。

　　第三章論述《紅樓夢》裡的婚姻觀」。主要透過書裡所呈現的婚姻狀況，以及書中人物對於婚姻或愛情的見解，歸納出各種婚姻觀點與婚姻或人生結局。

　　第四章為「《紅樓夢》裡婚俗法制」。分別從《紅樓夢》裡的各項婚俗意義如婚姻的締結方法與條件，與《大清律例》中的重要婚姻法律來加以探討，顯示出書中的婚俗法制部分反映清代現況。

　　第五章探討「《紅樓夢》裡婚姻生活的寫作手法」。主要探討寶玉婚禮與黛玉死亡時，情節悲喜交錯的特意描寫、和「黛玉、寶釵、熙鳳」這三位重要女性角色的婚姻發展與結局，以及書中所呈現的婚姻生活，處處蘊含人生哲理與教化意義。

　　第六章為「結論」，乃綜合歸納上述各章之研究成果，並提出未來研究展望，是為全篇論文之總結。

誌　謝

當順利完成博士論文這一刻，內心百感交集。這一路走來，真心感謝許多人。

首先，感謝應中所所長游秀雲教授，從碩專班到博士班，一直不斷的照顧與提攜。她嚴謹的治學態度是我學習的榜樣，總是積極又溫暖的鼓勵著我，讓我能夠堅持到底把論文完成。接著，感謝陳德昭教授，不論是擔任文學院院長或是碩專班班導時，他總是以慈祥和藹的態度，來關懷勉勵所有的學生，也特別感謝在此次論文口試，給予我許多論文內容上的指導與修正。有幸能在求學期間，研修到許多優秀教授所開設的課程，增進中文專業能力與擴展知識領域，更引導我學習做學問的態度與方法。此外，十分感謝口試委員金榮華教授、林素玟教授和陳碧月教授，特別針對論文中某些論述不夠詳盡或不足之處，提供許多寶貴的建議，讓我的論文能更臻嚴謹與豐富。

漫長而辛苦的求學路，同窗情誼，彌足珍貴。感謝博士班的三位同學：次天、寧珠和佩玉，因為我年紀最小，所以他們對我照顧有佳，不論是在課業上的學習切磋、論文發表或研討會的陪伴、以及無數次的溫馨接送，他們始終陪在我身旁，給我安定與鼓舞的力量。當然，職場上的長官與同事，也總是全力支援和鼓勵，在此一併謝過。

遙想當初適逢父喪，特意報考博士班，來紓解思親之悲。雖然先父無法親眼看到我取得博士學位，相信他也會替我感到開心。最後，感謝母親一路上從反對到支持我的博士求學路，她總時時提醒我在工作與課業之外，也要照顧自己的健康。感恩父母從小到大對我的疼惜與栽培，謹以此論文獻給他們！

丁如盈謹誌

中華民國一〇九年六月

目

次

第一章 緒 論

俗諺有云：「少不讀紅樓，壯不讀水滸，老不讀三國」，也有「女不讀西廂，男不讀紅樓」、「男不讀水滸，女不讀紅樓」等不同的說法。這些論點各有闡述，但可以確定的是，《紅樓夢》一書比起中國其他古典小說，並不容易閱讀，更遑論要讀得懂。

再從四大古典小說改寫為兒童文學的數量來看，《紅樓夢》的兒童版和青少年版改寫讀物，明顯少於《三國演義》、《水滸傳》和《西遊記》。〔註1〕進一步來統計，較為完整版的電視劇改編，《紅樓夢》的次數也是最少的〔註2〕。

這些現象不禁觸發起筆者的研究興趣。《紅樓夢》多次被外國評選為世界

〔註1〕以國內的博客來網路書局（http://www.books.com.tw/）作為搜尋範圍，輸入該書名加「兒童版」或「注音版」的關鍵字，不論繁體字版或簡字版本，《紅樓夢》改編版的數量少於其他三本。

〔註2〕四大小說中的《水滸傳》、《三國演義》和《西遊記》，三十年多來被改編為電影和電視劇的次數，明顯比《紅樓夢》多，請參閱 wiki 中華百科裡的資料，查詢網址：http://wikiyou.tw/%E7%B4%85%E6%A8%93%E5%A4%A2/。以電視劇而言，在臺灣曾於1978、1983和1996年，大陸則於1987和2010年，各自有幾度改編較為完整版本的《紅樓夢》電視連續劇。至於更早期的海派紅樓電影與香港電影或是戲曲片（粵劇、潮劇、黃梅戲、越劇、瓊劇等）以及時裝片（改編故事成當代劇、穿時裝演出），也曾紅極一時，但因年代久遠，或是僅選擇其中某些篇章或人物加以演繹，所以較少有人討論或評價。關於《紅樓夢》影視傳播的較全面研究，可參閱饒道慶的博士論文《紅樓夢影視改編與傳播》（中國藝術研究院博士論文，2009年）與何衛國《紅樓夢影視文化論稿》（北京：文化藝術出版社，2017年）。多數關於《紅樓夢》影視作品的研究，多以臺灣1996年版與大陸1987年和2010年版為主要研究對象。

百大小說，2014 年四月又再度被英國評選為「亞洲十大小說」榜首〔註3〕。
《紅樓夢》的相關研究絡繹不絕，題材之廣甚至被學術界稱為「紅學」，展現
的正是它可供抽絲剝繭、追本溯源的豐富內容與高度藝術，蔚為一大顯學。
可是一般大眾卻將它歸為「言情」之類的小說，實屬可惜。

第一節　研究動機與目的

一、研究動機

　　筆者在就讀博士班時，開始深入接觸《紅樓夢》，以及相關之研究著作，
發現《紅樓夢》內容博大精深，涉獵主題繁多，各項研究題材多元深入，皆有
可觀之處。但是針對書中情愛與婚姻相關的研究，多聚焦於賈寶玉和林黛玉
之間的愛情描寫，或是賈寶玉和薛寶釵以及王熙鳳和賈璉之間的婚姻關係，
少見針對全書人物的情感與婚姻狀況，做全面完整的剖析與探討。幾度斟酌，
衡量興趣，最後以「《紅樓夢》婚姻現象之研究」為題，以小說內容為研究文
本，將小說的創作時間清朝作為研究背景，兩相對照，爬梳小說中所敘寫的
婚姻現象，與清代社會真實狀況之間的相似度與差異性，釐清作者小說筆下
描寫的婚姻現象，所象徵的意義與價值。

二、研究目的

　　《紅樓夢》成書於清代中葉，即清乾隆年間。《紅樓夢》，原名《石頭記》，
又名《情僧錄》、《風月寶鑑》、《金陵十二金釵》，其源各異。乾隆四十九年（1784
年）夢覺主人序本題為《紅樓夢》（甲辰夢序抄本）。乾隆五十六年（1791 年）
在程甲本的第一次活字印刷後，《紅樓夢》便取代《石頭記》而成為通行的書
名。

　　《紅樓夢》之所以能引起一股研究的龐大風潮，正因為它在客觀具體資
料，與主觀文化思想上的眾多不確定性，其內容題材涵蓋之廣博豐富，可謂
是文言小說的集大成之作。除了不同源流而來的書名外，版本之多，研究派

〔註 3〕根據英國《每日電訊報》於 2014 年 4 月 23 日所刊登〈10 best Asian novels of
　　　all time〉一文，《紅樓夢》位居第一。詳見〈英媒評選亞洲 10 大小說《紅樓
　　　夢》居首〉，桂家齊、余浚安／綜合外電報導，刊登時間 2014 年 04 月 25 日，
　　　查詢網址為 http://www.appledaily.com.tw/realtimenews/article/new/20140425/
　　　386060/。

別之雜，更是其他古典文學作品所難比擬，因此，自成一大研究學派。

　　《紅樓夢》的作者是誰？學者向來秉持不同的意見，直到胡適於一九二一年發表《紅樓夢考證》後，大多認同曹雪芹為前八十回的作者，後四十回為高鶚續寫而成。〔註4〕至於曹雪芹的生迄年代，最少有兩家推論。〔註5〕不論曹雪芹的生卒時間推論，何者為真，大抵一生經歷了康熙、雍正、乾隆三朝。

　　《紅樓夢》中作者自云：「因曾歷過一番夢幻之後，故將真事隱去，而借『通靈』之說，撰此《石頭記》一書也」〔註6〕。索隱派以「將真事隱去」五字為觸發，分別把賈寶玉和林黛玉的愛情故事，解讀成「所隱的是清世祖和董鄂妃的故事」〔註7〕；或指其為「康熙朝政治小說」〔註8〕。自胡適在「自傳說」考證研究一出，一般認為《紅樓夢》書中所敘應該可視為是曹雪芹以其家族的命運投射。〔註9〕周汝昌的《紅樓夢新証》是集大成之作，他把歷史上的曹家，與小說的賈家完全等同起來。

　　在《俞平伯論紅樓夢》〔註10〕一書中，俞平伯在回覆與顧頡剛的紅樓論辨書信往來之中，就認為：

　　　　我們既相信《紅樓夢》為作者自述其平生之經歷懷抱之作，而寶玉
　　　　即為雪芹的影子，雖不必處處相符，但也決不能大不相符。如果真

〔註4〕在袁枚、裕瑞等人的筆記中，也出現過曹雪芹是《紅樓夢》作者的記載。1921年，胡適發表《紅樓夢考證》，以清人筆記和曹雪芹家族考證作為推論基礎，確定曹雪芹為《紅樓夢》的作者。胡適更根據俞樾《小浮梅閑話》所引張問陶《船山詩草》中有一首詩《贈高蘭墅鶚同年》的注：「紅樓夢八十回以後，俱蘭墅（高鶚）所補。」藉此斷言《紅樓夢》後四十回是高鶚續作。但也有學者主張全篇一百二十回全為曹雪芹所寫，例如白先勇認為高鶚並非後四十回的續補者，高鶚和程偉元只是一百二十回的整理者。可參閱白先勇《正本清源說紅樓夢》一書（臺北：時報文化出版企業有限公司，2018年7月）。

〔註5〕曹雪芹的出生時間有兩派推論，為生於西元1715年（康熙五十四年）或1724年（雍正二年）；卒年有三種說法：於1763年（乾隆二十七年除夕）或1764年（乾隆二十八年除夕）或是1764年（乾隆二十九年初春）。

〔註6〕曹雪芹、高鶚原著，馮其庸等校注，《紅樓夢校注》（臺北：里仁書局，2003年2月，初版七刷），頁1。

〔註7〕王夢阮、沈瓶庵：《紅樓夢索隱》（北京：北京大學出版社，2011年1月）。

〔註8〕蔡元培：《石頭記索隱》（上海：上海三聯書店，2014年4月）。

〔註9〕余英時：《紅樓夢的兩個世界》（臺北：聯經出版事業股份有限公司，1978年1月初版；2017年11月二版），頁2。但在余英時寫作此文的時候（1978年），他認為「自傳說」至少已受到三種不同的挑戰與質疑。

〔註10〕俞平伯：《俞平伯論紅樓夢》（香港：上海古籍出版社，1988年3月）。

大相逕庭，我們就不能把寶玉當做作者的化身；並且開卷上所說「作
者自云曾歷過一番夢幻之後」此語更應當何解說。〔註11〕

俞平伯又認為，由《紅樓夢》第一回中的「至若離合悲歡，興衰際遇，則又追
踪躡跡，不敢稍加穿鑿，徒為供人之耳目而反之其真者」（第一回，頁4）、「因
見上面大旨不過談情，亦不過實錄其事」（第一回，頁5）等描寫，說得明明
白白，《紅樓夢》就是曹雪芹的自傳，〔註12〕那麼，「既曉得是自傳，當然書
中的人物事情都是實有而非虛構」〔註13〕。

魯迅在《中國小說史略》中，特別將《紅樓夢》獨立於「清之人情小說」，
單篇探討，更顯其重視此書的程度。魯迅稱讚《紅樓夢》：

全書所寫，雖不外悲喜之情，聚散之迹，而人情事故，則擺脫舊套，
與在先之人情小說甚不同。……蓋敘述皆存本真，聞見悉所親歷，
正因寫實，轉成新鮮。而世人忽略此言，每欲別求深義，揣測之說，
久而遂多。〔註14〕

由此可見，魯迅也主張《紅樓夢》書中所述，乃作者親身經歷。

或許周汝昌的「自況說」〔註15〕，和俞平伯的「自傳說」，跟胡適的考證
研究與魯迅的評論一樣，皆認為書中內容都是曹雪芹親身經歷或者都是真實
見聞，似乎過於自信的將《紅樓夢》視為曹雪芹的自傳式小說，但不認同此
說法的學者們，多數贊成《紅樓夢》有部分內容，是曹雪芹的親身經歷，有些
則是其所見聞的，有些就純屬小說虛構。

文學作品創作，常被賦予時代的意義或投射，尤以小說創作為最。就算
作品的年代被架空，讀者還是可以從內容中探索出真實的背景。故本文暫
且不去探討《紅樓夢》裡的賈寶玉，與作者曹雪芹兩者之間的關連性有多
高，純粹從文學創作的角度來看，《紅樓夢》的故事，應該虛實呼應、真假
交疊，正如作者自云「假作真時真亦假」。身為作者，自當可以依照本身在
創作時的故事發想與情節安排，來進行內容真假的鋪陳，真假虛實比重皆

〔註11〕俞平伯：《俞平伯論紅樓夢》，頁3。

〔註12〕俞平伯：《俞平伯論紅樓夢》，頁180～181和頁190～191。

〔註13〕俞平伯：《俞平伯論紅樓夢》，頁190～191。

〔註14〕魯迅：《魯迅小說史論文集》（臺北：里仁書局，2006年9月，一版三刷），
頁214～215。

〔註15〕著名紅學專家周汝昌，曾多次論及《紅樓夢》可視為曹雪芹的「自傳性小說」，
詳見《紅樓夢與中國文化》，頁62～129的內容，（臺北：東大圖書股份有限
公司，2007年，二版一刷）。

可自由發揮，正如曹雪芹在創作《紅樓夢》時，有些故事發展彷彿跟自家經歷有相似之處，有些則觸發於個人見聞，有先是以古托今，有些就屬純粹文學創作。

　　因此，本論文以「《紅樓夢》婚姻現象之研究」為題，梳理書中的各種婚姻內容、婚姻觀，以及《紅樓夢》中反映的清代婚俗法制和書中婚姻生活的寫作手法，為首要的研究目的。

　　接著，探究《紅樓夢》中各種婚姻類型裡的男與女、妻與妾、嫡與庶、悲與喜，以及各類婚姻型態中，家族和個人之間的衝突與無奈，還有相關婚俗與法律制度的影響，與其蘊藏的文化社會意義為何，並且探討書中有關婚姻生活的創作手法。

　　最後，澄清《紅樓夢》非「言情」小說，也非僅止於魯迅所言的「人情」小說，而是應該被歸類為「文化」小說〔註16〕。書中所體現的中國傳統文化意義、家庭倫理道德以及婚姻價值觀，不僅是清朝一代，更是整個中國社會的縮影。回扣最初的研究動機，期能提供更多書中所敘寫事件的時代意義與內涵，讓讀者能夠更加瞭解《紅樓夢》的背後深意。

第二節　文獻探討

　　本論文以「《紅樓夢》婚姻現象之研究」為題，透過《紅樓夢》的故事描寫，一一來探討書中多元的婚姻類型、因人而異的婚姻觀、各種婚俗法制的呈現，以及關於婚姻生活所運用的寫作手法，進一步對照作者曹雪芹所身處的年代與故事所呼應的時代背景，來釐清這些故事情節，所呈現或隱含的文化象徵與制度規範。

　　因此，首要的研究方向是《紅樓夢》所代表的是一個中國封建社會的大縮影。《紅樓夢》主要描寫賈、史、王、薛四大家族，尤其是以賈家的興衰貫穿全書。在封建社會的貴族家族下，世襲制度所代表的可能是承繼官位或承襲為奴，這兩種天地尊卑、天生不公平的命運對待，也直接影響到書中人物的婚姻走向。

　　中國自隋唐時期開創科舉取士之途，雖有促進社會階級流通的益處，但

〔註16〕「文化」小說一詞，首見周汝昌之說。周汝昌：《紅樓夢與中國文化》，頁 1～8。

也造成科舉考試的歷史陳疴與流弊，尤其發軔於明初，定型於清初的八股文取士，更以嚴格、狹隘的文章撰寫制度，僵化了讀書人的思想。像賈家這樣的世家大族，除了依靠承繼爵位或捐納為官外，家族子弟參加科考，也是保有家族富貴權勢的途徑之一。因此，《紅樓夢》裡的賈寶玉，在科舉考試這件事上，跟父親賈政屢屢產生父子摩擦，也因為科考進仕的觀念相左，所以寶玉跟寶釵始終在言語交流上難以契合。

　　《紅樓夢》書中描寫了超過十位以上男性角色的婚姻關係，特別著墨的是賈赦與他的一妻四妾、賈政與他的一妻二妾、賈珍與他的一妻三妾、賈璉與他的一妻三妾、薛蟠與他的一妻二妾等。探查《中國婚姻史》〔註17〕一書，發現當代法律明確規定「一夫一妻制」，一般庶民百姓之家多以此為遵，但如紅樓四大家族這類豪門世家中的婚姻現況，傾向於「一夫一嫡妻制」或稱「一夫一妻多妾制」。因為這些世襲貴族，相較於一般百姓，在經濟條件上較為充裕，有較多的財力可以畜養妾室，此外，他們更力求子嗣繁衍，以穩固宗法制度，讓家族的侯位官爵得以順利維繫與傳承，故鼓勵多產多子，祈求後代繁盛、血脈綿延，但也因此產生嫡庶之別，引發家中妻妾角力、嫡庶爭寵的事件，往往造成許多婚姻制度下悲劇的犧牲者。

　　本論文除了歸納分析《紅樓夢》中愛情與婚姻的相關描寫情節外，輔以清代《大清律例》中的法律條文，詳加印證或澄清，再深入探究當時的重要婚姻法律制度，最後分析作者在描寫婚姻生活時，所運用的情節安排或褒貶教化的寫作手法。

　　依上述的研究方向，將前人的研究文獻與成果，分為制度、文化、法律與史學等方面的一般專書、與《紅樓夢》內容相關的研究專書、碩博士論文，以及期刊論文等四大類來加以探討。

一、一般專書

　　關於明、清家族與身分階級的論述，瞿同祖在《中國的法律與社會》〔註18〕一書中，分別探討「家族」、「婚姻」、「階級」等相關法律與案例，尤其在「婚姻」一章中，提及族內婚、姻親和娶親屬親戚等婚姻禁忌的起源與發展，還有關於婚姻的締結與解除、妻妾的地位等研究，以及「階級」一章中，

〔註17〕蘇冰、魏林：《中國婚姻史》（臺北：文津出版社有限公司，1994年4月）。
〔註18〕瞿同祖：《中國的法律與社會》（北京：中華書局，2000年10月，初版五刷）。

提及階級內婚、婚姻儀式的階級性與喪葬儀式〔註19〕，皆可作為本論文之參考論述。馮爾康的《生活在清朝的人們》〔註20〕裡，有一篇專論「清代的家庭」，主要內容為剖析清代的家庭結構、夫妻與父子關係，以及家長制度的特點與歷史影響，其他篇章也論及清代諸多社會現況。經君健的《清代社會的賤民等級》〔註21〕一書，分別由法制史、社會史和經濟史等不同角度，對清代的各類賤民階級進行探察，剖析了清代封建階級制度的特色及其社會功能，書中針對奴婢以及其他賤民身分的來源、社會地位和相關的法律詳加分析。以上專書，可以作為本研究在家族、婚姻、賤民制度等方面的研究背景參照。

陳顧遠的《中國婚姻史》〔註22〕，主要介紹婚姻制度裡的各項因素，如婚姻範圍、婚姻人數、婚姻方法、婚姻成立、婚姻效力以及婚姻消滅。蘇冰和魏林的《中國婚姻史》〔註23〕，詳細載明從先秦到明清時期的各項婚姻制度。以上婚姻史的專書，清楚記載中國各項婚姻制度與婚姻締結條件的發展與演變，可以作為本研究之婚姻發展史的對照。

二、與《紅樓夢》相關的研究專書

這裡所說的專書，是指書名直接使用《紅樓夢》一詞的專書論著，或書中內容明確羅列《紅樓夢》的相關研究主題者。主要有薩孟武的《紅樓夢與中國舊家庭》〔註24〕一書，根據《紅樓夢》所述，研究當時社會的各種風氣、意識和制度，如「大家庭制度的流弊」、「賈府的奢靡與子弟的墮落」、「姜的地位」、「賈府的奴才」、「官場現象」、還有幾位人物，如「賈母、寶玉、妙玉、

〔註19〕瞿同祖：《中國的法律與社會》，關於第二章「婚姻」，請參閱頁 115～176；有關第三章「階級」中的第二節「婚姻」與第三節「喪葬」，請參閱頁 217～255；有關第四章「階級（續）」中的第三節「良賤間的不平等」，請參閱頁 290～320。

〔註20〕馮爾康：《生活在清朝的人們：清代社會生活圖記》（北京：中華書局，2005年 3月，二刷），其中關於「清代的家庭」，請參閱頁 72～80。

〔註21〕經君健：《清代社會的賤民等級》（北京：中國人民大學出版社，2009 年 11月）。

〔註22〕陳顧遠：《中國婚姻史》（臺北：臺灣商務印書館，1992 年 9月，一版八刷）。

〔註23〕蘇冰、魏林：《中國婚姻史》（臺北：文津出版社有限公司，1994 年 4月）。

〔註24〕薩孟武：《紅樓夢與中國舊家庭》（臺北：東大圖書股份有限公司，2018 年 6月，三版一刷）。

探春、紫鵑、襲人」等角色和事件的探析。

《白先勇細說紅樓夢》〔註25〕是白先勇研究《紅樓夢》多年之重要著作。書中依照章回出場的人物或發生的事件,逐一給予分析和點評,其中加入西方人物評論的研究手法,同時也參酌其他版本,從多元的角度提出獨特創見。

施達青的《紅樓夢與清代封建社會》〔註26〕,作者認為曹雪芹是礙於封建勢力的壓迫,不能直言政治,而用藝術手法將真事隱去,借賈雨村言,來把封建社會瀕於崩潰時期的尖銳複雜的政治鬥爭揭示出來,主要探討「封建末世」、「皇家織造」、「賈府豪奢生活」、「四大家族興衰」、「餌名釣祿」、「文化禁錮」等議題。

啟功編著的《啟功說紅樓》〔註27〕一書,分別就「年代與地方」、「官職」、「服裝」、「稱呼」等與清代社會現況加以對照,嘗試分析書中所寫事物之真假,此外還針對書中的生活習慣和人物的關係以及語言藝術等深入探究,如嫡庶關係、多妻制等,有相關考據資料,可作為本論文在探究書中「寫實與虛構」內容的重要參考。

何永康主編的《紅樓夢研究》〔註28〕,內容剖析《紅樓夢》的時代,分別就當時的「政治背景、經濟型態、時代思想與文藝景觀」加以探討,接著分析討論曹雪芹的家世與生平,以及將《紅樓夢》的思想內容,分成「序幕、迴光返照、死而不僵、煙消火滅」四個分期,正好對應詮釋了賈府,由盛而衰的百年發展歷史。

譚立剛的《紅樓夢社經面面觀》〔註29〕一書,內容涵蓋廣泛,其中在「對傳統婚姻的叛逆」、「主奴關係的新觀念」、「婚姻自主以弱鬥強」三個章節,將書中的婚姻制度與社會現況加以分析,與本論文所欲探討的婚姻現象,有部分觀點可相互印證。

夏桂霞在《紅樓夢鏡像下的清朝禮制文化》〔註30〕書中,指出《紅樓夢》

〔註25〕白先勇:《白先勇細說紅樓夢》(一套三冊)(臺北:時報文化出版企業股份有限公司,2018 年 3 月,二版一刷)。

〔註26〕施達青:《紅樓夢與清代封建社會》(北京:人民出版社,1976 年 4 月)。

〔註27〕啟功編著:《啟功說紅樓》(香港:中華書局(香港)有限公司,2007 年 2 月)。

〔註28〕何永康主編:《紅樓夢研究》(北京:中華書局,2011 年 1 月)。

〔註29〕譚立剛:《紅樓夢社經面面觀》(臺北:新文豐出版股份有限公司,1991 年 12 月)。

〔註30〕夏桂霞:《紅樓夢鏡像下的清朝禮制文化》(北京:中國經濟出版社,2013 年 5 月)。

再現了清朝貴族家庭禮制文化的生活場景，從賈府的「日常生活中的居家服制禮」、「婚姻禮制文化」、「宗法禮制文化」、「奴婢制度」、「滿族文化」等視角切入，探討這些制度的文化內涵。

嚴明的《紅樓夢與清代女性文化》〔註31〕，共分三十一個主題，分析《紅樓夢》裡關於「女性命運」、「金陵十二金釵之婚姻分析」、「鳳姐與寶釵婚姻的悲劇性」、「殉情」等議題，與他的另一本紅學研究《紅樓釋夢》〔註32〕中的第六章「紅樓夢的愛情悲歌」，皆與本論文研究主題「婚姻」有高度相關。

李鴻淵的《紅樓夢人物對比研究》〔註33〕，將書中不同的人事物，或同一人事物，卻出現反差的兩種情形，歸納羅列，加以對照比較，探究其創作藝術手法與目的。書中提到「男權社會裡的貴族太太」、「封建末世的貴族老爺」、「敗家的紈褲子弟」，以及其他重要婢女與男僕的人物對比介紹。

王昆侖的《紅樓夢人物論》〔註34〕，裡面包含「賈府的太太奶奶們」、「賈府的老爺少爺們」、「奴僕們的形象」以及多名人物的個論。陳美玲的《紅樓夢裏的小姐與丫鬟》〔註35〕，上編寫賈家四姐妹的命運，下編寫薛寶釵與花襲人，以及林黛玉與晴雯兩兩比較，可以看到不同面向的人物論點。陳紹初、朱長坤和陳麗娟合著的《紅樓尋徑——解不盡讀不完的紅樓夢》〔註36〕，則分析許多書中人物的命運，並描寫反封建思想與奴婢問題。

鄭鐵生的《紅樓夢敘事藝術》〔註37〕偏重小說中的情節創作安排與出場人物安排，與羅德湛《紅樓夢的文學價值》〔註38〕中探討的重要情節與人物的創作手法，可供本論文在婚姻生活的寫作手法章節研究之參照。

歐麗娟這幾年鑽研於《紅樓夢》研究，除了較早期出版的《詩論紅樓夢》

〔註31〕嚴明：《紅樓夢與清代女性文化》（臺北：洪葉文化事業有限公司，2003 年 6 月）。

〔註32〕嚴明：《紅樓釋夢》（臺北：洪葉文化事業有限公司，1995 年 12 月）。

〔註33〕李鴻淵：《紅樓夢人物對比研究》（杭州：浙江大學出版社，2011 年 12 月）。

〔註34〕王昆侖：《紅樓夢人物論》（臺北：里仁書局，2000 年 1 月，五刷）。

〔註35〕陳美玲：《紅樓夢裏的小姐與丫鬟》（臺北：文津出版社有限公司，2001 年 8 月）。

〔註36〕陳紹初、朱長坤、陳麗娟：《紅樓尋徑——解不盡讀不完的紅樓夢》（南京：東南大學出版社，2008 年 1 月）。

〔註37〕鄭鐵生：《紅樓夢敘事藝術》（北京：新華出版社，2011 年 12 月）。

〔註38〕羅德湛：《紅樓夢的文學價值》（臺北：東大圖書股份有限公司，1911 年 8 月，增訂初版）。

〔註39〕、《紅樓夢人物立體論》〔註40〕、《紅樓一夢：賈寶玉與次金釵》〔註41〕外，陸續出版以《大觀紅樓》為名的套書，如《大觀紅樓》的（綜觀卷）和（母神卷）兩冊，與（正金釵上下卷）兩冊〔註42〕，以中、西方文學理論來解釋各個角色的行為，並拓展紅樓夢的研究方向，冊冊皆有可觀之處，可作為本研究的重要參考資料。

本論文第四章將探討《紅樓夢》中的婚俗法制，以下幾本紅樓法律專書，部分章節分析出書中情節與有清一朝的社會現況或律法規範的異同處。例如王志剛、張少俠所著《紅樓法事》〔註43〕，引用《大清律例》、《清會典》作印證，依專題介紹了《紅樓夢》所反映的清代法律制度。尹伊君所著《紅樓夢的法律世界》〔註44〕，從小說對法律問題描寫的細節出發，結合清代法律制度的具體規定，以及司法實踐的具體做法，全面論述了《紅樓夢》中的家族、婚姻、奴婢、祭祀、家法等問題。以上專書的內容，部分內容與本研究有所相關可供參考或對照，可再次作為印證資料。

三、碩、博士論文

近年來，臺灣和大陸地區關於《紅樓夢》相關的碩、博士論文，依然方興未艾，但是可以發現其研究方向，已跳脫早期的文本、版本、點評等題材，而加入許多延伸性或跨領域的研究主題，如與外國的《紅樓夢》譯本比較、與外國小說做內容與思想的對照研究，甚至是《紅樓夢》的影視改編研究，或是跨領域到華語（漢語）為主的研究選材，以及透過《紅樓夢》作為藝術類科創作時的發想主軸。

在博士論文方面，林碧慧的《「母親」原型認知研究：以紅樓夢為例》〔註45〕，採用「認知研究」來分析「母親」範疇原型，文中提及《紅樓夢》裡的

〔註39〕歐麗娟：《詩論紅樓夢》（臺北：里仁書局，2001 年 1 月）。

〔註40〕歐麗娟：《紅樓夢立體人物論》（臺北：里仁書局，2006 年 3 月）。

〔註41〕歐麗娟：《紅樓一夢：賈寶玉與次金釵》（臺北：聯經出版事業股份有限公司，2007 年 10 月）。

〔註42〕歐麗娟：《大觀紅樓》（綜觀卷）（2014 年出版）和（母神卷）（2015 年出版）與（正金釵上下兩卷）（2017 年出版）（臺北：國立臺灣大學出版中心）。

〔註43〕王志剛、張少俠編著：《紅樓法事》（蘭州：甘肅人民出版社，1989 年 8 月）。

〔註44〕尹伊君：《紅樓夢的法律世界》（北京：商務印書館，2007 年 3 月）。

〔註45〕林碧慧：《「母親」原型認知研究：以紅樓夢為例》（東海大學中國文學系博士論文，2013 年）。

母親角色與「母性」、「母職」、「母愛」、「母權」等群集模式，有助於釐清婚姻制度裡「母親」角色的塑造。江佩珍的《儒家文化與紅樓夢性別意識》〔註46〕，主要針對書中的男人與女人角色，進行階級與性別文化的比較，研究結果所顯示的男女身分與定位，可作為婚姻現象中的角色參照。

在碩士論文方面，汪品潔的《紅樓夢悲劇意識研究》〔註47〕，引用國內的悲劇理論來討論故事中的悲劇呈現。其中第三章討論「男性與女性、上層與下層、榮府與寧府」等的對立衝突，與其衝突所產生的悲劇。張燕翔的碩士論文《紅樓夢中妾群體心理分析》〔註48〕，特別將「妾」這個群體詳加介紹，並且解析她們為求生存和生活的特殊方式和心理，也可從中看出曹雪芹的女性觀和對婚姻制度的看法。陳瑞珍的《紅樓夢之女子形象書寫》〔註49〕，探討紅樓中的眾多女性，在父權社會的束縛之下，對於個體悲劇命運的處世態度與生活哲學。于婷婷的《論紅樓夢中的愛情、婚姻和家庭問題》〔註50〕，內容透過幾位婚姻裡的女子或孤單或嫉妒的矛盾心理，述說許多婚姻中可能出現的問題。江慧玲的《聊齋誌異與紅樓夢的女性觀研究》〔註51〕，透過《聊齋誌異》與《紅樓夢》兩書中的女性書寫，來探析蒲松齡與曹雪芹兩位作者，與所身處時代的女性觀之對照研究。

張筠彤的《紅樓夢之女性角色研究》〔註52〕主要以《紅樓夢》的時代背景，與「女性長輩」、「侍女角色」等議題來加以探究。陳竣興的《兼美論——紅樓夢人物關係研究》〔註53〕，論述許多重要角色的內涵，以及「重視禮教的人物關係」，其中包含「父子母子關係」、「夫妻關係」、「男女關係」、「妻妾關係」、「婆媳關係」與「主僕關係」，並歸結出賈府大觀園的盛景與崩解之原

〔註46〕江佩珍：《儒家文化與紅樓夢性別意識》（東華大學中國語文學系博士論文，2014年）。
〔註47〕汪品潔：《紅樓夢悲劇意識研究》（高雄師範大學國文系碩士論文，2014年）。
〔註48〕張燕翔：《紅樓夢中妾群體心理分析》（河北大學文學系碩士論文，2013年）。
〔註49〕陳瑞珍：《紅樓夢之女子形象書寫》（玄奘大學中國語文學碩士在職專班碩士論文，2012年）。
〔註50〕于婷婷：《論紅樓夢中的愛情、婚姻和家庭問題》（遼寧師範大學碩士論文，2012年）。
〔註51〕江慧玲：《聊齋誌異與紅樓夢的女性觀研究》，（玄奘大學中國語文學碩士在職專班碩士論文，2011年）。
〔註52〕張筠彤：《紅樓夢之女性角色研究》（彰化師範大學國文學系碩士論文，2010年）。
〔註53〕陳竣興：《兼美論——紅樓夢人物關係研究》（臺灣師範大學國文學系在職進修專班碩士論文，2009年）。

因。梁瑞雅以《紅樓夢的婚與非婚》〔註54〕為題,藉助社會學和歷史資料的佐證,分析婚姻對於角色命運所造成的悲劇。陳蓉萱的論文《紅樓夢丫鬟析論——以重點人物為主》〔註55〕,討論《紅樓夢》與清代的奴婢制度,還有多位丫鬟的性格與命運結局。楊平平的《父權社會下的女兒國——紅樓夢女性研究》〔註56〕試著從父權社會的壓抑與歧視現象,來澄清故事中的女性觀,和其女性互動關係的分析。吳麗卿《紅樓夢的女性認同》〔註57〕一文,先是明清婦女地位的介紹,再切入深究書中出現不平等或平等的女性觀。曾麗如的《紅樓夢賈政之庭誥精神追新——兼述聖父佳兒與中國父權文化》〔註58〕,詳細蒐查與分析賈政的形象與其聖父佳兒的情結,並檢驗與省思父權主義在《紅樓夢》中的發展。汪玉玫的論文《紅樓夢中賈府女性人物論》〔註59〕,分析賈府中的賈母與其媳婦、孫媳婦輩的女性,還有侯門千金與小妾群像和奴僕世界。周忠泉《紅樓夢中家庭型態之研究》〔註60〕,內容以賈府累世共居的大家庭型態切入,家庭組織以「父子倫」為主軸關係,卻因群體與個體間的矛盾與對立,促使賈府走向衰敗之途。

李光步的碩士論文《紅樓夢所反應的清代社會與家庭》〔註61〕,雖然完成年代距今已逾三十多年,但研究結果深入豐富,仍具重要參考價值。論文中將《紅樓夢》中的社會,區分為「世家、官僚集團、平民、奴隸」四等階級,賈府呈現出大家庭的特徵與正反發展,影響到家庭成員之間的關係,綜觀以上諸點,歸結出賈府盛衰的原因。

由以上的碩、博士論文的內容來看,可以發現關於《紅樓夢》中法律制度的探討與研究,在臺灣極少被論及,但是在大陸地區已出現一些專書與一

〔註54〕梁瑞雅:《紅樓夢的婚與非婚》(中央大學中國文學研究所碩士論文,2008年)。
〔註55〕陳蓉萱:《紅樓夢丫鬟析論——以重點人物為主》(臺灣師範大學國文系在職進修碩士班碩士論文,2008年)。
〔註56〕楊平平:《父權社會下的女兒國——紅樓夢女性研究》(彰化師範大學國文學系碩士論文,2006年)。
〔註57〕吳麗卿:《紅樓夢的女性認同》(東海大學中國文學系碩士論文,2005年)。
〔註58〕曾麗如:《紅樓夢賈政之庭誥精神追新——兼述聖父佳兒與中國父權文化》(華梵大學東方人文思想研究所碩士論文,2005年)。
〔註59〕汪玉玫:《紅樓夢中賈府女性人物論》(東海大學中國文學系碩士論文,2003年)。
〔註60〕周忠泉:《紅樓夢中家庭型態之研究》(中正大學歷史學系碩士論文,1993年)。
〔註61〕李光步:《紅樓夢所反應的清代社會與家庭》(政治大學中國文學研究所碩士論文,1983年)。

些碩士和期刊論文。有些採概論式介紹書中法律制度，有些則在論文中的某一小章節被提及，還有一些是選擇某事件作為研究範圍。不過比較特別的是，這些研究《紅樓夢》法律制度的論文，有許多是法律系的論文，而非中文系的論文。他們比較傾向於法律層級的專研，搭配法規的解讀與自身實務，更能提供文學之外的另一種閱讀角度。

目前，在大陸方面有李祥貴的碩士論文《紅樓夢與中國古代司法文化》〔註 62〕，特別將《紅樓夢》中的生活敘寫，對照官方正史和法律典籍加以研究比較，反映出我國古代司法文化中，如官員缺乏法律素養、司法的輕程序化傾向、司法判決皇權化、司法監督失效等的特點與弊端。徐國濤的《紅樓夢公案問題研究》〔註 63〕，以書中比較典型的十個公案故事為研究對象，分析它們所反應的主題、與在故事中的作用等，最重要的是透過這些公案故事，能夠對清代的司法制度有進一步的認識，歸納出清代司法程序與監督意識相當薄弱，導致人民很難也不想，通過司法途徑來維護自身利益等結論。趙玉新的《從紅樓二尤故事看清代法律制度》〔註 64〕，他認為「利用文學文本進行法律史的研究，能夠更加全面、深入地把握與理解古代法律制度與法律文化的真實情況」，因此，透過尤二姐與尤三姐的故事，來揭示清代社會和法律之間的關係，以及其中現實訴訟、審判制度和理想社會背離的現象。

四、期刊論文

在臺灣與《紅樓夢》相關的期刊論文，相當豐富，探討的題材也十分多元。本文僅列出與研究題目相關的期刊論文作為文獻參考。如簡秀娟〈紅樓夢中的妻妾矛盾〉〔註 65〕；黃慶雄〈論紅樓夢王熙鳳婚姻悲劇的文化義蘊〉〔註 66〕；陳世岳、翁嘉禧的〈紅樓夢女性權力之探究〉〔註 67〕等，多

〔註 62〕李祥貴：《紅樓夢與中國古代司法文化》（湖南師範大學法律碩士論文，2006年）。
〔註 63〕徐國濤：《紅樓夢公案問題研究》（山東大學中文碩士論文，2008 年）。
〔註 64〕趙玉新：《從紅樓二尤故事看清代法律制度》（大陸：中山大學法律碩士論文，2008 年）。
〔註 65〕簡秀娟：〈紅樓夢中的妻妾矛盾〉（《僑光學報》，第 35 期，2012 年 10 月）。
〔註 66〕黃慶雄：〈論紅樓夢王熙鳳婚姻悲劇的文化義蘊〉（《高苑學報》，第 17 卷，第 2 期，2011 年 9 月）。
〔註 67〕陳世岳、翁嘉禧：〈紅樓夢女性權力之探究〉（《人文資源研究學報》，第 6 期，2009 年 12 月）。

從某一角色或人物的行為與命運,來分析其文化或制度的影響。至於,前面曾經討論到的關於《紅樓夢》的法律問題或法律制度,比較少人涉及這方面的研究。目前只有楊清惠的〈紅樓夢「風流公案」的敘事結構及其創造轉化〉〔註68〕,以及張麗卿,〈曹雪芹紅樓夢中王熙鳳四個事件的古事今判〉〔註69〕兩篇。

在大陸方面,有較多期刊論文,從法律的觀點來探討《紅樓夢》裡的司法案件與法律現象,例如;秦杰〈紅樓夢中的法律現象〉〔註70〕;童珊的〈從紅樓夢看清代法制〉〔註71〕;李曉婧的〈法律視角下的紅樓解讀〉〔註72〕;夏航、夏桂霞的〈紅樓夢中賈府奴僕所反映的清朝奴婢制度〉〔註73〕;郭麗紅的〈從紅樓夢看清代婚姻家庭法律制度〉〔註74〕;張晉藩〈紅樓夢所反映的清朝訴訟制度〉〔註75〕……等。以上論文,從不同的事件或角度,論述了《紅樓夢》中的種種法律問題,反映出封建司法的不公,也暴露了政權的腐朽,以及許多中下階級人物的悲劇結局。不過探討的篇幅都不大,大多只針對單一法律事件,作為研究範圍;或純粹從法律科系的角度切入,有別於文學的研究觀點;有些礙於政治觀念影響,但仍有可觀之處,可供本研究的補充參考。

第三節　研究範圍與方法

一、研究範圍

本文以曹雪芹前八十回《紅樓夢》,與高鶚校訂後四十回本為研究範圍;

〔註68〕楊清惠:〈紅樓夢「風流公案」的敘事結構及其創造轉化〉(《華梵人文學報》,第 12 期,2009 年 6 月)。

〔註69〕張麗卿:〈曹雪芹紅樓夢中王熙鳳四個事件的古事今判〉(《月旦法學》,第 169 期,2009 年 6 月)。

〔註70〕秦杰:〈紅樓夢中的法律現象〉(《法制與社會》,第 8 期,2012 年 7 月)。

〔註71〕童珊:〈從紅樓夢看清代法制〉(《學習與探索》,第 1 期,2011 年 7 月)。

〔註72〕李曉婧:〈法律視角下的紅樓解讀〉(《邊緣法學論壇》,第 2 期,2009 年 12 月)。

〔註73〕夏航、夏桂霞:〈紅樓夢中賈府奴僕所反映的清朝奴婢制度〉(《黑龍江民族叢刊》,第 3 期,2008 年 3 月)。

〔註74〕郭麗紅:〈從紅樓夢看清代婚姻家庭法律制度〉(《太平洋學報》,2006 年,第 7 期)。

〔註75〕張晉藩:〈紅樓夢所反映的清朝訴訟制度〉(《紅樓夢學刊》,1980 年,第 2 期)。後收錄於《張晉藩文選》(北京:中華書局,2007 年 6 月)。

主要以馮其庸等校注的《紅樓夢校注》〔註76〕為研究文本，此書前八十回以庚辰本為底本，後四十回以程甲本為底本。此外，輔以脂硯齋的脂評〔註77〕、馮其庸纂校的《八家評批紅樓夢》〔註78〕和護花主人、大某山民、太平閒人的《紅樓夢三家評本》〔註79〕等評論文集作為參照引用。

二、研究方法

本論文研究以曹雪芹《紅樓夢》一書作為研究對象，主要著眼於《紅樓夢》裡的「婚姻內容」、「婚姻觀」以及「書中所反映的清代的婚俗法制」和「婚姻生活的寫作手法」四大向度，並擬循下列方法及步驟進行研究。

（一）分析歸納

清朝經由戰爭手段推翻明朝，建國初期自然是戰後蕭條、動盪不安，加上又是異族統治，滿漢難融。清初統治者為了能夠迅速籠絡人心、穩定政權，大致沿用了明朝的政治和經濟體制，逐漸鞏固皇權。

清代為箝制反叛思想，大興文字獄，進而推波助瀾了考據學的盛行。文人懷才悲嘆、有志難伸，只能透過婉曲的方式，來表達內心的憤怒與感慨。據嚴明指出曹雪芹「在《紅樓夢》中描寫了一塊不能補天的頑石幻化為賈寶玉後，反抗腐朽的封建禮教，以『意淫』的形式來表現思想解放，來抗爭惡劣環境對人性自由的壓制。」〔註80〕

神怪小說與怪誕派的詩文畫作盛行，也被視為文人避開文字獄迫害的另一出口和轉化機制。如蒲松齡藉助《聊齋誌異》裡的神仙鬼狐來抒發抑鬱之情。《紅樓夢》創作之初，應該也有此動機：

> 《紅樓夢》寫賈寶玉的鍾情癡心，實際上就是寫出了一種「情怪」，
> 一種不為傳統禮教所容許的叛逆行為。書中所說「天下古今第一淫

〔註76〕曹雪芹、高鶚原著，馮其庸等校注，《紅樓夢校注》（臺北：里仁書局，2003年2月，初版七刷）。以下出現之《紅樓夢》故事引文，皆引自此版本。為使行文流暢，僅在文末註明回數與頁數，不再另行加註。

〔註77〕曹雪芹原著，陳慶浩編著：《新編石頭記脂硯齋評語輯校》（臺北：聯經出版事業股份有限公司，2011年3月，二版二刷）。

〔註78〕馮其庸纂校：《八家評批紅樓夢》（上、中、下）（北京：文化藝術出版社，1991年9月）。

〔註79〕〔清〕護花主人、大某山民、太平閒人評《紅樓夢三家評本》（上下兩冊）（臺北：上海古籍出版1988年）。

〔註80〕嚴明：《紅樓釋夢》，頁41。

人」是反話，實際上是讚揚賈寶玉為天下第一真情之人，他在書中多女孩親密相處的過程中，低聲下氣、柔順體貼，「愛博而心勞」，作出了許多在封建禮教看來是怪誕可笑、大失身分的事情，正是這種怪誕的言行，更能深刻地反映出清初士林中普遍存在的敢怒不敢言、痛苦壓抑的悲涼心態。〔註81〕

因此，《紅樓夢》為何而寫？所寫所述有何時代背景的意涵？透過小說的分析與歸納，才能深入了解。本研究擬對《紅樓夢》的故事內容加以探討，以其書中的各項制度為發軔，試以「婚姻內容」、「婚姻觀」以及「書中所反映的清代的婚俗法制」和「婚姻生活的寫作手法」四大方面來進行研究，剖析曹雪芹筆下紅樓四大家族裡的男與女、妻與妾所建構出多樣婚姻生活的樣貌，以及在婚姻內外男女的心境與態度，還有各項婚姻法制對他們的意義與影響。

（二）尋根究底

《紅樓夢》一書為曹雪芹傾盡生命所完成的一大鉅作。賈府的賈源貴為榮國公、賈代善承襲爵位、賈政擔任工部員外郎，三代傳承，可惜到了第四代的賈寶玉，雖科考中舉，卻選擇絕塵出家，家族也在經濟上不斷內耗，和政治上的抄家後「樹倒猢猻散」，快速步向衰敗。在這裡特別要被探討的，不是《紅樓夢》的賈家是否即為現實中的曹家；而是真實存在的曹家，隸屬於清代滿人統治下的漢人包衣家族，比起中國傳統封建家族的形式，來的更加複雜。曹家百年興衰的軌跡，正好與故事情節相互呼應對照。書中的許多描寫與觀點，都深受作者自己的生活背景和時代環境所影響，所以藉由作者背景的探究，以曹家對照賈家，兩個貴族大家的興衰沒落，軌跡相互呼應，虛實相照，以反觀故事裡深層蘊藏的人生哲理。

（三）追本溯源

清代在法律制度上，大多沿襲明朝，內容和體系大致與明朝相同。本文以《大明律》、《大清律》和《大清律例》〔註82〕作為法律條款的引用，並參酌《清史稿》的紀錄。

清朝定鼎中原之初，暫時延用《大明律》。順治二年（1645）著手制訂法

〔註81〕嚴明：《紅樓釋夢》，頁43。
〔註82〕《大清律》主要源於《大明律》，而《大清律例》即是《大清律》的修訂後版本。

典，三年（1646年）律成，定名為《大清律集解附例》，頒行全國。康熙二十八年（1689），將康熙十八年纂修的《現行則例》附於律文之後。雍正元年（1723）續修，三年書成，五年發佈施行。乾隆五年（1740），更名為《大清律例》，通稱《大清律》。直到宣統二年（1910），《大清現行刑律》頒行，《大清律》正式廢止不用。

清朝法律傳承與沿襲了中國各朝代法律制度的基本精神。但是，面對異族入主中原所須施行的政治控制手段，清朝法律的條文規範，出現更為嚴厲廣泛的條款。

《大清律例》共四十卷。律文分為七篇，又稱七律。首篇是名例律，有三十門共四十六條，下面不分門類，亦稱四十六例。其次各篇按六部命名排列，即吏律、戶律、禮律、兵律、刑律和工律，以下又細分三十門，計四百三十六條。這些對於生活各事項，層層法律的規定，可以看出想藉由嚴刑峻法的高壓政策，力求統治權在握。

《大清律例》中增加了滿族享有種種特權的條款，再加上律文之後所附的條例，強調「五年一小修、十年一大修」的靈活彈性，能夠因時制宜，但是條例的數量快速增加〔註83〕，龐大繁瑣，又常與律文有所牴觸，演變到最後，常淪為統治者司法專橫的法律控制手段，也容易出現判決不公的情形。

以小說中最有名的「薛蟠殺人事件」為例，薛蟠前後殺了兩次人，第一次出現在第四回〔註84〕，吆喝他人殺了跟他爭買英蓮的馮淵；第二次則是在第八十五回和八十六回〔註85〕，薛蟠因酒後衝突，讓手下拿碗敲了酒客的頭而致死。依據《大清律例・刑律》中將殺人罪分為「謀殺、故殺、鬥毆殺、戲殺、誤殺、過失殺」六類，都各自明定其量刑，又在條例中增列了共毆致死的條款。《大清律例・刑律》提到：「凡謀殺人，造意者，斬『監侯』」；「凡鬥毆

〔註83〕乾隆初修訂《大清律例》時，律文436條，附例有1409條。乾隆十一年，確定「條例五年一小修、十年一大修」。從乾隆到同治每次修例，續增和刪改者多，刪除和修併者少，因此數量遞增。至同治九年，例已多達1892條。請參閱王志剛、張少俠編著的《紅樓法事》的「引言」（蘭州：甘肅人民出版社，1989年8月），頁4。

〔註84〕《紅樓夢》第四回：〈薄命女偏逢薄命郎・葫蘆僧亂判葫蘆案〉，曹雪芹、高鶚原著，馮其庸等校注，《紅樓夢校注》，頁65～74。

〔註85〕《紅樓夢》第八十五回：〈賈存周報升郎中任・薛文起復惹放流刑〉；第八十六回〈受私賄老官翻案牘・寄閑情淑女解琴書〉，見《紅樓夢校注》，頁1341～1365。

殺人者，不問手足、他物、金刃、並絞『監候』。故殺人者，斬『監候』。」〔註 86〕。不論是謀殺、故殺、還是鬥毆殺，都是死刑，薛蟠卻兩度全身而退。第一次賈雨村因受賈家的提攜，也為官場自保，而「徇情枉法，胡亂判斷了此案」（第四回，頁 70）。第二次的事件比較棘手，賈府和薛府透過關係與金錢的打點，終於將其殺人罪行，改為刑罰較輕的「誤傷」罪，最後還是用錢擺平了此事。

　　判決不公，可歸因於許多因素，或人或事或是制度，甚至是整個社會的政治風氣所導致。譬如審判的官員本身法律素養不足，或是因私心私情或收賄而錯判；再者，法律條款多又雜，很容易產生不同的解讀；甚至因為複雜的政治官僚體系的網絡，導致影響了判決的公正性。

　　當然《紅樓夢》並不是公案小說，書中的法律事件，除了「只是被當作書寫的媒介和人生境遇之類比」〔註 87〕，卻也有承接人物命運因果的伏筆與暗識作用，因為「文學的特點是具有戲劇性，所以是以衝突進行的。而法律作為一種處理衝突的制度，提供了豐富的隱喻供作家使用。」〔註 88〕

　　也因為如此，在《紅樓夢》裡出現許多跟司法有關的事件或判決，都有其法律根源與背後意涵。就像曹雪芹在〈葫蘆僧亂判葫蘆案〉故事中，用「葫蘆」暗指「糊塗」，實際上，賈雨村判決的過程，可一點都不糊塗，還仔細琢磨、過度精明了。本文著眼《紅樓夢》的婚姻現象，故追本溯源，找出與書中所寫的婚姻關係或身分階級等相關的法律條文規範，對於釐清婚姻制度裡的重要法律現象與判決或是法律所禁止之行為，有其重要的意義與價值。

　　各項法律制度設立之初，必當立意良善，也圖完善齊備。但往往隨著時間更迭、朝代變換，再加上施行各項制度的人事不同，因此，出現了種種的流弊。清朝是中國最後一個帝制王朝，各種法制實施至此，許多都有超過千年以上的歷史。回頭探求歷代各項婚姻觀念與制度之發展，正好可與清代做一個系統性的比較。清史專家馮爾康先生曾經說過：「《紅樓夢》是封建社會

〔註 86〕《大清律例‧刑律‧人命‧鬥毆下》，卷 26，頁 61。收錄於〔清〕徐本、〔清〕三泰：《欽定四庫全書》本。本論文所參照的《大清律例》法條出處，均引自此版本。

〔註 87〕胡龍隆：《文學、道德與法律的辯證──以包公故事為例》（輔仁大學比較文學系博士論文，2008 年），頁 3。

〔註 88〕理查‧波斯納著、楊惠君譯：《法律與文學》（臺北：商周出版社，2002 年），頁 64。

的一面鏡子」，因此，透過《紅樓夢》這面鏡子，來映照清代各項婚姻類型與制度，以及澄清作者藉由這些婚姻百態的書寫，所欲傳遞的婚姻態度與人生教化意義。

第二章　《紅樓夢》的婚姻書寫

　　《紅樓夢》主要以賈、史、王、薛四大家族的興衰沒落為故事發展架構，但賈府為實寫，其他三家為虛筆。放大到整個清朝社會，甚至整個中國歷史，可以很清楚的看到，在封建社會的世襲制度之下，從皇家子嗣到王公侯伯與擁有官爵的達官貴人，憑藉祖先的血脈傳承或所創建的功績，可承繼身分與官位；有的人則生於奴婢之家，或淪為賤民階級，累世為奴僕或賤民身分。

　　中國自周朝起開始實施封建制度，逐漸架構起皇親國族與世家大族的世襲封爵模式。到了唐、宋後，封建制度出現空有封號而無實質封地的情形。但從爵位和職業類別的角度來說，能夠受封爵位或身為「士」人，具有相當程度優勢或發展機會，也較具備身分地位。

　　如果可以憑藉祖先的庇蔭而獲得承襲官位的機會，自然是求之不得的安排；若是已屆清代法律規定世襲次數〔註1〕，又沒有得到皇恩特殊的延續賞賜，就只好透過科甲或捐納來獲取官位。

　　子孫若能承繼官爵，除了可以確保家族政治與經濟命脈永續經營外，還能繼續擁有在這個龐大的公爵世族集團下，維持人情交際與聯姻的機會。《紅樓夢》裡寫到許多官宦世家，憑藉子女聯姻的方式來強化各大家族之間親屬關係，不論在官場活動或是人情世故的各種交際，都可以互相支援、互相幫

〔註1〕中國的世襲制度被區分為世襲罔替和普通世襲，所謂的世襲罔替即是後代子孫世襲次數無限、且隔代不降爵。到了清代，因皇帝對其功勞的特例賞賜，共有十二位王的後代子孫在承繼爵位時無需降級，也被稱作十二位鐵帽子王；而普通世襲，就是世襲次數有限，但不同官爵世襲的次數不一樣、而且每承襲一次，就需降爵一次。

襯，延續家族既得利益的長久經營之道。如果家中子弟可以與皇親國戚攀上姻緣，更可以讓家族勢力增添強大的後盾。為數最多的平民百姓婚嫁安排，甚至是只能擁有賤民身分的眾多奴僕中，也是秉持「男大當婚，女大當嫁」的觀念，而出現形形色色的婚姻類型。當然也因為婚姻裡可能會出現妻與妾的角色，導致衍生出關於妻妾爭寵，或是子嗣身分有嫡傳、庶出之別等複雜的家庭紛爭。

　　《紅樓夢》裡寫了許多婚姻類型，若依婚配對象的身分來區分，大致分為后妃帝王的婚姻、王爵世族的婚姻、一般平民的婚姻以及奴僕的婚姻。從以上后妃帝王、王爵世族、一般平民和奴僕的婚姻描寫，讓我們看到婚姻中的人物百態，和妻妾情愛的糾葛與無奈。

第一節　婚姻類型

一、后妃帝王的婚姻

　　《紅樓夢》中，賈元春是賈政與王夫人的女兒，因生於正月初一，故取名元春。她身為賈家第三代的嫡長女，容貌與才德皆出眾，不管她是自願的或是家族鼓勵的，先因她的賢孝才德被選入宮擔任女史，後來當上鳳藻宮尚書，最後又冊封成賢德妃，晉升為皇帝的愛妃，讓書中出現這麼一段后妃婚姻的描寫。

（一）賈元春秀女入宮

　　《禮記・曲禮下》：「天子有后，有夫人，有世婦，有嬪，有妻，有妾。」〔註2〕《禮記・昏義》中有「古者天子后立六宮，三夫人，九嬪、二十七世婦、八十一御妻，以聽天下之內治，以明章婦順，故天下內和而家理。」〔註3〕因此，自古皇帝就在法律的保障下，可以合法擁有一嫡妻與眾多妃嬪，三宮六院以確保皇家子孫可以蓬勃繁衍。滿清入關以前，後宮規模不大，根據《清史稿》記載：

　　順治十五年，採禮官之議：乾清宮設夫人一，淑儀一，婉侍六，柔

〔註2〕〔清〕阮元：《禮記・曲禮下》（《十三經注疏》本，臺北：藝文印書館，1985年），第2卷，頁78。以下有關《十三經注疏》本中的引文，皆引自此版本。
〔註3〕〔清〕阮元：《禮記・昏義》，第44卷，頁1001。

婉、芳婉皆三十；慈寧宮設貞容一、慎容二，勤侍無定數；又置女
官。循明六局一司之制，議定而未行。〔註4〕

至康熙以後，後宮后妃的典制趨於完備：

康熙以後，典制大備。皇后居於中宮；皇貴妃一，貴妃二，妃四，
嬪六、貴人、常在、答應無定數，分居東、西十二宮。東六宮即景
仁、承乾、鍾粹、延禧、永和、景陽；西六宮即永壽、翊坤、儲秀、
啟祥、長春、咸福。諸宮皆有宮女子供使令。〔註5〕

皇帝乃是天子，他的後宮妾室數目很多，天子以下，關於娶妾的數量，
在禮法上也是於法有據，例如：大夫只能納兩妾，士族只能納一妾。一般百
姓，法律規定若男子年過四十無子時，才能納一妾。〔註6〕法律雖有這些規
範，但民間實際現況，許多達官富商，其妾室的數量往往超過法律規範的數
量。

清朝採選秀女的對象僅限於旗人（滿洲八旗、蒙古八旗與漢軍八旗），非
一般漢人可以參與的。《清史稿》中關於遴選八旗秀女的規定是：

每三歲選八旗秀女，戶部主之；每歲選內務府屬旗秀女，內務府主
之。秀女入宮，妃、嬪、貴人惟上命。選宮女子，貴人以上，得選
世家女；貴人以下，但選拜唐阿以下女。宮女子侍上，自常在、答
應漸進至妃、嬪，后妃諸姑、姊妹不赴選。〔註7〕

所以清朝採選入宮的女子可分兩種，一是秀女，一是宮女子。秀女主要選自
八旗官員的女兒，地位較高，可被選為妃嬪，或指配宗室王公大臣子弟。宮
女子主要選自內務府包衣佐領的女兒，地位較低，入宮後擔任宮女，薛寶釵
參加的是宮女子的採選，而非秀女選拔〔註8〕。

賈元春是榮國府賈政的嫡長女，依照皇室選秀女的制度，先是入選女史，
接著成為鳳藻宮尚書，一步一步往上晉升，後來被冊封為賢德妃，正式成為

〔註4〕趙爾巽等撰、啟功等點校：《清史稿·列傳一·后妃》，卷214，（北京：中華
書局，1977年），頁7664。

〔註5〕趙爾巽等撰、啟功等點校：《清史稿·列傳一·后妃》，卷214，頁7764。

〔註6〕《明代律例彙編卷六·戶律三·婚姻·妻妾失序》：「其民年四十以上無子者，
方聽娶妾，違者笞四十。」

〔註7〕趙爾巽等撰、啟功等點校：《清史稿·列傳一·后妃》，卷214，頁7764。

〔註8〕《紅樓夢》第四回寫道，寶釵曾經進京選拔才人贊善之職：「近因今上崇詩尚
禮，徵採才能，降不世出之隆恩，除聘選妃嬪外，凡仕宦名家之女，皆親名
達部，以備選為公主郡主入學陪侍，充為才人贊善之職。」（第四回，頁71）。

皇帝的妃子。元春入宮，讓賈家從一個官爵世家，躍升為皇親國戚，頓時整個家族的地位身分都升級，所以賈元春是整個賈府的驕傲。

第十六回寫到夏太監通知賈府，元春被加封賢德妃，賈府眾多家眷要入宮謝恩之際，賈母「方心神安定，不免又都洋洋喜氣盈腮。……於是寧榮兩處上下裏外，莫不欣然踴躍，個個面上皆有得意之狀，言笑鼎沸不絕。」（第十六回，頁238）此時賈家人的笑容，是光榮得意的真心展露。賈家耗費巨資興建大觀園，除了想讓元春歸寧時面子十足，同時也是跟其他達官貴族展示，賈家成為皇帝的姻親，家族的權勢地位更上層樓。

馮紫英曾對賈政、賈赦說過：「果然，尊府是不怕的。一則裏頭有貴妃照應」（第九十二回，頁1443），所以賈元春嫁入皇室，確實是賈府極盛一時的重要政治與經濟靠山。

（二）飛入帝家深似海

一般人看到賈元春的皇妃之路，多心生羨慕，不論是因為被「一朝選入君王側」，就能成為皇帝妻妾，更能進一步光耀門楣、庇蔭家族官路順遂。賈妃省親寫出賈家窮極奢侈興建大觀園，來迎接嫁入皇室的女兒歸寧時的熱鬧鋪張狀況。

賈府正值烈火烹油、鮮花著錦的鼎盛時期，再加上元春入宮為妃，賈府藉女兒返家省親的場合大興土木，趁機顯露面子。對元春而言，她晉升為皇妃地位，一生有享不盡的榮華富貴，也給家族帶來巨大的榮耀與政治依靠。在世俗眼裡，元春是幸福的，她的地位崇高、身分嬌貴，但事實並非如此。

元春走進的婚姻世界是皇室，她的夫婿是皇帝，用元春自己的話說，她是被送到「那不得見人的去處」（第十七到十八回，頁272）。元春必須在爭權奪利的皇室後宮中，如履薄冰的依靠自己的智慧，來謀求丈夫的寵愛，並維護家族的政治命脈。

賈妃省親時，賈家展現榮耀奢侈的陣仗，賈妃親人也歡欣鼓舞的迎接這個家族的驕傲返家探親。元春對父親賈政說到自己入宮的辛酸：「田舍之家，雖齏鹽布帛，終能聚天倫之樂；今雖富貴已極，骨肉各方，然終無意趣！」（第十七回，頁272）可見，比起入宮的富貴榮華，她反而欣羨普通百姓，可以共享天倫親情，不像她躍入皇家深似海，連跟親友見面話家常的機會，都有嚴格的限制。

在家人的歡笑裡，元春用自己的淚水和青春，囚禁在皇宮深院裡，過著

後宮爭寵奪權、步步為營的生活。表面上嫁入皇室，元春也得到榮華富貴和極高的地位與名聲，但實際上她就是個犧牲者，她成為賈府重要的政治後盾。然而賈家的許多親人，不但無法把握住上升的時勢，好好鞏固家族的政經命脈，卻倚仗這個皇妃娘娘靠山來胡作非為。他們沒有記取歷史后妃的更替教訓，他們忘掉皇帝的寵幸不定時，一時寵幸並非就是一世恩寵。其實，元春在皇宮中並非是當時極寵，她也尚未生育皇子〔註9〕，妃子地位並不算牢固。尤其，命運無情，元春薨逝〔註10〕，賈府也頓時失去了她的庇蔭，眾多人事紛爭沓然而至，最後竟面臨抄家窘境。嚴明認為賈元春嫁入皇室屬於「政治婚姻」，她的一生是一場高貴的悲劇：

> 表面來看，「省親」對賈府來說是一件喜從天降的大喜事，賈府人人開心歡躍。可是曹雪芹在描寫這一齣家族喜慶活動過程時，卻揭示出對賈元春而言，這是一齣令人難以置信的悲劇。從賈元春省親時一下鑾轎直到離別之際，她一直是淚流滿面的。……可以推斷，賈元春失去了人生的快樂，失去了生命的活力，最終淚灑黃泉，真正的原因在於她沒有愛情生活。元春被皇帝封為貴妃，家族隨之顯耀，這一切都是表面的東西。有婚姻關係不等於元春獲得了真正的愛情，何況伴君如伴虎，宮廷不是和平的樂園，后妃太監結黨營私，元妃難免為此憂心忡忡。〔註11〕

女子嫁入帝王家，陪侍君臨天下的皇帝，縱然可能獲得眾人的叩拜與尊崇，卻需要戰戰兢兢在皇宮深院裡，終日爾虞我詐才有機會勝出。元春所嫁之夫婿，並非與她情投意合的婚配佳偶，縱使有愛情的可能，也僅是眾人共享之下的一小部分。她的婚姻也不是真正的夫妻姻緣，她和夫婿皇帝之間的地位是極度不平等的，在後宮的寵愛是需要等待、需要分享的，這是極度違

〔註9〕從「榴花開處照宮闈」這句判詞來看，有人可以推測元春也許曾經是懷了身孕的，再從「三春爭及初春景，虎兕相逢大夢歸」這兩句中，也可以推測元春在宮廷鬥爭中失敗，也沒能把孩子順利生下來。

〔註10〕關於賈元春的年齡，在故事裡的設定互有矛盾。如書中提到元春「甲申正月初一」出生（第八十六回），「甲寅十二月十九日」去世（第九十五回），「存年43歲」，若依上述生卒年計算應是終年33歲上下。若依書中紅樓年代探究，紅樓十二年（賈寶玉12歲），當時賈蘭9歲，賈珠若還活著，最多29歲。元春是賈珠之妹最多28歲。紅樓十七年元春死，最多不會超過33歲。

〔註11〕嚴明：《紅樓夢與清代女性文化》（臺北：洪葉文化事業有限公司，2003年6月），頁86～87。

反人性的一種折磨。況且皇室規矩多，行事說話都需要小心應對，以免輕則失去寵幸，重則惹禍上身，甚至禍殃家族。

賈妃省親有個重要活動，就是元春點了四齣戲，依序為〈豪宴〉、〈乞巧〉、〈仙緣〉、〈離魂〉。賈元春點戲，預示了賈府和主要人物的結局，包括她自己的命運。〔註12〕第二齣戲〈乞巧〉，脂硯齋認為這齣洪昇的〈長生殿〉裡說楊貴妃是被唐明皇賜死，所以故事暗伏賈妃之死，可能也暗喻賈妃也可能因為失寵而被賜死。

賈元春之死在書中出現了四段安排，其一，是在賈妃過世前，賈母就說她曾看見怎麼賈妃獨自一個人來見她，還跟她說「榮華易盡，須要退步抽身。」（第八十六回，頁1359～1360）所以賈元春臨死之前曾透過託夢的形式來跟家人提點：富貴榮華不長久，希望家人可以早點看清這道理，儘早從官場是非中脫身，避免轉福為凶。其二，是第九十五回寫道賈妃真的因病薨逝：

> 且說元春自選了鳳藻宮後，聖眷隆重，身體發福，未免舉動費力。
> 每日起居勞乏，時發痰疾。因前日侍宴回宮，偶沾寒氣，勾起舊病。
> 不料此回甚屬利害，竟至痰氣壅塞，四肢厥冷。一面奏明，即召太
> 醫調治。豈知湯藥不進，連用通關之劑，並不見效。內官憂慮，奏
> 請預辦後事。……稍刻，小太監傳諭出來說：「賈娘娘薨逝。」（第
> 九十五回，頁1478）

當賈母和王夫人被通知入宮探視病中的賈妃，此次親人的短暫碰面，無奈也是她與家人最後一次的訣別時刻。其三，賈寶玉神遊太虛幻境時所看到《恨無常》曲子，正是元春生命的無常感嘆：「喜榮華正好，恨無常又到。眼睜睜，把萬事全拋。蕩悠悠，把芳魂消耗。望家鄉，路遠山高。故向爹娘夢裡相尋告：兒命已入黃泉，天倫呵，須要退步抽身早！」〔註13〕（第五回，頁91）

〔註12〕脂硯齋對這四齣戲的批語，依次是〈豪宴〉：一捧雪中伏賈家之敗；〈乞巧〉：長生殿中，伏元妃之死；〈仙緣〉：邯鄲夢中伏甄寶玉送玉；〈離魂〉：牡丹亭中伏黛玉死。請參閱曹雪芹原著，陳慶浩編著：《新編石頭記脂硯齋評語輯校》（臺北：聯經出版事業股份有限公司，2011年3月，二版二刷），頁347～348。其中的〈乞巧〉是清初洪昇《長生殿》傳奇中的一齣，內容是描寫唐玄宗與楊貴妃的悲劇故事。楊貴妃生時享盡玄宗榮寵，幫助楊家也獲得一時恩寵，但最後被賜死於馬嵬坡，不得善終。如元妃一樣，也曾享盡皇室榮華，卻都紅顏早逝。

〔註13〕《恨無常》的曲名有不得壽終與榮辱無定雙重意思。曲子從元妃的暴死，寫賈府的即將大禍臨頭。見第五回，頁105。

正如第八十六回，元春在奶奶夢境中的開示提點一樣，她自憐生命已到了盡頭，已無法庇護家族，希望家人能想得明白些，及早逃離政治風暴，以免惹禍上身。〔註14〕其四，賈家猜燈謎，元春寫的謎題是「能使妖魔膽盡摧，身如束帛氣如雷。一聲震得人方恐，回首相看已化灰。」（第二十二回，頁349）作者藉賈元春創作謎面時，也透過謎底是「爆竹」來暗喻賈元春突然罹病死亡〔註15〕，賈妃榮華富貴的命運就如爆竹一樣一閃而過，家族的發展也快速走向衰敗的命運。

二、王爵世族的婚姻

寧國府與榮國府兩府，主要是由大家長賈演一脈相傳而來，賈府家祠懸掛的御筆對聯寫著「勛業有光昭日月，功名無間及兒孫」（第五十三回，頁825），正說明賈府這個豪門世家身分地位的源流與傳承。

清代的皇族宗氏封爵辦法，有的屬「世襲罔替」可以一代傳一代，不必降爵；有的則是每承續一代就降爵一級。寧國公與榮國公因有戰功被封為官。〔註16〕賈代化襲了一等神威將軍，賈赦襲了一等將軍〔註17〕，賈珍則獲得三品威烈將軍的官位。所以寧國府由賈代化到賈敬〔註18〕，再到賈珍已三代傳承，依據清代法律本來只可封襲三代，因此，賈蓉已沒有資格再承繼官位或爵位。榮國府傳到賈政，因為爵位由長兄賈赦承襲了，本想靠自身學識參加科舉考試，沒想到遇到皇帝體恤先臣功勳法外加恩，額外賜官，現已身為員外郎。賈璉和賈蓉雖然沒有世襲到祖先的官位，但是也透過金錢捐了官，賈寶玉和賈蘭最後也被安排，要憑藉自己的學識去參加科考，力求家族的政治

〔註14〕第五回《恨無常》的曲子說元妃曾給父母託夢，但到了第八十六回又說是給賈母託夢。

〔註15〕洪秋蕃評「元春雖為椒房之貴，而轉瞬即薨」，見馮其庸纂校：《八家評批紅樓夢》（北京：文化藝術出版社，1991年9月），頁515。

〔註16〕書中第七回敘說家僕焦大的身世背景時，寫到焦大他「從小兒跟著大爺們出過三四回兵」，可見寧國公和榮國公能夠封公的原因，是國家感念他們有其特殊戰功而來。

〔註17〕尹伊君認為從榮禧堂、賈家祠堂裡的親賜御筆、元春選妃和賈赦沒有降爵還承襲一等將軍的爵位等線索來判斷，作者曹雪芹可能是把「宗室封爵」和「異姓封爵」的制度「摻到一起寫了」。尹伊君：《紅樓夢的法律世界》（北京：商務印書館，2007年7月），頁149。其實「摻到一起寫了」，實乃小說虛構筆法。

〔註18〕賈敬是賈代化的次子而非長子，卻能襲官位，正是因為其兄早夭無子，依據法律規定的序位，他才得以繼承爵位。

地位，能不斷延續下去。

　　《紅樓夢》裡賈、史、王、薛四大家族，在政治與經濟上互相關照，婚喪喜慶互相幫襯，後代子女若能互相聯姻，就能親上加親，讓雙方家族維繫良好的互利關係。

> 此四家均有姻戚關係，史家的小姐即史鼎的姑姑嫁給賈代善，賈政的夫人是王子騰的姐妹，鳳姐亦係王子騰的姪女，要之，賈王兩家的姻戚關係最為密切。薛蟠之母與賈政的夫人是一母所生的姊妹（第四回）所以賈薛二家亦有姻戚關係。就賈母說，史家最親，就王夫人和鳳姐說，王家最親，薛家次之。〔註19〕

　　賈家第二代賈代善，娶了金陵世勛史侯家的小姐為妻，也就是家族中最德高望重的賈母，她生了兩個兒子，分別是長子賈赦和次子賈政。賈赦的正室為何人、家世背景如何，書裡沒有特別提起，現在繼室是邢夫人；賈政與王夫人聯姻，賈王聯姻也是門戶相當的政治聯姻。

　　從賈府的眾多子媳裡，也可以看出世襲制度所衍生出來的現象，就是重視世家聯姻。賈母本身是「阿房宮三百里，住不下金陵一個史」的史家閨秀，她的兒媳王夫人也是出身「東海缺少白玉床，龍王來請金陵王」的王家千金，門當戶對的背後象徵的是身分與財富連綿擴張，更加鞏固夫家士族的地位。賈府除了元春是因為嫁入宮中而得到妃子的稱號之外，其他的女性家眷，也依附在夫婿身邊而獲得「誥命夫人」的頭銜。

　　賈母的女兒賈敏婚配給林如海。林如海出身官宦之家：

> 林如海之祖，曾襲過列侯，今到如海，業經五世。起初時，只封襲三世，因當今隆恩盛德，運邁前代，額外加恩，至如海之父，又襲了一代；至如海，便從科第出身。（第二回，頁27）

可見法律之外，皇帝具有權力將世襲封爵的恩典，延長到三代之後的子孫，且人數也可增加，有特殊狀況時也不限長子一人承襲，屬於彈性的個案處理。林如海祖上因皇帝恩賜已多世襲了一代，若想延續家族官爵地位，就得參加科考，而他也憑藉自己的學識金榜題名高中探花，官拜蘭臺寺大夫和巡鹽御史，繼續延續官爵命脈。

　　賈璉婚配王夫人的姪女王熙鳳；賈寶玉婚配薛寶釵；賈蓉婚配秦可卿，

〔註19〕請參閱〈賈家的姻親〉篇，收錄於薩孟武：《紅樓夢與中國舊家庭》（臺北：三民書局股份有限公司，2018年6月，三版），頁93～101。

賈蓉在可卿去世後所再娶的繼室胡氏，父親也是擔任京畿道職務；賈珠婚配李紈，李父為國子監祭酒；賈迎春婚配孫紹祖，現在兵部候缺題升。薛寶琴也是薛家千金，賈母曾經對她頗為中意，想讓她與寶玉成親，後來寶琴婚配給梅翰林之子；薛蟠婚配夏金桂，夏家是戶部掛名的皇商世家，是京城巨富，人稱「桂花夏家」；至於賈探春與史湘雲婚配的對象，也皆屬門當戶對的聯姻安排。〔註20〕

以上皆是典型的公爵世族門當戶對的婚姻，其婚配的主要原因就是雙方父母長輩，以對方家族的政經地位當成第一考量因素，將其千金、少爺結為連理，這些千金女子嫁入夫家，大多是明媒正娶的嫡妻。

秦可卿是父親秦業從養生堂抱養回來的女兒〔註21〕，由文中可推論自幼就被抱養，所以雖然出身孤苦，但實際上已成為營繕郎秦業家的長女身分，自然跟賈蓉婚配也算門戶登對。

《清史稿‧職官志》裡說道，工部下設置營繕、虞衡、都水、屯田四個司；而營繕司主要業務是「營繕掌營建工作，凡壇廟、宮府、城郭、倉庫、廨宇、營房，鳩工會材，並典領工籍，勾檢木稅、葦稅。」〔註22〕周思源認為：

> 曹雪芹在那個文字獄特別恐怖的乾隆年間寫《紅樓夢》時為了避禍，故意模糊朝代紀年，所以往往雜用不同年代的官職。這個營繕郎就不見於記載……可能是個六品官。……營繕司管都是朝廷的大工程，這些工程從材料採購、施工到驗收，都要由營繕司的中下級官員具體督辦，最後才由郎中、員外郎直到侍郎、尚書們層層驗收。這中間名堂很多，所以營繕郎官雖不大，卻是個油水頗豐肥缺。〔註23〕

〔註20〕其實《紅樓夢》書中並無直接點明賈探春和史湘雲的婚配對象是誰。但從探春的燈謎「清明涕送江邊望，千里東風一夢遙」，以及鎮海總制周瓊寄書來為子求親（第九十九回，頁1534），和賈母在一百回時感嘆說「只是三丫頭這一去了，不知三年兩年那邊可能回家？若再遲了，恐怕我趕不上再見他一面了。」（第一百回，頁1544）等線索來看，探春最後遠嫁海疆。至於史湘雲的夫婿是誰，書中也沒有明說，僅知道也是門戶相當的婚配安排，可惜夫婿因病英年早逝，夫妻緣分僅短短一年。

〔註21〕第八回寫道：「他父親秦業現任營繕郎，年近七十，夫人早亡。因當年無兒女，便向養生堂抱了一個兒子並一個女兒。誰知兒子又死了，只剩女兒，小名喚可兒，長大時，生的形容嫋娜，性格風流。因素與賈家有些瓜葛，故結了親，許與賈蓉為妻。」（第八回，頁149）。

〔註22〕趙爾巽等撰、啟功等點校：《清史稿‧志八十九‧工部》，卷114，頁3292。

〔註23〕周思源：《周思源看紅樓》（臺北：大地出版社，2007年10月），頁25。

賈政與秦業同朝為官，賈政本為主事之職，後升為員外郎，結成兒女親家的機會自然順勢發展。當秦業想要將年過半百才生育的兒子秦鐘，送到賈家私塾學習時，故事說到：「只是宦囊羞澀，那賈家上上下下都是一雙富貴眼睛，容易拿不出來，為兒子的終身大事，說不得東拼西湊的恭恭敬敬封了二十四兩贄見禮，親自帶了秦鐘，來代儒家拜見了。」（第八回，頁150）可見秦業官俸不多，且營繕的私下利益也無太多積累，不知是為官太清廉，還是不諳打理家中經濟，竟導致家境衰敗。

或許秦可卿的娘家和夫家賈家，兩個家族不管在政治或經濟地位上，在此時已相差懸殊，但是身為賈家寧國府第五代的嫡媳婦，她在賈府的應對進退，對上對下都能謹守本分、得體合宜，是個深受歡迎的媳婦。

榮國府第四代賈政這一嫡系長子賈珠，婚配金陵名宦李守中之女李紈，父親曾官拜國子監祭酒。雖然她的生長環境是「族中男女無有不誦詩讀書者」，但她父親卻對女兒秉持著非常傳統守舊的儒家女教思想，他認為「女子無才便有德」，「故生了李氏時，便不十分令其讀書，只不過將些《女四書》、《列女傳》、《賢媛集》等三四種書，使他認得幾個字，記得前朝這幾個賢女便罷了，卻只以紡績井臼為要」（第四回，頁65），連名字喚叫李紈、字宮裁，都有其典故〔註24〕。

李紈為金陵官宦之女，父親李守中曾為國子監祭酒。李紈的丈夫賈珠在書中只出現寥寥幾筆：「這政老爹的夫人王氏，頭胎生的公子，名喚賈珠，十四歲進學，不到二十歲就娶了妻生了子，一病死了。」（第二回，頁30）可見李紈喪偶時，年齡應該不到二十歲。此後李紈餘生，只剩下侍奉公婆和養育兒子。她的個性淡泊體貼，遇事也能明快處理，可惜夫婿去世得太早，夫妻緣分僅短短幾年。

迎春是賈赦與姜室所生，論排行也是賈府的二小姐。賈赦將迎春許配給孫紹祖，而這孫紹祖的家世背景如何？「這孫家乃是大同府人氏，祖上係軍官出身，乃當日寧榮府中之門生，算來亦係世交。如今孫家只有一人在京，現襲指揮之職……且家資饒富，現在兵部候缺題陞」。（第七十九回，頁1260）所以單就家世條件來說，賈赦認為孫紹祖是個東床快婿。就外貌年齡來說，

〔註24〕李紈名字中的「紈」與字「宮裁」的「裁」，都來自傳統女性價值的女紅。可參閱歐麗娟：《大觀紅樓》（正金釵）（臺北：國立臺灣大學出版中心，2017年8月），頁729～730。

他「生得相貌魁梧，體格健壯，弓馬嫻熟，應酬權變，年紀未滿三十」（第七十九回，頁1260），和「肌膚微豐，合中身材，腮凝新荔，鼻膩鵝脂，溫柔沉默，觀之可親」（第三回，頁46）的迎春，兩人也是郎才女貌十分登對。可惜賈赦因為五千兩銀子的借貸銀子（可被視為債款轉為聘金），忽略了人品這個重要的條件。縱使母親和弟弟賈政並不贊成，但這是父親給女兒訂下的婚約，旁人也無法多說什麼。結果天生溫馴嬌弱的迎春就此「誤嫁中山狼」，婚後發現夫婿好色、好賭、好酒，受盡委屈和打罵，短短一年就病逝了。

賈、史、王、薛四大家族及其他王爵世族的子女婚姻，當他們的父執長輩作主允婚之時，第一考量應該就是彼此的家族官階或經濟勢力，至於人品、性格等個人條件，都是被隱藏在家世背景之下的。

所以像迎春嫁給孫紹祖這樣的悲慘婚姻，《紅樓夢》裡還有一個例子，那就是薛蟠與夏金桂的聯姻悲劇。他倆的婚姻是書中比較特殊的案例：薛蟠是《紅樓夢》裡唯一一個實寫未娶正室就先納妾的例子，並且他的妻子夏金桂，是書中唯一一個敢和婆婆大聲爭吵的媳婦。面貌姣好令薛蟠心儀的夏金桂，是個被寡母寵壞的獨生千金，讓婚後生活風波不斷，薛蟠自己和妾室香菱，甚至是母親和妹妹寶釵，都深受其害。

薛蟠與夏金桂的家族聯姻，兩家本有親戚關係，薛蟠長大後再見夏金桂，見她貌美又聽說她也習得讀書寫字，立即對她心生愛意。他們本是世俗眼中門當戶對的良緣佳配：

> 「這門親原是老親，且又和我們是同在戶部掛名行商，也是數一數二的大門戶。前日說起來，你們兩府都也知道的。合長安城中，上至王侯，下至買賣人，都稱他家是『桂花夏家。』」……「他家本姓夏，非常的富貴。其餘田地不用說，單有幾十頃地獨種桂花，凡這長安城裏城外桂花局俱是他家的，連宮裏一應陳設盆景亦是他家貢奉，因此才有這個渾號。」（第七十九回，頁1262）

這樁原為眾人眼中門戶登對的好姻緣，卻因婚後的夏金桂，過於驕縱、善妒又潑辣，最後成為薛蟠眼中的河東獅，連對婆婆都敢大聲撒潑爭辯，一副惡媳姿態。夏金桂不像中國傳統的媳婦，收斂起未婚前的驕寵和蠻橫個性，努力做個對上侍奉婆婆、照料夫婿，對下治家理財的好嫡妻、好主母。她嫁做人婦，僅和丈夫薛蟠濃情蜜意才一個多月，就展露出千金小姐的驕縱脾氣，不但沒有容納早先過門的妾室香菱的肚量，還故意讓自己的陪嫁丫鬟寶蟾，

來搶奪丈夫對香菱的愛。在第八十回描寫薛蟠夫妻幾乎是終日爭吵打鬧的情景，成親時的甜蜜夫妻情愛，早就被吵鬧不休的家庭生活所磨滅。

所以，婚姻幸福長久的保障，並非取決於門當戶對這個世俗的條件。賈珠英年早逝留下少妻稚兒；史湘雲婚後婚姻幸福，丈夫卻因病離世；秦可卿嫁入賈家也只有短短幾年，這三對夫妻都是生死兩隔的原因，而被迫陰陽兩分，夫妻雙方僅度過短暫的婚姻生活。《紅樓夢》裡幾對無緣白首的夫妻，如為妻子身分，像李紈和史湘雲都說要一輩子守寡，不再婚嫁。此外，薛寶釵才嫁給寶玉沒多久，也才剛懷孕，丈夫卻放下俗塵出家去了，留下她與肚中孩兒，可以想見寶釵未來的生活，應該就是複製大嫂李紈的狀況，以謹遵婦道、終身栽培孩子並做好賈家媳婦，為人生最高目標。如果是男性喪偶（嫡妻逝世），幾乎都會再迎娶繼室或本身已有妾室陪伴，少有鰥居的生活。

冷子興說「誰知這樣鐘鳴鼎食之家，翰墨詩書之族，如今的兒孫，竟一代不如一代了！」（第二回，頁 29）鄭鐵生分析賈府五代男性，他認為：第一代賈演與賈源是屬於創業的一代，第二代賈代化和賈代善是守業的一代，第三代賈敬、賈赦、賈政是分化的一代，第四代的賈珍、賈璉、賈環是紈褲子弟，最後第五代的賈蓉、賈薔、賈芸之流則屬於荒淫無恥的一代。〔註25〕

他更進一步提到賈府從第三代的賈敬開始，「男性貴族不是腐化墮落，吃喝嫖賭，就是昏庸無能，無所事事；第四代之輩荒淫嬉戲，無所不為。」〔註26〕不只賈家子弟如此，其他豪門子弟婚前也常是花天酒地，毫無人生目標，就算結了婚、甚至當了爹，還是不改好逸惡勞、貪圖享樂的本性，不但不負起執掌家業、營繕聚財的責任，在婚後仍不斷背叛與元配的婚姻承諾，持續納妾、收屋裡人或依舊花心在外。於是，婚後短暫的帳暖恩愛情誼，很快就消散的無影無蹤了。

三、一般平民的婚姻

一般尋常百姓大多礙於經濟因素的考量，遵循一夫一妻制，但這樣的平民婚配關係在《紅樓夢》裡並不多，因此針對這類夫妻之間的婚姻關係描寫也極少，一般文學創作若提及庶民夫妻的婚姻，多偏重家庭受柴米油鹽的生

〔註25〕鄭鐵生：《紅樓夢敘事藝術》（北京：新華出版社，2011 年 12 月），頁 68～70。
〔註26〕鄭鐵生：《紅樓夢敘事藝術》，頁 95。

計問題所苦之事，或是礙於身分地位或經濟貧困的關係，婚姻被迫當作買賣，或是被強逼締結不平等的姻緣。

（一）劉姥姥女婿及其女兒王狗兒夫妻

《紅樓夢》裡出場的平民中，最有名的當屬劉姥姥。劉姥姥嫁入劉家後只育有一女，她的女兒嫁給王成之子狗兒，婚後生育一子板兒和一女青兒。女婿王狗兒雖然祖上曾經當過一個小官，不過現在家族只是一介平民，仰賴農事收成維生：

> 目今其祖已故，只有一個兒子，名喚王成，因家業蕭條，仍搬出城外原鄉中住去了。王成新近亦因病故，只有其子，小名狗兒。狗兒亦生一子，小名板兒，嫡妻劉氏，又生一女，名喚青兒。一家四口，仍以務農為業。因狗兒白日間又作些生計，劉氏又操井臼等事，青板姊弟兩個無人看管，狗兒遂將岳母劉姥姥接來一處過活。這劉姥姥乃是個積年的老寡婦，膝下又無兒女，只靠兩畝薄田度日。今者女婿接來養活，豈不願意，遂一心一計，幫趁著女兒女婿過活起來。
> （第六回，頁110）

劉姥姥守寡已久，自女兒出嫁後，一人務農獨居，後來到女婿家幫忙照顧兩個外孫，也為女婿一家人的經濟狀況十分擔憂。

這王、劉兩姓平民百姓的婚配，也是門當戶對的男女良緣，想必婚後也有新婚燕爾、親密恩愛的美好時光。可惜貧賤夫妻百事哀，劉家窮苦、王家也一樣清寒，一家才幾口人日子都過不下去了。女婿心情煩悶，在家喝悶酒，惹得女兒也只好小心應對，這一切緊張的家庭氣氛劉姥姥是看在眼裡的，忍不住對女婿曉以大義，勸說他「謀事在人」，別光喝酒澆愁，應當振作想些法子增加收入：

> 姑爺，你別嗔著我多嘴。咱們村莊人，那一個不是老老誠誠的，守多大碗兒吃多大的飯。你皆因年小的時候，托著你那老家之福，吃喝慣了，如今所以把持不住。有了錢就顧頭不顧尾，沒了錢就瞎生氣，成個什麼男子漢大丈夫呢！如今咱們雖離城住著，終是天子腳下。這長安城中，遍地都是錢，只可惜沒人會去拿去罷了。在家跳蹋會子也不中用。（第六回，頁110～111）

後來三人一番討論商量，想藉著狗兒王家與鳳姐王家的先祖，某段交情淵源來攀親一番，劉姥姥決定帶著外孫板兒，厚著臉皮到賈府借貸。

　　劉姥姥四進四出賈府大觀園的故事發展，那是作者在書中非常重要的情節安排，在此不予討論。「就劉姥姥本身而言，她是樸實、忠誠、懷恩、不忘回報、懂禮義而十分可愛可敬的人物。」〔註27〕她也是一位樂觀機智的鄉下老婦，婚後守寡守家，獨力養大一個女兒，其辛酸悲苦足以展現她為人母的韌性。她能來與女兒女婿同住，也是因為女婿家中已無長輩，她並非來享清福的，而是被託以照顧兩個外孫。見到女兒婚後日子也為錢所惱，心中也甚為憂慮，只能想方設法的幫襯著他們。余昭進一步評論劉姥姥：

> 在《紅樓》故事的眾多女性中，她代表了鄉村婦女的純樸憨厚，與
> 人為樂，靦腆而卻明理負責的一類。她看著女婿的不大成材，而生
> 活困頓，女兒也受委屈，便自告奮勇去攀親求助以解決困境。〔註28〕

李鴻淵認為賈母與劉姥姥是一貴一賤兩老嫗，也就是貴夫人與窮村婦、惜老憐貧與知恩圖報、精明強幹與隨機應變、一雅一俗，最終卻是一悲一喜的人生結局。〔註29〕在婚姻裡的賈母和劉姥姥，同樣年輕喪偶守寡，可以猜想年輕的賈母婚後生活富裕，煩心的可能是夫婿的多位侍妾，與大家庭複雜的人際應對和當家治家的辛苦與壓力。相反的，年輕的劉姥姥婚後最糟心的，可能是家中的柴米油鹽，尤其在丈夫死後必須自己扶養女兒，經濟應當更見拮据。

　　至於年老的賈母，雖然家業仍然鼎盛、子孫滿堂，卻要面對一代不如一代的兒孫日常眾多紛爭，還有逐漸衰敗的家族運勢，讓擁有豐富人生經驗和智慧的賈母也束手無解。

> 此時的賈母是苟求平安而不可得，惶惶不可終日，最後在淒涼痛苦
> 中死去。而貧窮的劉姥姥仍健康地活著，而且經濟條件豐裕，越活
> 越有滋味。按曹雪芹原來的構思，後來劉姥姥救了被賣到煙花巷中
> 的巧姐，養在家裡，最後嫁給了板兒。她反過來還成了賈府的恩人。
> 劉姥姥當然也算不上幸福，可一比較，賈母一家人恐怕是遠不如劉
> 姥姥一家人！〔註30〕

出生貴族富豪之家的四大家族兒女，生活經濟優渥，大多不須為了衣食

〔註27〕余昭：《紅樓人物的人格論解》（臺北：刻印出版有限公司，2008 年 1 月），頁 229。

〔註28〕余昭：《紅樓人物的人格論解》，頁 221。

〔註29〕李鴻淵：《紅樓夢人物對比論》（杭州：浙江大學出版社，2011 年 12 月），頁 15～29。

〔註30〕李鴻淵：《紅樓夢人物對比論》，頁 26。

奔波，可是他們的婚姻生活，卻面臨更多妻妾爭寵、嫡庶競爭、財產不公等紛擾；對比劉姥姥和她的女兒，雖然夫妻之間也會出現爭執，但大多是金錢上的煩惱，當劉姥姥從賈家帶回二十兩銀子貼補家用，讓生活中大部分的煩憂都消失了。

（二）甄士隱夫妻

甄士隱雖是鄉宦之後，但是個性閒淡、不事生產，已算是家道中落的一般百姓了。

> 廟旁住著一家鄉宦，姓甄，名費，字士隱。嫡妻封氏，性情賢淑，
> 深明禮義。家中雖不甚富貴，然本地便也推他為望族了。因這甄士
> 隱稟性恬淡，不以功名為念，每日只以觀花修竹、酌酒吟詩為樂，
> 倒是神仙一流人品。只是一件不足：如今年已半百，膝下無兒，只
> 有一女，乳名喚作英蓮，年方三歲。（第一回，頁5）

甄士隱原先日子也過得平淡安穩，卻在元宵節丟失了愛女，家裡又著火，最後只好變賣家產帶著妻子封氏，去投奔了岳父封肅。

出嫁的女兒帶著女婿回娘家住，有些家長可能會心疼給予資助，可惜甄士隱的丈人是個勢利眼，非但不協助女兒重新建立家業，還偷偷貪了女婿錢財，讓只擅長讀書的甄士隱，要改為務農謀生著實不易。丈人又在旁人面前對這個落魄女婿說三道四，這樣的日子勉強支持了一、二年，甄士隱自覺懷才不遇、又思念愛女，在貧病交攻之下〔註31〕，在外出時遇到跛足道人，聽到他吟唱的〈好了歌〉時豁然頓悟，竟跟隨跛足道人出家。

> 封氏聞得此信，哭個死去活來，只得與父親商議，遣人各處訪尋，
> 那討音信？無奈何，少不得依靠著他父母度日。幸而身邊還有兩個
> 舊日的丫鬟伏侍，主僕三人，日夜作些針線發賣，幫著父親用度。

〔註31〕《紅樓夢》的作者曹雪芹歷經兩度抄家，曹家失去政治和經濟的地位，家運快速衰敗，此時曹雪芹也遭遇到家計困頓的問題，但仍堅持理想、嘔心瀝血的創作《紅樓夢》。可惜他「迭遭折磨，加上寫作這樣一部巨著，耗費了太多的精力，他的身體與精神狀態，都已經承受不住任何打擊了。這時他的幼子又不幸夭折。曹雪芹悲痛欲絕，不久，也就離開了人世……。」見何永康主編：《紅樓夢研究》（北京：中華書局，2011年1月），頁60。所以，當婚姻生活中的經濟困窘，養育子女的責任與心血又遭遇失敗時，為人父母心中的苦痛一定難以承受，曹雪芹最後竟然自己也悲痛病逝。如同甄士隱愛女失蹤，依附岳家日子又過得委屈，身心俱疲，最後選擇拋棄妻子離家修道、逃避塵世。

那封肅雖然日日抱怨，也無可奈何了。（第一回，頁 14）

甄士隱的妻子封氏，是個性情賢淑、深明禮義的好妻子。夫婿有失女之痛，封氏難道就不悲慟嗎？丈夫所有不順遂的遭遇，封氏一樣也感同身受，雖然後來回到自己熟悉的娘家居住，就算父親對她仍十分疼愛，知道父親給女婿臉色看，又對他閒言閒語，心裡應該也是相當無奈和難過。

當她知道自己的丈夫跟道士離家不歸，十分悲傷。原本夫妻兩人可以互相扶持到白首，不料丈夫卻背棄這段婚姻。她只好獨自留在娘家，一邊尋找夫婿蹤影，一邊做些針線活自力更生來維持開銷。我們可以推測出日子一久，父親封肅是否會逼迫女兒再嫁？屆時她在娘家的處境將會更加窘困。若是封氏想為丈夫要守寡，父母百年之後，她也只能孤苦伶仃，一個人度過一生。

四、奴僕的婚姻

中國自商周時期起，就開始有奴僕的相關記載。若是單從供需的經濟因素來看，奴僕制度確實有存在的必要，只是從人權平等的角度來看，奴僕制度就有違人生而平等的觀念，而上下階級之間出現的殘害壓迫與對立衝突的情形，更是突顯法律與情感的枷鎖，對這些奴隸們的欺榨與不公。〔註 32〕《紅樓夢》裡的眾多奴僕服侍著賈府主子，兩者呈現供需的生存關係，奴僕們需要仰賴主子們的薪俸生活，而那些茶來伸手、飯來張口的豪門貴族，恐怕沒這些人的照料和侍奉，日子也舒適不了。

從《紅樓夢》裡的奴僕來源說起，其奴僕來源可能有以下幾類：

第一類是俘虜或罪犯。從滿清入關前到康熙年代，戰爭所獲得的俘虜多會分贈給有功將士，如第六十回提到「賈府二宅皆有先人當年所獲之凶賜為奴隸，只不過令其飼養馬匹，皆不堪大用」（第六十三回，頁 989），這裡的奴隸就是屬於戰俘。至於「違犯皇帝的官僚子女家屬沒籍為奴」〔註 33〕或「因罪籍沒入官的人口」〔註 34〕的人，不管原先身分是皇親國戚、官家子弟或是

〔註 32〕「清代買賣奴婢不僅是合法的，而且極為普遍。嚴酷的地租剝削和賦歛，迫
　　　　使大量農民傾家蕩產，不得不賣兒鬻女，而清王朝專門制定了買奴法例，以
　　　　保證家主的利益，從而也鼓勵八旗貴族憑藉權勢資材，大量收買奴婢。」詳
　　　　見王志剛、張少俠編著：《紅樓法事》（蘭州：甘肅人民出版社，1989 年 8 月），
　　　　頁 72。
〔註 33〕譚立剛：《紅樓夢社經面面觀》（臺北：新文豐出版股份有限公司，1991 年 12
　　　　月），頁 34。
〔註 34〕「這些入官人口同戰爭中俘獲掠奪的人口一樣，都是清代的官奴婢。賈府是

平民，或本來就是奴隸，皆因有罪而成為罪犯，他們屬於官家奴婢，可能被轉賣為奴或者直接發派至新的主子家。

第二類是買賣而來〔註35〕。大觀園裡的襲人、晴雯都是買來的奴僕，她們因為出身貧寒，所以被賣入富家為奴。當時奴僕的買賣分為「紅契」和「白契」兩種形式〔註36〕，「紅契」就是指奴僕的買賣經過了政府的登記，「賣身契」上是蓋有官印，是屬永久買賣、不得贖身。若賣身契屬於「白契」，是屬於私人買賣，這些奴僕在一定年限內是可以用錢贖身的。

第三類是可能帶地或被圈地投靠的漢人。清兵實行圈地政策，必須有大量的人力耕作，《紅樓夢》的第五十三回提到，寧府黑山村莊頭烏進孝進京，送來大量年貨和田地租銀，我們可以得知寧榮二府擁有不下十六、七處的莊園，這些莊園的收成也是賈家重要的經濟來源。賈府的莊園裡的奴僕或佃農，數量應該相當龐大。這些家奴有可能就是一些帶地投靠的漢人。他們平日在莊頭的監督安排下，努力耕種、飼養禽畜，上繳租金或物產，也為自己糊口謀生。

第四類是家生子女〔註37〕，也就是奴僕所生的子女就是家生子，他們生

功臣之家，也應該有這種奴婢。」尹伊君：《紅樓夢的法律世界》，頁279。例如官宦家族因罪被「抄家」時，除了主子也可能淪為罪犯而被貶為奴之外，原先家中的奴僕也會被轉賣或賞賜給其他官家。《紅樓夢》作者曹雪芹家族於雍正五年（1727），曹頫因騷擾驛站以及虧空織造款等罪名被罷職抄家，房產地產和奴僕等都被政府沒收，當時「家人大小男女共一百十四人，雍正轉而將他們轉賜給繼任的江寧織造隋赫德。」何永康主編：《紅樓夢研究》（北京：中華書局，2011年1月），頁45～57。

〔註35〕從人口買賣的對象來看，婦女的被買被賣占到了最大的比例。這是中國歷史上人口買賣的又一特徵。無論是嬪妃姬妾，還是妓女婢侍，都是對婦女的買賣。如果把那些用來抵租稅、抵賭債而被買賣的婦女加進去，婦女被買賣的數量就更大了。婦女被大量買賣的特徵，是與早期社會中婦女地位的極端低下緊密聯繫在一起的。馬玉山：《中國古代人口買賣》（臺北：臺灣商務印書館，1999年2月），頁11。《紅樓夢》曾寫道賈赦欲娶鴛鴦不可得，轉而託人花了八百兩購入嫣紅為妾；甄英蓮幼時被人口販子拐走後，先賣馮淵後賣薛蟠；而第十六回提到元妃省親，賈府特意到姑蘇採買了十二位女伶來演戲。以上十四位女子，不管她們被買入後身分為奴為妾或為伶人，皆與奴僕買賣的性質相當。

〔註36〕契約有紅契、白契之分，二者在法律上的區分至關重要。所謂紅契，是指呈報官方認可並加蓋官方紅印的契約。白契只是雙方當事人簽字畫押，未經官方認可，沒有加蓋官方紅印。紅契所買是地地道道的奴婢，他們不僅自己一輩子為奴為婢，所生子女也是奴婢，除非主人恩准放出，自己是不能贖身的。尹伊君：《紅樓夢的法律世界》，頁281。

〔註37〕「凡漢人家生奴僕，印契所買奴僕，并雍正五年以前白契所買，及投靠養育

生世世都為奴僕。像是賈母房中的大丫鬟鴛鴦家的金家幾代人，和鳳姐的丫頭小紅家的林之孝一家幾代人，已是好幾代人都身為賈家奴僕了。

第五類是隨小姐陪嫁到賈府的僕人。有些年輕婢女後來成為男主人的屋裡人，與小姐共事一夫，例如夏金桂的陪嫁寶蟾、鳳姐有四名陪嫁，後只剩平兒一人；迎春嫁到孫紹祖家時，也帶有四名陪嫁。或是隨著小姐來到婆家、繼續服侍主子的婆子或其他奴僕，例如周瑞家的、來旺家的和王善保家的〔註38〕。

第六類是贈送而來。前面提到身為奴僕，大多無法擁有個人自主權，所以他們也可能被當作貨物一樣，被主子相互贈送或交換。例如賈赦將秋桐贈給兒子賈璉；晴雯原為賴大所買，後來因賈母喜歡就贈給賈母，賈母後來又安排她去服侍寶玉。

《紅樓夢》裡許多寧榮兩府出場的奴僕人數十分眾多，共有丫鬟七十三人，小廝二十七人，僕人二百六十六人，共三百六十六人。〔註39〕

賈府的奴僕眾多，分工瑣細，依據性別、年齡、工作項目等，又分成許多等級和地位。《紅樓夢》裡的某些老僕或陪房，因為資歷深所以在家中備受禮遇，說話也頗具份量：

> 賈母忙命拿幾個小杌子來，給賴大母親等幾個高年有體面的媽媽坐了。賈府風俗，年高伏侍過父母的家人，比年輕的主子還有體面，所以尤氏鳳姐兒等只管地下站著，那賴大的母親等三四個老媽媽告個罪，都坐在小杌子上了。（第四十三回，頁662）

但不論如何獲得主子的恩寵和疼惜，奴僕就是奴僕，像賴尚榮這樣可以因為長輩長年服侍賈家有功，獲得恩典還其自由之身，還因捐官而成為知縣的奴

年久；或婢女招配，生有子息者，俱係家奴。世世子孫，永遠服役，婚配俱由家主，仍造冊報官存案。嗣後凡婢女招配、并投靠、及買奴僕，俱寫立文契。」詳見〔清〕隆科多等奉勅纂修：《大清會典（雍正朝）》（清雍正年間刻本），卷176，〈刑律七‧奴婢毆家長〉，頁46。

〔註38〕周瑞家的是王夫人的陪房，來旺家的是王熙鳳的陪房，王善保家的是邢夫人的陪房，她們有時會跟夫婿一起跟隨女主子，來到新的家庭繼續照顧她的新家庭，有的也會嫁給賈家的僕人，夫妻倆繼續服務著自己的主子。

〔註39〕周錫山：《紅樓夢的奴婢世界》（太原：北嶽文化出版社，2006年），頁2。《紅樓夢》裡第六回曾提到「按榮府中一宅人合算起來，人口雖不多，從上至下也有三四百丁」（頁109）此外，周錫山還統計出書中「另有太監、宮女五十五人，如計算在內，共有奴僕四百二十一人。」因太監、宮女不屬榮、寧二府，所以不予探討。至於《紅樓夢》裡到底寫了多少人物或是奴僕人數，有許多不同的統計數字，可見全書人物之龐雜。

僕，在賈家也僅有此例。

　　一般奴僕在身分上的界線或規範，還是得盡力服從，否則主子擁有對奴僕的各項處置權，甚至是整個人權，都是被掌控在主子手上的。在賈府，可以發現大小主子最常行使的，就是斥責和打罵的處分權。

　　雖然賈府標榜「寬柔以待下人」，但是從眾多奴婢的工作處境和命運發展，就能發現一旦身分命定為卑賤的奴隸階層，一輩子的生活幾乎都只能聽由主子的安排，而無法擁有自己的主張和人生。《紅樓夢》裡真正寬厚體貼的主子，僅有成天被眾奴僕圍繞的賈寶玉，尤其是他對丫鬟、侍女們的關懷體貼，更讓身邊大小丫鬟深感窩心。「寬仁慈厚、從來不曾打過丫頭們一下」的王夫人，雖然平日展現泱泱大度的主母姿態，但遇到與寶玉有關聯的事件時，也會失去理智，無端指責金釧勾引寶玉，還打她耳光，導致她憤恨投井自盡；對於晴雯，王夫人也憂其美貌迷惑寶玉，導致她被逐後含冤病死。至於做事驃悍犀利的鳳姐，更常對於丫鬟、小廝拳打腳踢，就連她最貼己的陪嫁丫鬟平兒，也難逃她的責罵和暴打。

　　主子對奴僕大聲責備和辱罵，只是一般常態輕微的責罰，再嚴厲一些就是身體上的笞打，如掌嘴、打大板，最嚴重的責罰可能就是被隨意賣出或贈與他人。《紅樓夢》中多次出現對待女僕的懲罰方式是「領出去配人」，其實就是將人當作物品，隨便拉個男僕或小廝胡亂配對。在第六十回，柳家的五兒曾經被誤為是賊，差點就被責打四十大板並被胡亂配人。

　　除了處分權外，主子也掌握奴僕的姓名權，換言之，奴僕的名字可隨主子的想法去做更改，賈家的許多奴僕名字都是主人所取的。當然這些丫鬟或男女僕人的姓名，是作者曹雪芹所發想的，但是依據曹雪芹的命名原則，其實顯示這些名字是主人依照心情、或有特殊理由，如好聽好叫、高貴優雅等原因，甚至可以一再變動奴僕的名字。

> 原來這襲人亦是賈母之婢，本名珍珠。賈母因溺愛寶玉，生恐寶玉之婢無竭力盡忠之人，素喜襲人心地純良，克盡職任，遂與了寶玉。寶玉因知他本姓花，又曾見舊人詩句上有「花氣襲人」之句，遂回明賈母，更名襲人。（第三回，頁55）

賈政第一次聽到襲人這個丫鬟名字時，認為這個名字「刁鑽」，應該就是寶玉才會這樣亂取名字。此時賈政說了一句「丫頭不管叫個什麼罷了」，寶玉也回覆父親說他取此名的原由：「因素日讀詩，曾記古人有一句詩云：『花氣襲人

知畫暖』。因這個丫頭姓花，便隨口起了這個名字。」（第二十三回，頁362）

本來是賈母房裡的二等小丫頭紫鵑，原名鸚哥，後來被賈母分去服侍黛玉，也因此被改名為紫鵑。小紅原名林紅玉，「只因『玉』字犯了林黛玉、寶玉，便都把這個字隱起來，便都叫他『小紅』。」（第二十四回，頁385）她先為賈寶玉的丫鬟，後被王熙鳳爭取過去。寶釵的貼身丫鬟「鶯兒」，本名是「黃金鶯」，寶釵沒給她改名，只是嫌「金鶯」叫起來拗口，便被改叫成「鶯兒」〔註40〕。

甄士隱的女兒甄英蓮，她的命運正如她的名字「真應憐」。命運多舛的甄英蓮，一生先擁有父母給與的名字「英蓮」，後來被人拐走期間，或許就被隨意叫個小名，接著被薛蟠買走，寶釵喚她作「香菱」，等遇到夫婿薛蟠的嫡妻夏金桂時，她又故意將「香菱」改成「秋菱」。

紅玉被改為小紅，也是為了避開寶玉及黛玉的名諱，這是一種「被貴族合理化之權威霸德」〔註41〕。襲人本名花珍珠，襲人之名出自於寶玉，美其名是受到主子的喜愛而更名，但有時也可能凸顯奴婢人權不彰的情況。或許替家中男女奴僕取名字，是作者不自覺地反映了清代姓名、別號的流風餘韻，不一定是要剝奪他們的姓名權，例如賈府丫鬟小廝命名多風雅有深意，奴僕們可能也欣喜接受，可若是主子學識不佳胡亂取名，或是特意懲罰，要求改成難聽不雅的名字，奴僕也沒有權利拒絕。

襲人被賈母送贈給寶玉，乃是因其服務主子時可以克盡職守、全心事主，又是一個「沒嘴的葫蘆」，擔任奴僕工作盡忠也不嗑牙。奴僕們若是紅契身分，就得終身為奴，此時主人便可以將他當成物品一樣，隨意贈與或買賣，也可以隨心所欲的安排婚姻。襲人深受賈母和王夫人喜愛和器重，也早被內定為寶玉的通房丫頭。所以當寶玉從警幻仙境夢醒後，襲人願意與他偷試雲雨，正因為她早就知道自己已被許配給寶玉了。襲人對寶玉或許純粹是男女真情，或許是主僕情意轉為日久生情，但是身為奴婢與主子發生情感，常會被視為高攀也不合禮教，迎面而來的是種種外來的阻力和批評，也往往無法終成眷屬。襲人認為既然自己早已被許諾給寶玉，與他發生夫

〔註40〕寶玉道：「你本姓什麼？」鶯兒道：「姓黃。」寶玉笑道：「這個名姓倒對了，果然是個黃鶯兒。」鶯兒笑道：「我的名字本來是兩個字，叫金鶯。姑娘嫌拗口，就單叫鶯兒，如今就叫開了。」（第三十五回，頁541）

〔註41〕許玫芳：〈紅樓夢中襲人轉蓬般之性命〉（《師大學報》人文與社會類，第50期，第1卷，2005年），頁1。

妻關係並不逾禮。她在生活上照顧寶玉起居，處處幫他張羅設想，最終卻還是沒能嫁給寶玉。她在寶玉離家後頓失生活寄託，悲苦病倒，在夢到寶玉後內心更加煩憂：

> 我是太太派我伏侍你，雖是月錢照著那樣的分例，其實我究竟沒有在老爺太太跟前回明就算了你的屋裏人。若是老爺太太打發我出去，我若死守著，又叫人笑話；若是我出去，心想寶玉待我的情分，實在不忍。（第一百二十回，頁 1787～1788）

其實王夫人和薛姨媽，把襲人對寶玉的思念也看在眼裡，只是「屋裏人願守也是有的。惟有這襲人，雖說是算個屋裏人，到底他和寶哥兒並沒有過明路兒的。」她們擔心賈政知道襲人已婚配寶玉的事，薛姨媽起初也只是認為「再者姨老爺並不知道襲人的事，想來不過是個丫頭，那有留的理呢？」（第一百二十回，頁 1792）她們看襲人如此悲傷，於是想透過她的家人來勸說她：

> 只要姐姐叫他本家的人來，狠狠的吩咐他，叫他配一門正經親事，再多多的陪送他些東西。那孩子心腸兒也好，年紀兒又輕，也不枉跟了姐姐會子，也算姐姐待他不薄了。襲人那裏還得我細細勸他。就是叫他家的人來也不用告訴他，只等他家裏果然說定了好人家兒，我們還打聽打聽，若果然足衣足食，女婿長的像個人兒，然後叫他出去。（第一百二十回，頁 1792）

她們的確也是真心為襲人的未來作打算，想要幫她婚配一個良婿。嫁給蔣玉菡非襲人所願，只能默默無聲「悲傷不已，又不敢違命」的接受王夫人的安排。所幸嫁給蔣玉菡後，發現他倆之間與寶玉早有情意和交集，而能較釋然的接受這段婚姻。襲人因家貧進入賈府為婢，因自身個性被賈母許給寶玉作為未過門之侍妾，最後與蔣玉菡成就「義夫潔婦」的美好姻緣。

襲人的命運稱得上是賈府奴僕裡，較圓滿、幸福的安排了。一般的奴僕並無婚姻自主權，因為主人可以隨意將奴僕賣出，或胡亂將他們許配給別人，甚至是贈與他人。

（一）婚姻聽由主子發配安排

賈府對於沒有自主身分權的大多數的丫頭和小廝，他們的婚姻安排是由主子相互發配的，所以有很多夫妻檔，在結婚後仍繼續為賈家服務，就像許多陪房們，一家數口都持續在賈家工作，一來他們本是賈家奴僕，未經許可，在法律上是不能脫離賈家生活，二來外面的工作薪資福利不一定好過賈家。

賈府中的眾多奴僕到了適婚年齡，大多被主子安排適齡男女互相配對。第七十回寫道：

> 因又年近歲逼，諸務猬集不算外，又有林之孝開了一個人名單子來，共有八個二十五歲的單身小廝應該娶妻成房，等裏面有該放的丫頭們好求指配。鳳姐看了，先來問賈母和王夫人。大家商議，雖有幾個應該發配的，奈各人皆有原故：第一個鴛鴦發誓不去。自那日之後，一向未與寶玉說話，也不盛妝濃飾。眾人見他志堅，也不好相強。第二個琥珀，又有病，這次不能了。彩雲因近日和賈環分崩，也染了無醫之症。只有鳳姐兒和李紈房中粗使的大丫鬟出去了，其餘年紀未足。令他們外頭自娶去了。（第七十回，頁 1089）

> 林之孝對賈璉說：「再者裏頭的姑娘也太多。俗語說，『一時比不得一時』，如今說不得先時的例了，少不得大家委屈些，該使八個的使六個，該使四個的便使兩個。若各房算起來，一年也可以省得許多月米月錢。況且裏頭的女孩子們一半都太大了，也該配人的配人。成了房，豈不又孳生出人來。（第七十二回，頁 1130）

《紅樓夢》裏有一群十多歲到二十多歲的小廝們，先讓他們跟家中女性奴僕婚配一番。主子們也挺關心奴僕們的婚配問題，可能先就一些客觀條件如年齡之類的來做婚姻安排，但也可能沒有參酌太多當事人的意見，或許當事人也無法提出自身想法，只好默默接受主子們的亂點鴛鴦譜。

到了賈府被抄家衰敗後，賈母仍得靜下心來作財產的安排與人事的調派，她對賈璉說：「你就吩咐管事的，將人叫齊了，他分派妥當。各家有人便就罷了。譬如一抄盡了，怎麼樣呢？我們裏頭的，也要叫人分派，該配人的配人，賞去的賞去。」（第一百七回，頁 1623）尤其是對家中的奴僕，要在適婚年齡時幫他們分派對象、安排歸宿。

李嬤嬤曾經大罵過襲人「你不過是幾兩臭銀子買來的毛丫頭」，說襲人勾引主子，只顧著巴結寶玉卻對她不敬，想把她「拉出去配一個小子」（第二十回，頁 315）。鳳姐也曾故意附和婆婆邢夫人的說法：「到底是太太有智謀，這是千妥萬妥的。別說是鴛鴦，憑他是誰，那一個不想巴高望上，不想出頭的？這半個主子不做，倒願意做個丫頭，將來配個小子就完了。」（第四十六回，頁 704）

邢夫人發現當她對鴛鴦說出賈政欲收她為妾時，鴛鴦並無欣喜神情，反

倒面有難色，問說：

> 難道你不願意不成？若果然不願意，可真是個傻丫頭了。放著主子
> 奶奶不作，倒願意作丫頭！三年二年，不過配上個小子，還是奴才。
> 你跟了我們去，你知道我的性子又好，又不是那不容人的人。老爺
> 待你們又好。過一年半載，生下個一男半女，你就和我並肩了。家
> 裏人你要使喚誰，誰還不動？現成主子不做去，錯過這個機會，後
> 悔就遲了。（第四十六回，頁 706）

可見奴僕的婚姻聽由主子發配安排，是主人的權利，也是責任，但奴僕們常
只能被動接受，任由命運安排。像彩雲本可由父母安排婚姻對象，卻被迫嫁
給旺兒之子。在鳳姐、邢夫人和李嬤嬤眼裡，丫鬟們被胡亂配個小子的確是
件可怕的事，因此若有機會能有別的姻緣出路，例如嫁給富家主子為妾，才
是較幸運的婚姻安排。

（二）恩典放出，自行分配

這裡的所指的「恩典放出」，專指可以讓奴僕去掉奴籍，恢復良民身分，
之後就由父母安排或自行婚配，被恩典放出的男僕，甚至可以參加科舉、捐
官、或從軍，來謀求新的家族門第，而且後代子孫也不再是奴僕身分。例如
賴嬤嬤的孫子賴尚榮，在賈府跟賈氏子孫一起受教育，從小生活也是養尊處
優。二十歲時賈府幫他捐了前程，當了知縣。因為賴嬤嬤和賴大的犧牲奉獻，
讓賴尚榮順利擺脫奴僕的命運，當他成為知縣大人時，所求婚配之人自當與
他知縣身分能夠匹配，此時父母就可以自由做主兒女婚姻，主子不會干預，
所以將奴僕「放出」被視為是主子所賞賜的恩典。

奴僕被「恩典放出」後可能會遇到兩種情況：一種是奴僕若遇到真心疼
愛他們的父母（或主子），就會好好地替他們張羅一個各方面都比較合適、優
秀的對象，例如襲人嫁蔣玉菡；另一種則是對於主人要給予放出安排時，奴
僕內心有所不願。王夫人和尤夫人於老太妃病逝後配合法律規定，商議想要
將十二官遣發出去時，發現她們竟有一半以上不願接受這個看似恩典的安排：
「將十二個女孩子叫來面問，道有一多半不願意回家的：也有說父母雖有，
他只以賣我們為事，這一去還被他賣了；也有父母已亡或被叔伯兄弟所賣的；
也有說無人可投的……」。（第五十八回，頁 905）可見這些最初因家貧被賣去
學戲的孩子，若從賈府放出後回到老家，恐怕又會再次被父母或親戚所賣，
就算是改由乾娘領回安排，她們根本也只管自己利益，還是又會被賣，所以

王夫人這次的安排僅有齡官、寶官和玉官三位伶人放出成功（藥官早夭），竟有八位願意繼續留在府中當丫鬟。到了第七十七回，王夫人為了預防寶玉被狐媚的女子誘惑，趁機整頓府中丫鬟，所以再次要求之前留下的伶人「賞他外頭自尋個女婿」、「一概不許留在園裏，都令其各人乾娘帶出，自行聘嫁」（第七十七回，頁1214）時，芳官、藕官和蕊官一聽到這次又要被主子放出去自行婚嫁時，心裡更是悲傷的拒絕，寧願選擇出家。

鳳姐陪嫁丫鬟共有四個，結果有些去世，有些嫁人，最後身邊只剩平兒一人。這裡所說的「嫁人」，應該就是指放出後任其婚嫁。否則若她們嫁給賈府中男僕，應當還是會在故事裡出現。

彩霞本來已被王夫人恩許放出，讓她父母可幫她挑選女婿的，沒料到旺兒太太透過鳳姐和賈璉來當說客，希望能將彩霞許配給兒子。本來奴僕之間互相聯姻再正常不過了，但是旺兒之子不但貌醜，品行更差，彩霞家原本是不願意的，卻看在主子賈璉夫妻出面說媒的情份上，竟然就害得彩霞只得委屈出嫁。

司棋是賈迎春的丫頭，在賈府時已偷偷與做小廝的表弟潘又安〔註42〕相愛。在抄檢大觀園時，周瑞家的查到她箱子裡有男子鞋襪，和一個同心如意以及一封情書，因此她與男子的戀愛私情曝光，被攆出大觀園。其實此時司棋已經有獨立的婚姻權，若母親同意她與表弟的婚事，自然也是良緣一椿，只可惜母親堅決反對，她便撞牆明志，潘又安也隨之自盡。

（三）當主子的小妾

在小說中當小妾的丫鬟甚多，如平兒、秋桐、香菱等人。例如鳳姐的陪嫁貼身丫鬟平兒，就是在鳳姐安排之下共同服侍賈璉，成為賈璉的妾室。

> 依情感層面來講，陪嫁的婢妾是由妻子原生家庭帶來的，特別是貼身侍婢與妻子所建立的親密感，因此嫡妻大多會接受侍婢成為丈夫的妾，這可以說明為何鳳姐和夏金桂同為妒婦的代表卻都不約而同地選擇貼身侍婢讓丈夫納為妾，而新婦進入新家庭多會重用自己身邊帶來的侍婢和陪房，與新婦為穩定家庭地位與消除不安感有很大

〔註42〕關於潘又安的身分，書中前後不一。第七十二回先寫司棋與其姑表兄弟青梅竹馬，早已私訂終身（頁1121），在第七十四回才點出潘又安的身分是司棋的表弟（頁1164），但到了九十二回時又說潘又安是司棋表兄（頁1437）。

的關係。〔註43〕

當然，平兒這個妾室生活，也是過得如履薄冰。不過，熙鳳雖然也曾對平兒發飆打罵，但實際上她跟這個陪嫁丫鬟之間的情感聯繫，連李紈都心生羨慕。

襲人也是賈母和王夫人所認可的屋裡人，可惜寶玉出家，所以襲人被安排嫁出。賈璉的妾室趙姨娘，可能也是由家中丫鬟晉升為姨娘。若能從奴婢當上侍妾或姨太太，身分將會成為「半個主子」，若想再晉升為繼室，機會有些渺茫。但是在《紅樓夢》裡有一個成功的案例，就是賈雨村迎娶甄家丫鬟嬌杏〔註44〕為妾，在為丈夫生下一子後，又遇到丈夫的嫡妻因病過世，竟然就被扶為正室夫人了。

另一方面，也有人看得十分透徹，不願成為主子的小妾，例如鴛鴦就是一個最明顯的例子。當鴛鴦被賈赦看中，想要納為妾室時，鴛鴦是拚死拚活也不願意答應。不管邢夫人誘之以利，賈赦逼之以威，再加上兄嫂導之以情，她就是堅決不肯順從這個他人口中的好婚配。幸好疼愛她的賈母，也覺得自己的兒子和媳婦此舉太荒唐，替她阻擋下這個影響終身幸福的安排。在賈母過世後，鴛鴦自知處境艱難，最後自縊以求周全。

秋桐本是賈赦的丫鬟〔註45〕，賈赦將其贈送給兒子賈璉為妾，她與夏金桂的陪嫁寶蟾一樣，對於能夠從丫鬟身分攀上年輕男主子十分欣喜，不但反過來欺負其他侍妾，有時對正主母都有點逾越分寸了。尤其她們倆遇到的正主母都是個性剛烈，也不能大度容人的女子，她們兩人又成為別人手中的棋子。

當薛蟠搶奪英蓮而造成馮淵命案時，其實他早就對她產生情愛之心。薛蟠早想將她收為房裡人，後來薛姨媽「看著香菱模樣兒好還是末則，其為人行事，卻又比別的女孩子不同，溫柔安靜，差不多的主子姑娘也跟他不上呢，故此擺酒請客的費事，明堂正道的與他作了妾。」（第十六回，頁240～241）等到薛蟠娶了夏金桂，英蓮更名成為香菱、又變成秋菱，不但失去了自己的

〔註43〕梁瑞雅：《紅樓夢的婚與非婚》（中央大學中國文學系碩士論文，2009 年），頁56～57。

〔註44〕護花主人評約：「嬌杏者，徼幸也。賈雨村之罷官就館，因館而復得官，如嬌杏之由婢而妾，由妾而正，皆徼幸也。」曹雪芹、高鶚著，〔清〕護花主人、大某山民、太平閒人評：《紅樓夢三家評本》（上下兩冊）（上海：上海古籍出版社，2007 年 5 月，六刷），頁32。

〔註45〕根據書中所描寫，秋桐應與賈赦有曖昧關係，也可視為賈赦之房裡人。

姓名權,更成為處境堪憐、飽受欺凌的一個小妾。或許有人會羨慕她可以從女僕晉升為主子的侍妾,但是面對強勢潑辣的嫡妻夏金桂和金桂的陪嫁丫鬟寶蟾,雙雙用計謀害她,她在薛家的生活也是水深火熱。依據第五回的情節安排,英蓮的結局應該是被夏金桂虐待而死,但最後書中的結局,反倒是夏金桂害人害己自取滅亡,英蓮被薛蟠扶正後卻也難產而亡,結束悲慘而短暫的一生。

(四)自由戀愛

賈府的丫鬟僅有少數幾椿自由戀愛的故事,如小紅與賈芸,司棋與潘又安、齡官與賈薔等。

小紅有機靈的反應和口才,所以鳳姐很喜歡她,便將她從寶玉身邊要了過來。小紅是《紅樓夢》裡少數敢大方追愛、勇敢表白的女子,尤其對象還是賈家的遠房主子賈芸。他們以帕傳情,找機會互訴情衷,小紅成功爭取機會,嫁給自己喜歡的夫婿。司棋和表弟互有情意,可惜縱使被賈家逐出後,母親仍不允許她嫁給表弟,因此,她堅決以死抗爭,表弟也隨之殉情。

至於齡官和賈薔,曾經互相愛戀心動。齡官曾在薔薇花架下拿著簪子,邊流淚邊在地上寫「薔」字,著迷到連下雨都不知曉,而賈薔也曾經花了一兩八錢的銀子,買了一隻雀兒想要讓齡官解悶,誰知齡官不喜歡,賈薔還只能傻傻陪笑。後來知道齡官覺得這隻雀鳥好似她們伶官一樣不自由,賈薔趕緊認錯賠罪,要將雀鳥放生又被說教一番,賈薔於是左右為難地站著。這兩人各自的心思與拌嘴互動情形,恰巧都被寶玉看見,寶玉此時也才領會到之前齡官一直寫薔字的原因。

賈薔是「寧府中之正派玄孫,父母早亡,從小兒跟著賈珍過活,如今長了十六歲,比賈蓉生得還風流俊俏」(第九回,頁158),但其實品行不佳,雖已搬出賈府自立門戶,但還是倚仗賈珍和賈蓉生活,「鬥雞走狗、賞花玩柳」,儼然一副紈褲子弟模樣。康來新認為比起小紅和賈芸,齡官和賈薔兩人相愛的反倒比較深刻、純粹,但是最終齡官和賈薔的戀情無疾而終,應該也是因為齡官對於他倆身分階級上的考量:

> 首先齡官與賈薔之間就存在著階級的鴻溝,後者的身分已經顯示出這段情愛的無望。本來賈薔的造型無非是膏粱子弟的頑劣不堪,但愛情提昇了他,至少在齡官面前他幾乎像愛情的聖徒那般光輝,對於齡官種種的奚落能夠百般求全,且處處充滿憐惜與鼓舞之情,心

心念念都以齡官為重，全然罔顧寶玉，也不理會禮數與世故，也可
見其用其之深了。〔註46〕

齡官外貌佳、戲也唱得好，可惜出身貧寒，被迫淪為低賤的賤民身分。
她也曾與賈薔互有情意，但她也早早看透與賈薔的身分差距，就算能夠與之
共結連理，應該也只能當個小妾，就像之前賈薔送她的那隻被關在籠子裡的
雀鳥一樣，終身都失去自由與尊嚴。當然也可能是在經過更長時間的相處後
發現，賈薔並非是個可以一生依靠的良人。因此，在王夫人第一次要將她們
這群小戲子放出時，齡官沒有繼續留在賈府不走，而選擇離開可以自由婚嫁，
讓這段曖昧的戀情無疾而終。

《紅樓夢》裡描寫許多婚姻類型，如賈妃嫁入皇室的后妃帝王婚姻、像
四大家族聯姻的王爵世族婚姻、一般平民的婚姻以及奴僕的婚姻安排。我們
可以從上述四種類型的婚姻描寫中，了解到婚姻中的人物喜悲，以及其他衍
生而來的妻妾感情爭寵，或嫡庶子嗣糾紛等複雜的家庭問題。

第二節　婚姻裡的妻與妾

雖然中國人對婚姻形式的基本觀念是一夫一妻制度，但明清的社會風氣，
常常出現一夫一妻多妾的情況，尤其是擁有權勢地位或經濟財富的達官貴人，
妻妾成群是常有的事〔註47〕。

何謂妻妾？《說文解字》：「妻，婦與己齊者也。妾，有罪女子，給事之得
接於君。」〔註48〕又說「男子謂正室曰妻，副室曰妾。」〔註49〕《白虎通義》
裡也曾定義妻妾二字的意思：「妻妾者，何謂也？妻者，齊也，與夫齊體。自
天子下至庶人，其義一也。妾者，接也，以時接見也。」〔註50〕而且「妾按

〔註46〕康來新：《石頭渡海：紅樓夢散論》（臺北：漢光文化事業公司，1985 年 2 月），
　　　　頁 123。
〔註47〕根據劉翠溶的研究指出：「納妾人數（比例）的多少反映了家族的權勢及財
　　　　富。」見劉翠溶：〈家族人口的婚姻〉（《明清時期家族人口與社會經濟變遷》，
　　　　中央研究院經濟研究所，1992 年 6 月），頁 47。
〔註48〕「妻」字見〔漢〕許慎著、〔漢〕段玉裁注：《說文解字注》（臺北：頂淵文
　　　　化事業有限公司，2003 年 8 月），頁 616。「妾」字見頁 102。「辠」即「罪」
　　　　字，意思是說「妾」字原指有罪女子，被派任從事各項服侍他人的雜務工作。
〔註49〕〔漢〕許慎著、〔清〕段玉裁注：《圈點段注說文解字》（臺北：萬卷樓出版
　　　　社，2002 年 8 月，再版），頁 620。
〔註50〕〔漢〕班固《白虎通義》卷 10，〈妻妾〉章。

禮法必須安頓在偏室，所以又有小妾、側室、偏房等稱謂。」〔註51〕這些定義都說明了在中國傳統思想中，妻的地位是高於妾的。此外，妾的身分依其身分或迎娶方式或男方安排，也有不同的位階和稱呼。官宦富貴人家明媒正娶的正室就是大房太太、原配夫人，資歷較長的被尊稱為「夫人」或「太太」，例如賈母是榮寧二府中最年長的，被尊稱為老太太，王夫人是賈政的嫡妻，就被喚作夫人，下人或親屬都稱她太太。至於輩分較淺的晚輩正室常被稱呼為「奶奶」，如李紈是大奶奶，王熙鳳被稱為（璉）二奶奶，尤氏被稱為珍大奶奶，尤二姐被稱為新奶奶。趙姨娘是「姨娘」身分，就是妾的最高位階，家中奴僕甚至她的親生兒女也叫她姨娘。有些妾室是從外直接娶納，也有可能原先是通房丫頭，後來晉升為姨娘的。平兒算是「通房丫頭」，是從陪嫁丫頭中轉任的。通房丫頭的身分最卑下，所擔任的職差除了原本服侍男女主人的生活起居外，還得成為男主人的屋裡人（性伴侶），或許終身都沒有正式名分。

不管是日常生活或行為舉止，妾室都不可逾越或凌駕在嫡妻之上，例如對丈夫的稱呼。一般要求，妻可以稱自己的丈夫為「相公」，而妾只能跟家中奴僕一樣，稱呼自己的丈夫為「老爺」，可見妻妾地位尊卑相差極大。

> 妾在家長家中實非家屬中的一員。她與家長的親屬根本不發生親屬關係。不能像妻一樣隨著丈夫的身分而獲得親屬的身分。她與他們之間沒有親屬的稱謂，也沒有親屬的服制。她們以姨太太或姨娘稱呼之，她也只能像僕從一樣稱呼那些人為老太爺老太太、老爺太太或少爺小姐。甚至對於老爺太太所生的子女如此稱呼，除非是她自己所生的子女，她才能直呼其名而有母子關係，同時太太所生的子女因她有子才加母字而稱之為庶母或姨娘。〔註52〕

所以探春稱自己的母親為姨娘，而稱王夫人為太太，賈環偶爾會稱趙姨娘為母親，但在外人面前還是稱呼她姨娘。

妾室有時並不被當作一位家庭成員，或是一位妻子或母親看待，她們有些與丈夫不具有法律上的婚姻關係，更可憐的是，反而被視為家中的奴婢，這些妾室與丈夫和正室妻子的關係是主奴的關係。妻和丈夫都是家中主子，

〔註51〕郭松義：〈清代的納妾制度〉（《近代中國婦女史研究》，1996 年 8 月，第 4 期），頁 35。

〔註52〕瞿同祖：《中國的法律與社會》（北京：中華書局，2000 年 10 月，初版五刷），頁 172。

妾最多被視為半個主子。用餐或起居的位置安排，妾的身分其實就像是家中奴婢。平時賈璉和鳳姐是在房裡吃飯的，有時平兒可以一起吃，但是她的用餐位置並不舒坦：「平兒屈一膝於炕沿之上，半身猶立於炕下，陪著鳳姐兒吃了飯，伏侍漱盥。」（第五十五回，頁865）可見她邊吃飯，還要邊照顧到主子的生活。在許多法律上的規範，妾與妻的地位也是極為不平等的。

透過冷子興的說法，賈家的兒孫，一代更不如一代。男主人的政治功績或治家能力，已無法跟開疆闢土的賈家先祖賈演、賈源相比，到了第四、第五代時，這些年輕子弟已經淪為安逸又無法守成的富家公子哥，生活只追求奢侈和荒淫，家族的發展快速崩解。

尤其在婚姻、女色方面，已婚的男子幾乎都一妻多妾，未婚的男子也追求玩樂至上的人生，有的早在迎娶嫡妻之前，家裡早已納妾，還是家中長輩協助安排的。賈璉的小廝興兒就曾經對尤二姐說過：「我們家的規矩，凡爺們大了，未娶親之先都先放兩個人伏侍的。」（第六十五回，頁1032）王夫人安排襲人去照顧寶玉時，熙鳳曾問為何不直接將襲人變成寶玉屋裡人，王夫人解釋說：

> 那就不好了，一則都年輕，二則老爺也不許，三則那寶玉見襲人是個丫頭，縱有放縱的事，倒能聽他的勸，如今作了跟前人，那襲人該勸的也不敢十分勸了。如今且渾著，等再過二三年再說。（第三十六回，頁548）

當時王夫人他們選擇將此事瞞著賈政，直到寶玉出家後，賈政都還不知道此事。

第七十二回，趙姨娘曾對賈政要讓賈環納了彩霞，此時賈政的說法是：「且忙什麼，等他們再念一二年書再放人不遲。我已經看中了兩個丫頭，一個與寶玉，一個給環兒。只是年紀還小，又怕他們誤了書，所以再等一二年。」（第七十二回，頁1132）可見賈家長輩在自家兒孫年齡適合時，便會幫他們張羅幾個屋裡小妾，正如薛蟠也是先納妾再娶妻。

雖然有時嫡妻過世後，小妾可能有機會被扶正，但這樣的機會極少，像賈雨村的小妾嬌杏因育有一子，又遇到大房過世，所以被升格為正室，是相當幸運和「僥倖」的。香菱在第一百二十回時，最後苦盡甘來也有幸被扶正，但卻在為夫家產子後去世。

《紅樓夢》中的婚姻制度，亦是男權的封建婚姻制度，對家庭中處於較

低地位的妻妾來說，都在婚姻生活中謀求生存之道，於是出現許多妻妾爭寵、家庭情感失和的狀況。其中妻妾之間的寵愛之爭、經濟之爭、子嗣之爭等，都是比較容易浮現的爭寵議題。

一、妻妾爭寵，寵愛之爭

（一）妻妾家世，高下立判

賈代善是賈母的夫婿，他們是四大家族的第一宗聯姻，賈母是一品國公夫人，是賈府年紀最長、地位最崇高的長者，雖然現在已經退居幕後，將理家的責任移交給媳婦王夫人。王夫人又把治家的工作，委託給自己姪女、也是姪媳婦的熙鳳，賈母仍是榮國府和寧國府的精神象徵。就算賈代善已經離世多年，但是從第五十五回中可以發現，賈代善最少有一妻六妾〔註53〕，史太君是明媒正娶的嫡妻，身家背景與賈家相當，又幫夫婿生育二子一女，正室的地位無法撼動。書中沒有特別描寫賈母與眾小妾的相處情形，但在第四十四回，賈母在安撫鳳姐遇到丈夫風流偷情，當如何面對時，賈母應該是把她的人生經驗與感觸直接說出來：「什麼要緊的事！小孩子們年輕，饞嘴貓兒似的，那裏保得住不這麼著。從小兒世人都打這麼過的。」（第四十四回，頁680）從賈母給鳳姐的忠告來看，不難推論，賈母的父親、丈夫，甚至是身邊眾多男子，都是無法忠於一個妻子的，而法律也允許這些男子這樣的行為，這是父權社會男人的特權，身為女性只能默默接受，謹遵自己嫡妻的身分、固守自己正室的位子，即是最好的應對之策。

邢夫人是賈赦的繼室，書中極少提到她與嫣紅和翠雲或其他妾室的相處情形；尤氏是賈珍的繼配，她跟佩鳳、文花、偕鸞三位妾室的日常互動模式，也都是談論跟賈珍相關的生活事項，沒有什麼情愛爭寵的衝突。可以推論這是因為邢、尤二人雖為正室，卻都是填房出身，其家世背景都不如眾多嫡妻的娘家來得強盛，所以原生家庭根基薄弱的她倆，不管是因夫婿原配過世而躍升為正室、或是後來娶進門當繼室，當她們晉升為正室後的姿態也比較平和，與小妾們的相處也相對融洽。

〔註53〕第五十五回中，因為趙姨娘的哥哥趙國基死了，為賞銀該給多少一事來詢問探春，探春想要依循前例時提到：「那幾年老太太屋裡的幾位老姨奶奶，也有家裏的也有外頭的這兩個分別」，後來看以前的帳冊發現「共有六位老姨奶奶，有兩位家裏和四個外面的，賞銀不等」，頁855～856。

賈代善的六位妾室，不論是家生奴才升作小妾，或是外頭買來的，也可能是有人贈送的。面對丈夫的眾多妾室，身為明媒正娶的正室，賈母的生活經驗和所受的教養，都讓她努力維持嫡妻的泱泱大度。對賈母來說，或許夫婿的小妾中，也有可信任可納為左右手的好姊妹；或許她知道自己嫡妻的地位是不可被撼動的，所以不必降低身分與妾爭寵；或許身為主母的寬容，也讓她獲得好名聲和小妾的安分，在當時的社會氛圍中，這是最聰明、賢慧的做法。

> 小門小戶並沒有妻妾成群的條件，一妻多妾的情況，在社會中上層較普遍。因此，上層階級的女子，雖然多擁有正妻的地位，同時也注定無法獨佔丈夫，必須與其他女子共享的命運。婚姻的成敗，遂決定了一個女子的幸福與否。〔註54〕

可惜王熙鳳無法體悟賈母給她的建言，將女子在婚姻裡的妒意發揮到淋漓盡致，甚至斷了夫家子嗣，也害尤二姐吞金自盡。

（二）外貌年齡、新人勝舊人

對比辛苦持家育兒的元配早已年老色衰，年輕小妾青春的外貌與肉體，自然更能抓住男人的關愛。以下就賈政、賈赦、賈珍、賈璉之妻妾關係加以探討。

首先，賈政的一妻二妾平日看似相處融洽，但是不難推想，後來納入的趙姨娘和周姨娘應當比王夫人年輕貌美〔註55〕，自然會瓜分走賈政對王夫人的疼愛，王夫人再無奈、傷心或憤怒，但也不得不允許夫婿的納妾決定。王夫人的出身和教養，以及為夫婿產下二子一女，這個正宮嫡妻的位置是不容改變的。隨著生兒育女為人母親的角色，凌駕於為人妻的角色之上，將生活重心轉移，或許對待妾室的嫉妒心思就能較為坦然放下。王夫人對待賈政的態度應該也如婆婆賈母對待公公的態度一樣，嚴守禮教中和諧的夫妻倫理關係，努力維持正室的姿態、氣度。賈政的趙、周兩位姨娘，就連趙姨娘縱使心思不安分，表面上也得恪守教地位尊卑，遇事都會跟王夫人商量。

〔註54〕江佩珍：《儒家文化與紅樓夢性別意識》（東華大學中國語文系博士論文，2014年7月），頁136。

〔註55〕周姨娘的出身或來歷書中並無說明，推論她也有可能是王夫人的陪嫁丫鬟，在年輕時因不敢與王夫人爭寵，所以無子。雖然其資歷高於後來納進來的較年輕的趙姨娘，但是因為沒有生育子嗣，所以各大場合兩人出現時，都是趙姨娘先說，而周姨娘也低調守分，沒有太多值得著墨的大事。

例如：賈赦想納鴛鴦為妾不可得，竟然花費八百兩銀子，託人買進芳齡才十七的嫣紅為妾。試想邢夫人和嫣紅同時登場，兩人是不是貌似母女，好色貪歡的賈赦自然也是偏愛嫩妻，哪管外人眼中他與嫣紅不像夫妻，好似爺孫畸戀。

又如：賈珍的繼配尤氏，跟丈夫的三位年輕小妾佩鳳、文花、偕鸞相比，也是歲月無情催人老，書中第七十五回曾寫道賈珍聚眾賭博，尤氏知道也管不了賈珍，只好自己先回房睡覺，最後賈珍賭到四更天，就回到佩鳳的房間休息。可見尤氏跟賈珍的夫妻相處模式，跟賈赦與刑夫人很類似，丈夫都偏愛年輕貌美的小妾。王夫人和賈政之間雖然也早已喪失夫妻間的情愛，賈政也多在趙姨娘房間過夜，但是兩人仍保有子女教育與生活瑣事的溝通。

在賈璉的妻妾方面，雖然尤二姐和平兒的容貌相當美麗，但說起王熙鳳的外貌「一雙丹鳳三角眼，兩彎柳葉吊梢眉，身量苗條，體格風騷，粉面含春威不露，丹唇未啟笑先聞」（第三回，頁 47），也是相當出眾的。提到年齡，頂多也多尤二姐和平兒、秋桐幾歲而已，所以絕不是年老色衰，導致夫婿花心連連。而是賈璉本身好色為其一原因，鳳姐在婚姻中較強勢霸道，賈璉轉而追尋溫柔體貼的情感依存為其二原因，賈璉喜新厭舊的本性為其三原因，因此在賈璉心中，年輕貌美如鳳姐的嫡妻，還是比不上眾多新納的女子。

（三）帳暖春宵、閨房爭寵

一般擁有妻妾的男子，通常是名門貴族之後，所以在選擇正室夫人時，是相當講究門當戶對的條件，而這些出身高貴的大家閨秀，不論有無受過正式教育，對於女子為妻、為母的教養和約束，是相對嚴謹的，關於閨房之樂也多隱晦不知或含蓄不已。劉相雨認為：

> 男子納妾名義上是為了傳宗接代，實際上更主要的是為了滿足他們的色欲追求。故而妾婦要取得夫主的寵愛，一要年輕、漂亮；二要在性生活中能夠不斷給夫主以新的滿足和新的刺激，使他們能夠得到從嫡妻那兒得不到的新鮮感。中國古代禮教以性關係為污穢不堪的事情，妻子在與丈夫的性關係中大多比較拘謹、被動；而妾婦的出身一般比較低賤，她們所受的禮教束縛相對較少，在性觀念上比

較開放，往往能夠贏得夫主的歡心。〔註56〕
男子納妾的對象可能是出身貧困的女子，或是聲色場所結識而來的。妾室需
要比原配年輕貌美是可以預期的條件之一，而且極有可能藉由閨房情趣籠絡
夫婿的情愛，也是生存的手段之一。當然這些小妾也希望能藉此得到丈夫的
心，趕快生得一兒半女，以鞏固自己後半輩子的地位或財富。

《紅樓夢》裡最明顯的妻妾之爭，主要出現在賈璉的妻妾王熙鳳與尤二
姐、秋桐和平兒之間，還有薛蟠的妻妾夏金桂與英蓮和寶蟾，這兩家的妻妾
紛爭十分激烈。至於王夫人與趙姨娘兩人表面相處行禮如儀，實際上只是維
持一個和睦的假象。

儘管王熙鳳一再防堵賈璉，也將自己最信任的陪嫁丫鬟平兒成為夫婿的
屋裡人，還是抑制不了丈夫貪鮮好色的本性。興兒曾經跟尤二姐說過，為何
善妒的鳳姐會將陪嫁丫鬟平兒收為丈夫的屋裡人：

> 一則顯他賢良名兒，二則又叫拴爺的心，好不外頭走邪的。……二
> 爺原有兩個，誰知他來了沒半年，都尋出不是來，都打發出去了。
> 別人雖不好說，自己臉上過不去，所以強逼著平姑娘作了房裏人。
> 那平姑娘又是個正經人，從不把這一件事放在心上，也不會挑妻窩
> 夫的，倒一味忠心赤膽伏侍他，才容下了。（第六十五回，頁1032）

尤二姐雖然也非貞節烈女出身，但是在嫁給賈璉之後，覺得嫁個終身伴
侶終有依靠，也願意和嫡妻鳳姐與先進門的小妾平兒融洽相處，當個好姊妹
共同伺候夫婿，可惜先有鳳姐後有秋桐，兩人全力陷害她。尤二姐天真的以
為，只要她以禮相待，真心侍奉鳳姐和賈璉，應該可以妻妾和睦相處。她對
於興兒事先的告誡不以為意：

> 不是小的吃了酒放肆胡說，奶奶便有禮讓，他看見奶奶比他標緻，
> 又比他得人心，他怎肯干休善罷？人家是醋罐子，他是醋缸醋甕。
> 凡丫頭們二爺多看一眼，他有本事當著爺打個爛羊頭。（第六十五
> 回，頁1031）

因為她真心以為只要姿態柔軟不踰矩，應該可以跟鳳姐平和地共事一夫。誰
知聰明的鳳姐笑裡藏刀，運用借刀殺人之計，讓最後進門的小妾秋桐，成為
檯面上潑辣善妒的主謀，而真正狠毒之人卻是隱身在後端的鳳姐，先剷除尤

〔註56〕劉相雨：〈被侮辱與被損害的女性——論趙姨娘及中國古典長篇小說中的妾
婦形象〉（《紅樓夢學刊》，2001年，第三輯），頁269。

二姐後，再來鬥爭秋桐。

第二十一回，賈璉的女兒大姐兒出痘疹，依當時習俗需在屋內供奉痘疹娘娘十二天，賈璉被要求要搬出外書房來齋戒，賈璉才獨寢兩夜，就勾搭起家中廚子多官的妻子多姑娘兒。十二天後，平兒從賈璉的枕套發現一撮青絲，就怕鳳姐發現此事和賈璉大吵，所以幫賈璉掩蓋此事。賈璉不但不檢討自己，還故意對平兒數落熙鳳：

> 你不用怕他，等我性子上來，把這醋罐打個稀爛，他才認得我呢！
> 他防我像防賊的，只許他同男人說話，不許我和女人說話；我和女
> 人略近些，他就疑惑，他不論小叔子侄兒，大的小的，說說笑笑，
> 就不怕我吃醋了。」（第二十一回，頁333）

所以賈璉性好漁色、多次偷腥。雖然賈璉懼怕鳳姐，但在賈珍、賈蓉的推波助瀾下，還是敢偷娶尤二姐，又接收了父親賈赦所贈與的丫頭秋桐為妾。陳美玲認為：

> 賈璉愛的不過是其（尤二姐）美色，加上她又溫柔體貼，侍候周到，
> 所以新婚之際，自然是柔情蜜意，如膠似漆，道不完的床第纏綿，
> 說不盡的枕邊恩愛；可是日子一久，賈璉浪蕩子的嘴臉就露了出來，
> 把對尤二姐的愛轉移到新歡秋桐的身上，使她頓失依靠，最終落得
> 個吞金而逝的悲慘下場。〔註57〕

因此，造成妻妾爭寵的最大源頭，就是多情好色的丈夫。賈璉好色成性，連僕人的妻子都隨意招惹，平兒夾在熙鳳和賈璉之間，一邊要安撫鳳姐，一邊又要防堵賈璉對她過於熱情的求歡，還得幫他隱瞞出軌的事跡，生活步步為營，連寶玉都替她感到心疼。羅湛德指出：

> 平兒深知鳳姐是醋性最大的人，她固然不贊成賈璉拈花惹草，卻也
> 深知賈璉的積性難改，也不願因此而使得他們為此鬧得烏煙瘴氣。
> 所以她很機警地輕輕掩過了。……這件事，乍看起來是一件小事，
> 但是如果換了一個胸襟狹窄的女人，其處置的方法和態度便不同
> 了。首先，她自己就會吃醋——平兒是賈璉的侍妾，有吃醋的理由
> 和權利——其次，她也會藉此告知主母，邀功一番。然而，平兒不
> 出此圖，竟以大事化小，息事寧人的態度，淡然處之，這種胸襟和

〔註57〕陳美玲：《紅樓夢中的寧國府》（臺北：文津出版社有限公司，1999年5月），
頁156。

氣度，就非泛泛女流之輩可比了。〔註58〕

可惜賈璉花心貪歡的本性，在鳳姐的善妒吃醋下，仍不斷地尋找出口。後來在第四十四回又出現一次重大的衝突，這次讓平兒都無辜受到波及。平兒雖然被鳳姐因吃醋賞過巴掌，但她聰慧知分寸，並小心翼翼地在鳳姐的淫威善妒下明哲保身。在這場婚姻的爭奪戰之下，看似鳳姐大獲全勝，但搶到身邊的丈夫賈璉，是畏懼她、嫌惡她的，昔日情意綿綿的夫妻情愛早已消逝。在鳳姐死前，陪伴她身邊的不是丈夫賈璉，而是對自己始終忠心不二的平兒。

　　熙鳳在婚姻中要圍堵的女子不只有夫婿的妾室，還有可能出現在丈夫身邊的女人。例如鳳姐在婚姻生活裡，發生過一次嚴重肢體衝突的事件，最後還驚動到家中長輩都出來勸說排解。

　　鳳姐在處理丈夫偷腥的事情遷怒於家中奴僕，又責罵又賞巴掌：「說著便揚手一掌上，打的那小丫頭一栽；這邊臉上又一下，登時小丫頭子兩腮紫脹起來。」（第四十四回，頁677）當她發現丈夫竟將外面的女人帶回家中床上時，早已火冒三丈，又聽到鮑二家的跟自己夫婿的笑鬧對話：

> 那婦人笑道：「多早晚你那閻王老婆死了就好了。」賈璉道：「他死了，再娶一個也是這樣，又怎麼樣呢？」那婦人道：「他死了，你倒是把平兒扶了正，只怕還好些。」賈璉道：「如今連平兒他也不叫我沾一沾了。平兒也是一肚子委曲不敢說。我命裏怎麼就該犯了『夜叉星』。」（第四十四回，頁678）

鳳姐發現丈夫床上躺了一個女子，兩人還拿她大肆批評，心中更是憤恨暴怒，首當其衝竟是倒楣的平兒，平兒無辜受累，先後被鳳姐又打又踢。鳳姐不敢真的對夫婿賈璉發飆動手，只敢把怒氣發洩在丫鬟平兒等人身上。平日的賈璉是沒有膽量反抗鳳姐的，但是今日喝點酒壯了膽，衝著酒氣也跟鳳姐槓上：

> 鳳姐兒打鮑二家的，他已又氣又愧，只不好說的，今見平兒也打，便上來踢罵道：「好娼婦！你也動手打人！」平兒氣怯，忙住了手，哭道：「你們背地裏說話，為什麼拉我呢？」鳳姐見平兒怕賈璉，越發氣了，又趕上來打著平兒，偏叫打鮑二家的。平兒急了，便跑出來找刀子要尋死。外面眾婆子丫頭忙攔住解勸。這裏鳳姐見平兒尋死去，便一頭撞在賈璉懷裏，叫道：「你們一條藤兒害我，被我聽見

〔註58〕羅湛德：《紅樓夢的文學價值》（臺北：東大圖書有限公司，1991年8月，增訂初版），頁391。

了，倒都唬起我來。你也勒死我！」賈璉氣的牆上拔出劍來，說道：
「不用尋死，我也急了，一齊殺了，我償了命，大家乾淨。」正鬧
的不開交，只見尤氏等一羣人來了，說：「這是怎麼說，才好好的，
就鬧起來。」賈璉見了人，越發「倚酒三分醉」，逞起威風來，故意
要殺鳳姐兒。鳳姐兒見人來了，便不似先前那般潑了，丟下眾人，
便哭著往賈母那邊跑。（第四十四回，頁678～679）

這次熙鳳與賈璉的夫妻爭吵，無辜的平兒莫名被捲入其中，被當作箭靶，被
罵又被打。賈母覺得男子在外拈花惹草，就像貓兒饞嘴偷腥，稀鬆平常，勸
說自己的孫媳婦不要太在乎，但她也秉持公正的去責罵自己孫子：

下流東西，灌了黃湯，不說安分守己的挺屍去，倒打起老婆來了！
鳳丫頭成日家說嘴，霸王似的一個人，昨兒唬得可憐。要不是我，
你要傷了他的命，這會子怎麼樣？……那鳳丫頭和平兒還不是個美
人胎子？你還不足！成日家偷雞摸狗，髒的臭的，都拉了你屋裏去。
為這起淫婦打老婆，又打屋裏的人，你還虧是大家子的公子出身，
活打了嘴了。若你眼睛裏有我，你起來，我饒了你，乖乖的替你媳
婦賠個不是，拉了他家去，我就喜歡了。要不然，你只管出去，我
也不敢受你的跪。（第四十四回，頁682～683）

賈母、邢夫人、王夫人、尤氏等幾位長輩出面化解，還有寶釵、襲人、寶玉過
來關切，最終賈璉跟鳳姐道歉，鳳姐跟平兒低頭，一齣夫妻房中爭寵吵鬧大
戲才告落幕。

薛蟠娶甄英蓮為妾在先，後來才迎娶門戶相當、貌美的夏金桂成為薛府
嫡妻。沒想到夫妻恩愛維持不到幾個月，夏金桂馬上恢復她驕橫的本性：

薛蟠本是個憐新棄舊的人，且是有酒膽無飯力的，如今得了這樣一
個妻子，正在新鮮興頭上，凡事未免盡讓他些。那夏金桂見了這般
形景，便也試著一步緊似一步。一月之中，二人氣概還都相平；至兩
月之後，便覺薛蟠的氣概漸次低矮了下去。（第七十九回，頁1265）

夏金桂開始對丈夫薛蟠起衝突時，先哭泣裝病。婆婆薛姨媽也先責備自家兒
子，希望兒子娶妻後能穩重顧家、和平度日。但是，夏金桂不但先將香菱的
名字改成秋菱來個下馬威，接著開始對她百般欺凌，甚至對自己的丈夫、婆
婆和小姑，都是極度潑辣、不認輸的態度。

夏金桂和香菱的妻妾地位差距太大，她倆存在著嫡妻對妾室，以及主子

對奴僕，雙重上對下地位的不公。香菱知道自己的夫婿要娶妻時並無妒意，還頗為高興，可見其天性單純，反倒是寶玉冷笑地替她擔心：「雖如此說，但只我聽這話不知怎麼倒替你耽心慮後呢。」（第七十九回，頁1263）寶玉知道香菱的出身和她溫柔天真的個性，不禁替她擔憂起日後與嫡妻相處的情形。

善良溫馴如香菱，如果和夏金桂的妻妾身分交換，可能反倒是個被欺凌的嫡妻了。再加上夏金桂利用自己的陪嫁丫鬟寶蟾，來作為奪取夫婿對香菱疼愛的第四者。在第五回的判詞中，香菱的結局應該是被金桂折磨至死，只是在全書最後一回來個結局逆轉，反倒是金桂害她不成自己身亡，薛蟠才發現香菱才是真正的賢妻。

薛蟠的另一個妾室寶蟾，個性不如香菱溫順聽話，她在還是金桂陪嫁丫鬟之時，早已跟男主子眉來眼去，因為金桂想要讓寶蟾搶奪丈夫對香菱的疼愛，才趁勢讓她成了屋裡人。沒想到寶蟾個性不像平兒，事事以主母的意見為依歸，反倒得寵後底氣高漲，讓金桂後悔莫及。當金桂跟寶蟾問起丈夫去哪裡，金桂覺得寶蟾的回答不禮貌，就把對香菱和她的舊恨新仇一併反諷回去：

> 如今還有什麼奶奶太太的，都是你們的世界了。別人是惹不得的，有人護庇著，我也不敢去虎頭上捉虱子。你還是我的丫頭，問你一句話，你就和我摔臉子，說塞話。你既這麼有勢力，為什麼不把我勒死了，你和秋菱不拘誰做了奶奶，那不清淨了麼！偏我又不死，礙著你們的道兒。（第八十三回，頁1321）

寶蟾聽了這些話，自認委屈，也回嘴解釋：「奶奶這些閒話只好說給別人聽去！我並沒和奶奶說什麼。奶奶不敢惹人家，何苦來拿著我們小軟兒出氣呢。」（第八十三回，頁1321）接著寶蟾哭泣，金桂追打，這兩個剛進門沒多久的一妻一妾，在家裡動起全武行。薛姨媽聽到動靜，連忙要跟寶釵過去了解情況。薛姨媽在門外勸說，金桂在屋裡回嘴道：

> 我倒怕人笑話呢！只是這裏掃帚顛倒豎，也沒有主子，也沒有奴才，也沒有妻，沒有妾，是個混賬世界了。我們夏家門子裏沒見過這樣規矩，實在受不得你們家這樣委屈了！（第八十三回，頁1321～1322）

接著聽到小姑寶釵勸說後，金桂又回嘴頂回去：

> 好姑娘，好姑娘，你是個大賢大德的。你日後必定有個好人家，好

女婿，決不像我這樣守活寡，舉眼無親，叫人家騎上頭來欺負我的。

我是個沒心眼兒的人，只求姑娘我說話別往死裏挑撿，我從小兒到

如今，沒有爹娘教導。再者我們屋裏老婆漢子大女人小女人的事，

姑娘也管不得！（第八十三回，頁1322）

薛姨媽和寶釵都對金桂客氣勸說，反倒金桂不尊重薛姨媽這個婆婆，把未出嫁前的「嬌養太過，盜跖性氣」帶到婆家撒潑。薛姨媽原本希望子媳們和氣度日，所以幫著媳婦勸說兒子，這次卻真的被金桂對她和寶釵的無禮而動怒了，幸好女兒寶釵冷靜安撫，否則這次的妻妾口角，可能會擴大成婆媳爭吵。

《紅樓夢》裡出現的妻妾爭寵行為，除了展現女子對於愛情和丈夫感情的獨佔欲，乃是天性使然；只是基於後天環境或其他條件，有人可以選擇放下或被迫淡然面對。王熙鳳和夏金桂本身因為個性較為善妒，也都還在婚姻裡磨合和學習，所以對於妾室來瓜分掉丈夫的寵愛較為在乎，反應也比較激進，甚至輕則打賣、重則想置妾室於死地。或許賈母和王夫人在很年輕時，也對丈夫一再納妾的行為，度過一段相當嫉妒且無奈的時期，但婚姻生活經過數十年後，她們面對妾室的態度，或許是來自於當時女學的教養，或是早在娘家也看過太多類似的案例，早就如老僧入定般的冷靜。身為嫡妻如鳳姐和金桂、做出這樣的鏟除妾室的作為，反倒降低了自己的身分。

其次是《紅樓夢》裡的妻妾爭寵與矛盾，並不源自於正妻與妾室的身分差別而已，還有出身顯貴與出身低賤兩種階級不公的緣由。此外，在《紅樓夢》裡並沒有出現丈夫過度寵愛妾室，而威脅到正妻地位的案例。

二、共事一夫，經濟之爭

賈家「榮、寧兩府除節日一同享宴之外，平日皆分家異爨。」因為榮、寧二府已經分家，各自有自家的經濟來源。但是赦、政兩房因賈母尚在，雖然「同房各爨」、「並未分家」，而由賈赦之子賈璉總管家務。〔註59〕《禮記·曲禮》云：「父母存……不有私財。」〔註60〕而且依據《大清律例·別籍異財》規定：「凡祖父母、父母在者，子孫不得分財易居。」〔註61〕所以尚未分家時，

〔註59〕薩孟武：《紅樓夢與中國舊家庭》，頁14～15。

〔註60〕〔清〕阮元：《禮記·曲禮上》，卷1，頁20。

〔註61〕《大清律例·戶律·戶役·別籍異財》，卷8，頁107。收錄於〔清〕徐本、〔清〕三泰：《欽定四庫全書》本。以下有關《大清律例》的法條出處，皆引自此版本。

或許因為人口眾多、口味習慣各異，縱使不一定同桌吃飯，但日常食衣住行等基本開銷，多由家族統一採買。賈珍乃「寧府長孫，凡族中事都是他掌管」（第四回，頁 73），而榮國府表面是賈璉掌管家務，其實是由他的妻子王熙鳳全權處理。

因為家大業大、人口眾多，自然出現許多大家族的流弊。因為尚未分家的緣故，「賈家子弟為賈家辦事，而乃乘機貪邪，此無他，財產既是公有，誰願愛護財產。」〔註 62〕若以金錢的使用與分配來說，有權利掌管金流的人，自然較容易將資金財務佔為己有，或是憑個人好惡分配不公，久而久之營私舞弊之事越發嚴重。

表面尊老敬長、謹遵禮教的賈家老小，多是檯面上的表現與偽裝，其實檯面下掌握的權勢、貧富不同，早已彼此結盟或相互角力。探春曾經對薛姨媽說過：「咱們倒是一家子親骨肉呢，一個個不像烏眼雞，恨不得你吃了我，我吃了你！」（第七十五回，頁 1173）可見作者藉由探春之言，呈現世家豪族人際之間的複雜與衝突，尤其在妻妾之間，更是關係緊張、動輒得咎。

不管是榮國府還是寧國府，整個大家族有家內推行的金錢分配模式，對眾多妻妾而言，平日共事一夫，除了爭取夫婿的寵愛之外，還有其他檯面上下的財務分配，需要好好籌畫一番。

（一）妻妾月例懸殊

賈家的眾女眷們是不允許外出謀生的，所以採取發放月例的方式，依照身分地位給予不同的生活費。

第三十六回，鳳姐跟王夫人提起丫鬟月錢的發放問題，王夫人順道問起趙、周兩位姨娘的月例多少？鳳姐道：「那是定例，每人二兩。趙姨娘有環兄弟的二兩，共是四兩，另外四串錢。」（第三十六回，頁 547）王夫人也提到自己的月例是二十兩〔註 63〕。對於王夫人來說，月例二十兩綽綽有餘，還可

〔註 62〕薩孟武：《紅樓夢與中國舊家庭》，頁 17。

〔註 63〕根據侯會的研究指出：康熙在位的前四十年中，米價低廉，一石米值銅錢五、六百文，約合半兩銀子。至後二十年，米價暴漲至八、九百文一石，折合銀價也升為一兩。清代一石米的重量，約為今日的七十一點五公斤，依照臺灣目前的白米價格約為一公斤四十五元，換算一石米的價格約為三千兩百一十七點五元。康熙前四十年，一兩銀子可買兩石米，但到了康熙後二十年，米價狂漲，貨幣貶值，一兩銀子的實際價值貶為之前的一半而已。在曹雪芹開始創作《紅樓夢》的乾隆九年前後，米價漲至每石一點二兩白銀，幾年後

以大方挪作他用：「把我每月的月例二十兩銀子裏，拿出二兩銀子一吊錢來給襲人。以後凡事有趙姨娘周姨娘的，也有襲人的，只是襲人的這一分都從我的分例上勻出來，不必動官中的就是了。」（第三十六回，頁 548）身為賈母的媳婦，也肩負管理家務的責任，賈政的嫡妻王夫人月例高達二十兩，而身為賈政妾室的趙姨娘，連帶養育賈環一子，加上兒子那份，也只能分得月例四兩銀子四串錢。趙姨娘還常被後來理家的鳳姐苛扣銀子，讓她的手邊更加捉襟見肘，每當需要用錢時都顯得窘迫尷尬，可見妻妾月例懸殊。

（二）服侍的奴僕多寡不均

《紅樓夢》第六回提到「按榮府中一宅人合算起來，人口雖不多，從上至下也有三四百丁」（第六回，頁 109），但實際上榮府或榮寧兩府到底有多少奴僕，因人數繁多，所以出現統計數字不一。因為奴僕太多，所以他們總是被細分工作，共同維護家居環境和照料主子生活：

> 榮府的各項家務、雜役分有專人專職外，就是男、女各個主子都分配
> 大群的男、女奴隸服侍，並供男主人淫樂。……男、女主人都有貼身
> 丫頭、小丫頭、粗使丫頭和僕婦，男主人還有跟班和小廝。〔註64〕

賈寶玉的屋裡前後的小廝、傭人、奶媽、丫鬟，這群服侍寶玉的男女老少家僕，分工精細的為寶玉服務，他們零散地出現於各種場合或日常活動，比起家族中最年長的賈母有八位丫鬟，人數都來的龐大許多，這是一筆開銷，可見長輩們覺得此項花費是必須的，能把寶玉侍奉照料好，這些銀子也花得值得。

> 例如，賈寶玉的房裏有襲人、晴雯、麝月、碧痕、秋雯、茜雪、四
> 兒、小紅、墜兒、定兒、柳五兒等十四位丫鬟，與李嬤嬤、李貴、

又派至每石一點七兩白銀，也就是一兩銀子的價值不斷貶值，剩不到新台幣二千元，甚至到了曹雪芹去世前幾年，米價飆漲至一石米一點九兩。王夫人的月例二十兩，就跟王熙鳳給劉姥姥的二十兩一樣，只是前者為王夫人一個月的月例收入，而劉姥姥的是一家五口一年的生活開銷，書中的二十兩換算成新台幣約為二萬五千元。請詳見侯會：《向賈寶玉學做上流人──看紅樓夢中的物質世界》，頁 123。侯會的研究主要是參考康熙年間的《關於江寧織造曹家檔案史料》資料。關於《紅樓夢》裡的物品價格和當時錢幣價值，與現今社會的比較分析，可參閱侯會所著的《向賈寶玉學做上流人──看紅樓夢中的物質世界》一書中的第二部「銀錢生活」（臺北：遠流出版事業股份有限公司，2018 年 3 月），頁 113～212。

〔註64〕譚立剛：《紅樓夢社經面面觀》，頁 39。

　　茗烟等十三位奶媽僕人；共有二十七位僕人服侍，他才會連小紅都
　　沒什麼印象。這雖是小說誇張的筆法，正顯示出賈寶玉從不思考治
　　理家業的主因。〔註65〕

相較於賈環身邊僅小廝和舅父趙國基偶爾協助，兩人生活排場相差甚遠。

　　若單從女性主子、也就是嫡妻方面來看，賈母丫鬟有八人，王夫人的丫
鬟也有八人，王熙鳳的丫鬟不算平兒，也有四人，這裡說的只是純粹丫鬟人
數，還沒將這些門當戶對的嫡妻，婚嫁時帶來的陪房人數納入。若再加上其
他粗使丫頭和僕婦，以及丈夫的小廝，數目會更多。例如賈璉有隆兒、王信、
昭兒和興兒四個小廝，也可供鳳姐差遣。

　　尤氏雖是繼室，但出身和家境都比不上賈母、王夫人和鳳姐的家族顯赫，
她身邊僅有銀蝶、炒豆兒和卍兒三位丫鬟；邢夫人跟尤氏一樣也是繼室，書
中僅寫到她身邊有一陪房費大娘，但一定還有其他貼身丫鬟。

　　趙姨娘身邊只有小吉祥兒（第五十七回）和小鵲（第七十三回）兩位丫
鬟，尤二姐身邊原有賈璉購買的兩個小丫鬟和鮑二夫妻伺候，但進入大觀園
後，鳳姐故意遣散她帶來的奴僕，改由善姐隨身服侍。書中完全沒有提到周
姨娘的丫鬟有幾人，應該與趙姨娘一樣是兩個丫鬟，香菱本是薛家丫鬟後來
晉升為妾，身邊也有臻兒一人服侍。光比較王夫人和趙姨娘兩人的丫鬟數量，
姨娘身分遠遠是比不上王夫人的。

（三）其他財務差距

　　以王夫人而言，娘家經濟豐碩，嫁妝應該頗為可觀，所以身邊必有一些
嫁妝錢財，加上月例比趙姨娘多十倍，而且王夫人曾經當家看管財政，操辦
經手的項目一多，也可能會有些彈性的金額，可私庫通公庫。王夫人的房裡
陳設與物品，如青綠古銅鼎、十六張楠木交椅、古玩、字畫、酒器、枕褥織品
等，皆彰顯貴氣與權勢。這些屋內家具用品應該多為賈家購入而非王夫人私
有，但都是因為她的正室身分，才有資格住在這個房間。趙姨娘房裡連做鞋
的布匹，都是些零碎綢緞灣角，馬道婆勉強才能挑到兩塊堪用的。在馬道婆
面前，趙姨娘毫不掩飾任何對賈府不滿的情緒，也無法掩藏經濟的困窘狀態，
為了自己的兒子賈環的未來，她想要買通馬道婆施法傷害寶玉。身為賈政的

〔註65〕詳見游師秀雲：〈紅樓夢世家大族的管理〉（《銘傳一週》【929 專論】，2016 年
　　6 月 17 日），下載網址：https://www.week.mcu.edu.tw/14544。

妾，身邊竟沒什麼值錢的東西，只有「零碎攢了幾兩梯己，還有幾件衣服簪子」，還寫下五百兩欠契予馬道婆。（第二十五回，頁395）試想五百兩這麼多，以趙姨娘和兒子兩人，一個月四兩多的月例來計算，全數存下也要超過十年才能還清，可見趙姨娘是下了多大的決心和存有多大的恨意，才出此下策。

賈環跟小丫頭玩牌，輸了銀子，金額約一二百個錢，賈環要賴時，被丫頭說寶玉比較大方，心裡已有委屈；又遇到哥哥寶玉規勸了幾句，回家跟母親告狀，竟又挨了另一頓罵。趙姨娘覺得跟奴僕玩牌輸了沒錢賴帳，不啻是丟了母子倆的臉。後來鳳姐反過來責罵姨娘沒資格管教賈環，也對賈環說一個爺，連一二百錢都輸不起。其實趙姨娘會罵賈環的主因，是鶯兒說寶玉都不會像賈環一樣小氣，殊不知一兩百錢對賈環來說是筆有分量的錢。相反的，寶玉雖然月例也是二兩銀子，但是他平日用好吃好穿好，賈母和王夫人只要家裡有什麼稀有珍貴物品，寶玉幾乎都有份，所以他從來沒有缺錢的壓力。這也是正妻與妾室之子，財務差距愈來愈大的主因，無怪乎趙姨娘和賈環，無時無刻斤斤計較，而略顯小氣。

三、家庭失序，子嗣之爭

（一）因傳宗接代而讓娶妾合理化

中國人強調婚姻是為了「繁衍子孫以繼後世」，也一直重申「不孝有三，無後為大」，這樣的壓力除了強壓在女性身上，對於婚後未生育子女，尤其是尚未生養兒子的丈夫來說，也必須背負來自家族或父母的極大壓力。《大明律》規定「民年四十以上無子者，方聽娶妾，違者笞四十」，《大清律例》廢除此項規定，間接放寬男子納妾的規定。

根據郭松義的研究顯示：「清代滿族社會納妾有四大理由：作為地位和權力的象徵、生育兒子、協助處理家務、夫妻關係不好，娶妾以緩和矛盾」〔註66〕。以上都屬於功利性質的理由，將妾視為生子工具和奴僕功用，因愛情而結合的理由不在其中。至於最後一個理由，就是妄想迎娶妾室後，能成為緩和丈夫與正室之間的矛盾關係，恐怕多無成效，反而招致更多家庭紛爭與夫妻摩擦。

郭潔認為在清代許多經濟活動的盛行，導致富裕農民或商家也能憑財富

〔註66〕郭松義：〈清代的納妾制度〉，頁35～62。

與官宦家庭結婚，打破門第婚的傳統。「於是，或出於炫富心理，或由於家業龐大需人打理，或因財多患子稀，又或者僅僅貪戀美色肉欲，總之基於形形色色的理由，在相當多的商人富家和有閒階層，納妾蔚然成風。」〔註67〕

至於男子的納妾動機，當然也因人而異。賈家眾多男主人都有納妾，當然他們表面上可以用繁衍子嗣的理由，來說服長輩或壓制可能不願答應的妻子，但往往娶妾的意圖，似乎多偏向好色納妾。邢夫人幫早已有多名小妾的丈夫賈赦，張羅納鴛鴦為妾的心態，被賈母和鳳姐嘲笑，說她是否太過賢良。因為礙於自己未有生育，丈夫也僅有賈璉一子，所以正如她對鴛鴦的勸說，若嫁給賈赦，「過一年半載，生下個一男半女」，鴛鴦就成為半個主子，總比隨意配個小子好。幫丈夫納妾這事看來可笑，其實邢夫人自然也評估過，此事若能成功對自己也是好事一椿，至少論身分她能掌控鴛鴦，若她真育有子女，依照法律，邢夫人才是孩子的母親，也能幫她鞏固的地位。

定宜莊更進一步地指出「旗人納妾的普遍性是補償與調節」，也就是滿族統治者在戰爭時允許旗人搶掠民女，後來入關後也不禁止旗人買婢納妾，都具有政治上收買人心的政策考量。此外，不論滿漢，對於妻與妾的身分要求不一樣，娶妻常是有目的的聯姻或追求門當戶對，多受家長或家族約束，但是納妾常可從由本心決定，娶或離或人數都較自由。〔註68〕

《紅樓夢》裡有一個繼室，不但僅憑一面之緣，讓她從丫鬟的身分被納為妾室，還因幫夫婿產下一子，正室又病死，竟然躍升為繼室，那就是賈雨村的妻子嬌杏。如果嬌杏並未產子，或許在正室過世後，賈雨村會再另外迎娶較為門戶相當的人選當作正室，而非將她晉升為正室。林黛玉的父親「年已四十，只有一個三歲之子，偏又於去歲死了。雖有幾房姬妾，奈他命中無子，亦無可如何之事。」（第二回，頁27）所以黛玉才會成為獨生女。賈璉在計畫偷偷迎娶尤二姐時，賈蓉勸說賈璉：

> 叔叔只說嬸子總不生育，原是為子嗣起見，所以私自在外面作成此
> 事。就是嬸子，見生米做成熟飯，也只得罷了。再求一求老太太，
> 沒有不完的事。（第六十四回，頁1012）

〔註67〕郭潔：《試論清代妾在家族中的民事法律地位》（蘇州大學碩士論文，2008年），頁11。

〔註68〕定宜莊：〈清代滿族的妻與妾制度探析〉（《近代中國婦女史研究》，1988年8月，第6期），頁100～101。

賈蓉以納妾可幫家族生育後代、開花散葉為由，認為一旦尤二姐能為賈家產下後代，尤其是產下男孩，就算東窗事發，就必定能說服家中長輩，屆時熙鳳要阻止也沒有任何立場反駁。

（二）嫡庶子嗣的對立

王夫人為賈政生下賈珠、賈寶玉兩子，趙姨娘也爭氣地生下賈環一子，但這三個兒子就出現嫡庶之分。賈政一開始應該是將家族的希望放在長子賈珠身上，他資質高、又願意接受功名祿進的安排，所以應該是他心中最為驕傲的嫡長子。可惜賈珠竟英年早逝，賈政只好趕快把科舉功名的追求，寄託在次子寶玉身上。雖然父子總是不斷的產生衝突，但是不難看出一個儒家父親對兒子「恨鐵不成鋼」的期待。

賈政對於兒子賈環的關注和疼愛，明顯少於寶玉，或許也因這種巨大差異，讓賈環的母親趙姨娘心裡更難平衡。趙姨娘對於寶玉的恨意，可能來自於家中上下都偏愛寶玉，而不尊重同為未來主子的兒子賈環，也可能來自於自己女兒探春對自己的輕視與冷漠，還有她永遠低於嫡妻王夫人一大截的妻妾不公地位。趙姨娘為丈夫產下一子一女，照理說應該可以鞏固住自己身為姨娘小妾的地位，只是她在賈府的地位最多只稱得上是「半個主子」，一些丫鬟或資深老僕說話的份量可能都比她來的高。她的女兒探春為了親生舅舅的喪禮補助，對她不禮貌，她在賈母、王夫人甚是後生晚輩鳳姐面前，都須低調行事、小心應對。所以她對寶玉的恨意，不單是因為他佔有嫡子血緣的優勢，而是十多年來她在賈府辛苦生存的反撲。王昆侖認為：

> 鼓動著趙姨娘不甘心蟄伏的根本力量是她替賈政生了一個兒子是婦女的功績，兒子是婦女的前途，兒子是婦女爭強鬥勝出人頭地的最有力量的資本。何況在賈政這一支系之下，如果沒有了當權的鳳姐和嫡出的寶玉，那麼這一份富貴的享用和承繼，便只有趙姨娘和她的親兒賈環了。於是受壓迫的仇恨和奪取的野心，加上那專以害人為業的馬道婆的啟示，便製成了趙姨娘的殺機。〔註69〕

趙姨娘的娘家跟王夫人的娘家相差甚遠，所以當她發現賈府老少上下對她和兒子的輕蔑與漠視，讓她更想為自己的兒子爭取權利，甚至不惜花重金

〔註69〕王昆侖（太愚、松青）：《紅樓夢人物論》（臺北：里仁書局，2000 年 1 月 30 日，初版五刷），頁 89。

買通馬道婆對寶玉用紙人施法，希望寶玉命喪黃泉後，兒子賈環就成為賈政唯一的男性血脈。

夏金桂對於香菱的恨，應該不亞於鳳姐對尤二姐的怒，而且她們兩人的做法，都是先煽動另一妾室去攻擊主要敵人，等到主要敵人失勢衰敗，甚至死亡後，再轉而剷除次要目標。尤二姐在鳳姐的權謀操弄下，在賈府上下備受流言所苦，又在秋桐終日的冷嘲熱諷和精神折磨下，早已身心受創。後來又誤喝假太醫給的湯藥，讓肚裡男胎夭折，自覺命運悲慘，最後選擇吞金自殺，親手斬斷自己的婚姻美夢。王熙鳳雖沒有親手害死尤二姐，卻是主要的加害者。她的善妒，也讓夫婿賈璉的子嗣胎死腹中。

（三）婚後生育的壓力

至於賈政的另一個妾室周姨娘，因未曾幫夫家生育下一兒半女，所以在家族中的地位像個隱形人。當她看到趙姨娘悲慘的結束一生時，不禁自我感嘆：「做偏房側室的下場頭不過如此！況他還有兒子的，我將來死起來還不知怎樣呢！」（第一百十三回，頁1697）於是哭得更加悲傷。

在《紅樓夢》裡出現幾個繼室身分的嫡妻，如賈珍的妻子尤氏、賈赦的妻子邢夫人、賈蓉的妻子胡氏，三人都是在夫婿明媒正娶、門當戶對的嫡妻過世後，再迎娶過門為繼室。賈蓉在妻子死後再迎娶胡氏，胡氏年輕尚未生育子女；但可能快過了生育年齡的尤氏與邢夫人，都尚未生育子女，這也導致她倆雖然都是嫡妻，但家中的嫡長子都非己出，雖在法律上是他們的母親，但在家族中處於較卑微的地位。

尤其是邢夫人，對於丈夫賈赦為老不尊、還想強娶婆婆房裡的大丫鬟鴛鴦一事，非但沒有阻止的膽量，還得收起妒意、放下身段，幫他當說客，惹得婆婆與媳婦的不開心。

鳳姐眼裡的婆婆邢夫人「稟性愚強，只知承順賈赦以自保」（第四十六回，頁704），當她聽到婆婆要幫公公賈赦跟鴛鴦求媒，一開始是阻止的，她也說明理由：其一賈母應該捨不得放人，其二來公公年紀太大應該要保養身體，娶個年輕小妾也耽誤了別人，其三公公已是祖字輩身分，別讓晚輩看笑話，反過來要婆婆規勸一下公公改變心意。邢夫人冷笑道：

> 大家子三房四妾的也多，偏咱們就使不得？我勸了也未必依。就是老太太心愛的丫頭，這麼鬍子蒼白了又作了官的一個大兒要了作房裡人，也未必好駁回的。我叫了你來，不過商議商議，你先派上了一篇

不是。也有叫你要去的理？自然是我說去。你倒說我不勸，你還不知
道那性子的，勸不成，先和我惱了。（第四十六回，頁703～704）
後來邢夫人又因此舉，被婆婆賈母斥責說：

我聽見你替你老爺說媒來了。你倒也三從四德，只是這賢慧也太過
了！你們如今也是孫子兒子滿眼了，你還怕他，勸兩句都使不得，
還由著你老爺性兒鬧。……他逼著你殺人，你也殺去？（第四十七
回，頁717）

其實站在邢夫人的立場，她婚後無法為夫婿生兒育女，這股壓力應該存
在已久，所以她於情於理都沒有辦法，對於夫婿想要納鴛鴦一事表達反對態
度。不只賈母對她怒斥生氣，鳳姐也不能理解她，大部分的研究《紅樓夢》的
人，多也不苟同她的這種行為，但她真的全是因為生性懦弱溫順，不敢反駁
夫婿的想法嗎？還是她覺得她並沒有權力和立場去阻止？

其實不然。前面也說到邢夫人幫忙遊說鴛鴦答應成為丈夫的妾，她自然
是盤算過箇中得失，正如她跟鴛鴦說不想去外面買妾，是因為較難掌握所買
之人的條件，對邢夫人來說鴛鴦早是知根知底的納妾對象，若她未來有生育，
依法就是邢夫人的孩子，也能直接鞏固邢夫人的繼室身分。

王熙鳳雖然已有生育，但是尚未產下兒子，貼己的通房丫鬟平兒也還沒
生下兒子，所以知道賈璉娶尤二姐之事，其實鳳姐並沒有充分的理由來反對。
聰明的鳳姐馬上籌畫連環計，先大器主動將尤二姐接入賈府，並趕緊轉告賈
母，此大度之舉，博得了賈母和王夫人的讚許，雖然她並非真心接納尤二姐。
但是社會與法律〔註70〕的規範，確實要求嫡妻須要有雅量，讓丈夫能夠納妾
繁衍子嗣。

此外，關於妻妾的子嗣之爭，還包含了嫡妻對於庶子，是具有養育權和
教養權的，所以對賈探春和賈環來說，他們的嫡母是王夫人，趙姨娘只是「庶
母」。如果嫡妻無子，還可以將妾所生育的庶子收納為己出。若是無子的妾室，
在許多地區的法律規定，死後是無法入祀夫婿家廟的。〔註71〕身為妾室，若

〔註70〕《大清律例・戶律・婚姻・出妻》中的「七出」指：「無子、淫泆、不事舅姑、
多言、盜竊、妒忌、惡疾。」卷10，頁42。
〔註71〕有些地區的家譜關於「妻室的記載詳細明白，而妾則大多只有姓氏，有的連
生卒年也未記。某些族譜僅在子女記載中出現妾的姓氏，而大部分族譜規定，
妾生有子女才能被記入。」見程郁：《清至民國蓄妾習俗之變遷》（上海：上
海古籍出版社，2006年版），第206頁。

能生育夫家子嗣，在家族中的地位就會提高一大階，也比較有機會被寫入夫家族譜：「對主人而言，婢妾的界線，只在「得幸」和「不得幸」，妾室能否寫進家譜，則在於是否生育子女。」〔註72〕就像尤二姐一樣，也有完成迎娶之禮，賈母也承認她是賈璉所娶之二房，但終究因為尚未生育，所以死後也不能入祖墳。

賈敬過世後，其兒孫賈珍、賈蓉，甚至賈璉，都沒有全力籌辦喪禮，「仍乘空尋他小姨子們廝混」（第六十四回，頁1001）賈璉「乘機百般撩撥，眉目傳情」、「又時常借著替賈珍料理家務，不時至寧府中來勾搭二姐」（第六十四回，頁1009），根本不見子孫喪親的哀戚。

鳳姐對於尤氏縱容自己丈夫、兒子與自家姐妹有不清白的關係，卻只能默然不語，也曾罵過尤氏：「就只會一味瞎小心圖賢良的名兒」。因為尤氏和邢夫人雖同為繼室，身分比妾室高，但因為出身比不上四大家族的其他嫡妻，又未有子嗣鞏固地位，他們與丈夫的關係也是十分不平等的，平日只能對丈夫畢恭畢敬，小心守護自己的婚姻。

第三節　婚姻裡的嫡與庶

《紅樓夢》中的嫡長子血脈傳承是寧國府，寧國公是嫡長子支派，賈代化育有賈敷和賈敬兩子，賈敷八、九歲就夭折，所以改由次子賈敬襲官，賈敬育有一嫡子賈珍和一庶女惜春，賈珍只生育一子賈蓉。

若單從榮國府來看，賈代善和史太君婚後生育二男一女，嫡長子這支是賈赦，他育有一嫡子賈璉和一個庶女迎春。次子這支是賈政，他與王夫人育有賈珠、賈元春、賈寶玉二子一女，他們三人都是嫡系血脈，賈政與趙姨娘育有探春和賈環，他們二人是賈府的庶出子孫。

小說中的描寫是賈家子孫一代不如一代，誠如鄭鐵生所說：「寧國府和榮國府兩條支脈交互演進，以榮國府正面敘事，以寧國府側面襯托。……寧國府最早顯露衰敗的徵兆，榮國府則漸漸批露；寧國府最早敗家，榮國府則維持殘局。……賈珍正是寧國府的敗家子。」〔註73〕當然整個賈家由盛轉衰的過程，也絕非某人之過，所有的家族成員都需要擔負起某些責任。尤其在婚

〔註72〕郭松義：〈清代的納妾制度〉，頁38。
〔註73〕鄭鐵生：《紅樓夢敘事藝術》，頁71。

姻中的嫡庶之分，亦非家族衰敗的關鍵因素。

一、兄友弟恭，人倫假象

　　根據清代的法律條文和《紅樓夢》中的描寫，我們可以看到許多承繼襲蔭的意涵或限制，發現不論在身分或財產的繼承上，都遵循嫡長子制度，也明顯描繪出自古以來，中國社會重男輕女的觀念。

　　究竟誰可以繼承官位或家業與家產，第一首選必是嫡長子，除非嫡長子早逝或出現特殊原因，才會改由次子接位，這是中國自商朝以降，根深蒂固的嫡長子繼承制度。繼承了身分後，代表往後家族的祭祀與居喪活動等座位安排，都要遵循身分的規範。

　　寧國公和榮國公兄弟兩人，按照嫡長子繼承制度，寧國公是長房，具有宗祧祭祀權，宗祠也建在寧國府西邊，由寧國公這一脈子孫負責宗族事務，賈敬為嫡長孫，故事中已傳到第四代的賈珍，由他掌管家族中的大小事項。

> 賈珍不僅是襲了三等爵威烈將軍之職，還兼而擔任了賈氏宗族的族長。儘管他的年齡並不老，論輩分，也不過是賈府的第四代子弟，與「玉」字輩的賈璉、賈寶玉等是堂兄弟的關係，但在宗法制度下，他實在是個名正言順、大權在握的當家主子。〔註74〕

　　尤其是慎重如祭祀之事，自然是由賈珍張羅安排，並以父親賈敬為首主祭。第五十三回「寧國府除夕祭宗祠」，特別寫到賈府全員參加祭祀活動的情形：

> 只見賈府人分昭穆排班立定：賈敬主祭，賈赦陪祭，賈珍獻爵，賈璉賈琮獻帛，寶玉捧香，賈菖賈菱展拜毯，守焚池。……賈荇賈芷等從內儀門依次列站，直到正堂廊下。檻外方是賈敬賈赦，檻內是各女眷。眾家人小廝皆在儀門之外。每一道菜至，傳至儀門，賈荇賈芷等便接了，按次傳至階上賈敬手中。賈蓉係長房長孫，獨他隨女眷在檻內。每賈敬捧菜至，傳於賈蓉，賈蓉便傳於他妻子，又傳於鳳姐尤氏諸人，直傳至供桌前，方傳於王夫人。王夫人傳於賈母，賈母方捧放在桌上。邢夫人在供桌之西，東向立，同賈母供放。直至將菜飯湯點酒茶傳完，賈蓉方退出下階，歸入賈芹階位之首。凡

〔註74〕陳美玲：《紅樓夢中的寧國府》，頁40～41。

從文旁之名者，賈敬為首；下則從玉者，賈珍為首；再下從草頭者，賈蓉為首；左昭右穆，男東女西；俟賈母拈香下拜，眾人方一齊跪下，將五間大廳，三間抱廈，內外廊檐，階上階下兩丹墀內，花團錦簇，塞的無一隙空地。鴉雀無聞，只聲鏗鏘叮當，金鈴玉珮微微搖曳之聲，並起跪靴履颯沓之響。一時禮畢，賈敬賈赦等便忙退出，至榮府專候與賈母行禮。（第五十三回，頁826）

《紅樓夢》主要描寫以榮府為主，但若有重要節慶或家族祭祀，寧、榮兩府就會一同籌畫參加，但平日兩府是「分家異爨」〔註75〕，如果兩家一起參與的祭祀或節慶活動，就會以寧府的賈珍為主祭。

《紅樓夢》對宗族家族沒有潑墨揮灑，但工筆描繪，筆筆不落。什麼賈氏宗族學堂，建「省親別院」——大觀園由賈珍擔任總管兩府大小事務。「榮國府元宵開夜宴」，是賈珍帶領族中的子弟在賈母前伺候；端午節前，賈府到「清虛觀打醮」看戲，也是賈珍在忙前忙後。即使是賈府一般的節假日慶典及外出活動，也都由賈珍領班負責。他還掌管族產，賑濟族人。〔註76〕

在第七十一回賈母八十大壽時，因為籌備的宴席太多，所以榮寧二府同步進行，分日期、分梯次宴請不同的親友，主要安排的人也是寧府的賈珍和榮府的賈赦、賈璉。到了第一百一十回「史太君壽終歸地府」時寫賈母之死，原本關於喪葬的安排理當由嫡系血親主導，可是當時賈赦、賈珍已罹罪被發配邊疆。按大清律例，舉喪大典應由家族嫡長子主持，但正宗嫡長支系子孫賈珍，以及榮國府的嫡長子賈赦皆不在，論輩份理該由次子賈政負責。可是依循嫡長子制度，反倒賈赦之子賈璉身為嫡長孫，才是榮國公這支嫡傳的正宗後代，於是跨越叔父賈政的輩分，而擔任主持喪禮之責。

由以上眾多例子可以得知，在傳統家族中，嫡長子或是嫡子的血脈地位是何等重要，就算是同為嫡母的兩兄弟，嫡長子總是被賦予較多的責任或規範，更何況不是由正妻所出的庶子或庶女，不管是在法律上或是實際生活現況中，更有很大的差別期望和待遇。

賈赦與賈政在重要的公開場合當然會見面，但書中並沒有出現平日的私下交往和交談，賈赦也曾埋怨過母親偏心。況且兩兄弟的妻子邢夫人和王夫

〔註75〕薩孟武：《紅樓夢與中國舊家庭》，頁15。
〔註76〕鄭鐵生：《紅樓夢敘事藝術》，頁49。

人，兩個妯娌在賈母面前受寵的程度相差極大，所以賈赦夫妻和賈政夫妻，也是互有心結的。

賈赦是長子，妥妥當當襲了官爵「一等將軍」，賈政是次子，只能蒙皇恩額外被賞賜了一個「主事之銜」，後來升為員外郎。兩人的個性和才情不同，賈赦不愛管理家事又好女色，賈政「自幼酷喜讀書，祖父最疼」（第二回，頁30）。母親跟次子賈政一起住在榮國府的主屋，賈赦身為長子，卻住在榮國府隔開的院子裡。賈母後來也將掌管家中經濟與人事大權，交接給賈政的妻子王夫人，所以很明顯，賈母應該也比較偏愛次子賈政，當然母親對待不公的態度，也會增加兩兄弟之間的心結與矛盾。

以賈赦和賈敬這兩位同父同母所出的賈家嫡子來說，因賈母還健在，所以兄弟尚未分家〔註77〕，因此家中許多活動總是以賈母為尊，嫡長子為主要規畫者。雖然賈赦為榮國府的嫡長子體系，但是賈母偏愛次子賈政而非長子賈赦，反而讓賈政掌管榮國府，但賈政多在外當官，賈母於是把理家重責大任交給二房媳婦王夫人。〔註78〕王夫人後來因為身體欠安，又委託自己的內姪女王熙鳳代為管理。王夫人此舉並非想把權力歸還給長房，而是倚重王熙鳳是自己娘家的人，認為兩人應可同心共治賈府。

《紅樓夢》的作者安排是，賈母偏愛次子而非長子，還把治家的重責大任賦予給次子這一房，這似乎有違儒家嫡長子制度的安排。推敲其原因，應該是賈赦平庸好色，不如弟弟賈政聰明好學，其妻邢夫人是繼室，出身也比不上王夫人，夫妻倆人都無法獲取賈母的疼愛與重用。可見小說的安排，也算是在情理之中。

賈政也曾經為了迎春的婚事和兄長賈赦意見不合，身為迎春的叔叔，賈政並不欣賞孫紹祖這個男子與他的家庭，他曾經勸說過哥哥賈赦兩次，但是都沒有辦法改變他的想法，也只能作罷。由此可見，他們倆人的某些觀念是有落差的。

〔註77〕榮國府因賈母尚在，依據法律規定，不可分家。見《大清律例・戶律・戶役・別籍異財》：「凡祖父母、父母在者，子孫別立戶籍，分異財產者，杖一百。」卷8，頁107。

〔註78〕歐麗娟認為「從賈母將理家大權越位授予二房的王夫人，而不是採用嫡長子的傳統做法，交給大房長媳邢夫人，就可以看出以賈母的處事智慧和識人之明，實是明智的用人策略。」歐麗娟：《大觀紅樓》（母神卷）（臺北：國立臺灣大學出版中心，2015年9月），頁340。

　　寧國府的賈珍與惜春，惜春是「珍爺之胞妹」〔註79〕，雖然生母一樣，但自幼惜春也跟迎春、探春一起，住在奶奶賈母那邊讀書寫字，兄妹年齡相差也超過二十歲以上〔註80〕，所以兩人也無太多感情上的互動。榮國府也有賈璉和迎春這對兄妹，但兩人生母不同，一為嫡子一為庶妹，自幼也不同住，所以兩人無太多生活上的手足情感交流。第七十三回迎春因乳母聚賭，卻怯懦告誡無效，反而害自己被責怪，尤其是邢夫人更是抓到時機，對她說教一番：

> 總是你那好哥哥好嫂子，一對兒赫赫揚揚，璉二爺鳳奶奶，兩口子遮天蓋日，百事周到，竟通共這一個妹子，全不在意。但凡是我身上吊下來的，又有一話說，──只好憑他們罷了。況且你又不是我養的，你雖然不是同他一娘所生，到底是同出一父，也該彼此瞻顧些，也免別人笑話。我想天下的事也難較定，你是大老爺跟前人養的，這裏探丫頭也是二老爺跟前人養的，出身一樣。如今你娘死了，從前看來你兩個的娘，只有你娘比如今趙姨娘強十倍的，你該比探丫頭強才是。怎麼反不及他一半！誰知竟不然，這可不是異事。倒是我一生無兒女的，一生乾淨，也不能惹人笑話議論為高。（第七十三回，頁1141）

邢夫人說出她對賈璉夫妻的不滿，也對迎春比不上探春的一半才能而生氣，更希望迎春能拿出賈家小姐的權威，整頓好下人的行為。這裏需釐清兩件事：其一，賈璉和迎春的確是同母異父的兄妹，兩人情感少有聯繫，手足往來並不熱絡。其二，邢夫人沒有生育子女，但賈璉和迎春算是她的孩子，王熙鳳算是她的媳婦，但對於賈璉和熙鳳，邢夫人應該只能算是輩分上的母親與婆婆，他們應該更尊重王夫人而非邢夫人。

　　賈璉身為迎春的哥哥，因賈母喜歡女孩，所以將迎春等人養在她與王夫人身邊，賈璉也在賈母這邊和妻子一起理家，按說賈璉與妹妹的交集應該多一些，可是縱觀全書，兄妹兩個沒有一點兒交流。即使是迎春的嫂子王熙鳳，對迎春也不見有多少關照。或許最主要的原因是兩人並非同母所生，而且兩人的母親或許曾經有過一些妻妾的矛盾爭執，導致兩人可能在各自的生母都

〔註79〕第六十五回，興兒曾對尤二姐說：「四姑娘小，他正經是珍太爺親妹子，因自幼無母，老太太命太太抱過來養這麼大，也是一位不管事的。」（第六十五回，頁1033）。

〔註80〕第二回賈蓉16歲，惜春5歲，反推賈珍最少也30多歲了，表示賈珍和惜春兄妹的年齡差距，最少也有20多歲。

還在世時，就沒有產生過兄妹情誼。賈璉唯一關照起這個苦命的妹妹，竟是在第一百零九回迎春命喪夫家時，因迎春的父親賈赦在外任官不在家，只好請哥哥賈璉代為出面處理後事。

榮國府賈政這一支系的賈珠、賈元春和賈寶玉，是王夫人的嫡出子女；而探春、賈環是他們三人的異母庶出的弟弟和妹妹。身為賈政的嫡長子，賈珠十四歲進學，不到二十歲就娶妻生子，可惜未滿二十就死了。寶玉是賈政與王夫人，甚至是賈母心中的榮府血脈，幾乎全家大小老少都疼他寵他，唯獨趙姨娘的兒子賈環，不僅對寶玉沒有兄弟情誼，更受了母親趙姨娘的影響，恨他入骨。賈元春很疼愛弟弟寶玉，但她對於賈環明顯冷漠。

賈妃省親時，賈環稱病未到場，賈環當時年紀約十歲，應該是個愛看熱鬧的年紀，這麼重要的活動怎麼會不想參加？家人是擔心他過於年幼，做出不得體的反應嗎？不管原因為何，一定是長輩所安排的。元春賞賜端午節禮物時，全家都有獎賞只有賈環沒有。賈元春這樣對待賈環，也會讓賈環和趙姨娘，深深感受到嫡庶不公的差別待遇。元宵節燈謎，也是大家都有禮物，唯獨迎春和賈環因猜錯沒有禮物。元春跟趙姨娘的女兒探春自幼一起長大，跟她的互動也和其他堂妹一樣熱絡，就是跟賈環感情疏遠。賈妃下旨開放大觀園，寶玉和迎春、探春和惜春都可以住進來，賈環卻不可入住園中。元春疼愛寶玉是天生的手足親情，但她對於比寶玉又小二、三歲的弟弟，明顯沒有身為姐姐的慈愛。

二、嫡庶血脈，親情糾葛

其實，《紅樓夢》裡的賈母和王夫人，在面對嫡庶問題時，總是有兩套標準。賈元春是王夫人親生女兒自然是疼愛有加，何況元春最後被選為妃進宮，不啻是整個賈家的榮耀。至於迎春、探春、惜春三人，雖非自家女兒，也相當慈愛。惜春與賈珍同為嫡系兄妹，她年幼喪母，與兄長賈珍年齡差距太大，所以在賈母的安排下，都由王夫人一起照顧。因為有十多年的照護與孺慕之情，所以賈母和王夫人對這三位女孩也都相當疼愛，並沒有因為迎春和探春為庶出身分，就不喜歡或漠視對待。

迎春生母已過世，法律認同的嫡母是邢夫人，她們之間沒有任何母女情感的交流。迎春婚後生活飽受夫婿欺凌，婚後省親時想要訴苦的對象，反倒是自幼疼她照顧她的叔母王夫人，而非法律關係更親近些的邢夫人，她「說

得嗚嗚咽咽，連王夫人並眾姊妹無不落淚。王夫人為她心痛，更陪著她哭，誠為由衷疼惜得真情流露，是多年情同母女的自然反應。」〔註81〕迎春一回到娘家，也是先去王夫人這裡傾訴滿腹委屈，然後再回大觀園住了三天，最後才去邢夫人那邊過夜。此時和悲傷無奈的王夫人相比，「邢夫人本不在意，也不問其夫妻和睦，家務煩難，只面情塞責而已」（第八十回，頁1279），和真心憐惜迎春的叔母互相比較，嫡母邢夫人對待迎春是冷漠無情的。

　　賈母和王夫人在面對同為趙姨娘所出的探春和賈環，雖然都是庶出，但是對於探春總是視如己出，跟對待賈環的態度溫暖許多。她倆對探春也是自幼陪讀、關心，早已建立起濃厚的母女親情。

> 因為性別與輩分的關係，探春等其他姊妹們最是直接受到王夫人的眷顧，一開始就因為賈母的疼愛而一併由王夫人貼身照養。第二回借冷興子之語指出：「因史老夫人極愛孫女，都跟在祖母這邊一處讀書。」而當時負提攜教帶之務的，理當是承賈母授權而實任管家之責的王夫人。……可見三春雖然都不是王夫人所親生，但從小就接手過來親自照顧，培養了比起血親更為重要的實質母女關係。〔註82〕

賈母和王夫人都是真心喜歡這個「削肩細腰，長挑身材，鴨蛋臉面，俊眼修眉，顧盼神飛，文彩精華，見之忘俗」（第三回，頁46）、才貌兼具的女子，興兒曾用「玫瑰花」來形容探春，意思就是「玫瑰花又紅又香，無人不愛的，只是刺戳手」（第六十五回，頁1032），可見探春十分討人喜歡，只是母親趙姨娘跟她並無深厚的母女情感。

　　陳美玲在研究探春與趙姨娘的母女關係時，認為探春背棄生母趙姨娘，也多對她不假辭色，是因為探春瞧不起出身卑微、在賈府又不受歡迎的生母，因此她聰明的選擇王夫人這個正主母來攀附，所以她是個趨炎附勢的自私女兒〔註83〕。其實，「王夫人對她視如己出，……再加上從小養育提攜的恩情，以及嫡母本來就是宗法制度下所有子女的正是母親，於是在情、理、法的各種條件下，探春對王夫人的認同也是必然而自然的……。」〔註84〕探春跟生

〔註81〕歐麗娟：《大觀紅樓》（母神卷），頁285～286。
〔註82〕歐麗娟：《大觀紅樓》（母神卷），頁284～285。
〔註83〕關於探春在給舅舅趙國基發放安葬費一事的研究，大約有兩類看法：一是認為她不近人情，傷透趙姨娘的心；另一類是認為她是「站在公正的一邊，按舊規矩辦事」。陳美玲：《紅樓夢裏的小姐與丫鬟》，頁69。
〔註84〕歐麗娟：《大觀紅樓》（母神卷），頁287～288。

母趙姨娘不親密，是因為王夫人的確對她的教養付出較多的心血，她也能感受到王夫人是真誠疼愛這個丈夫妾室所生的女兒。〔註85〕

探春認為，若生母趙姨娘的個性和處事，能像周姨娘那樣沉著、能忍，「不見人欺他，他也不尋人去。可知他很識趣，安分，謹慎」（第六十回，頁932）就好了，也別讓她剛開始協助治理家務時，在他人面前來個血緣上的情緒勒索，叫她如何不固守立場秉公處理此事。探春在看似無情與生母趙姨娘切割情感時，其實也是「為了鞏固自己的人格，勢必就要否定誰的價值，而宗法制度恰恰提供了合法合理的依據」〔註86〕。探春的親舅舅死了，母親趙姨娘又哭又鬧，想跟她爭取多二十兩銀子，縱使李紈和鳳姐都要做好人勸她答應，她堅決不破壞家規制度。

探春在舅舅趙國基死亡後，母親欲申請喪葬撫卹金一事，不肯徇私通融，反倒跟母親說出她的舅舅不是趙國基，而是才剛升九省檢點的王子騰時，母親聽了十分生氣，認為女兒想要攀附王夫人而瞧不起她。但是站在探春的立場，身為趙姨娘而非王夫人的女兒，哇哇墜地時已輸給賈元春一大截，當她想透過自身的才氣與努力、自愛自尊，正要大展抱負時，卻始終逃不過庶出的原罪，以及身為在家族中不受歡迎的趙姨娘之女的背景，這樣天生的枷鎖，是付出多少努力都無法扭轉的劣勢。她難得能在賈家這樣一個大家庭中，突破嫡庶之分，被委以管理榮國府的重責大任，更是戰戰兢兢力求表現，趙姨娘不但幫不了她，卻要打破她辛苦建立的規定和權威，這讓她未來如何以理服眾？

歐麗娟認為：「探春與這對趙氏母子雖具有共同血緣，但天賦才性和後天教養都使得她別樹一格，堪稱是天壤之別、判若雲泥。」〔註87〕陳美玲也認為「趙姨娘和探春之間的矛盾衝突，是嫡庶之間矛盾衝突的一種表現形式。惟其是親母女，而又各自處於特殊的地位，所以兩人之間的關係才變得異常尖銳和複雜。」〔註88〕

〔註85〕「但對一個以家族為己任的宏慈嫡母而言，庶出的孩子和自己的子女擁有一半共同的血緣，並且同樣都是嫡傳的血脈，因此視如己出，於是探春受到細心的養育也獲得了真正的愛。這才是探春認同王夫人的真正原因。」見歐麗娟：《大觀紅樓》（正金釵），頁459～460。
〔註86〕歐麗娟：《大觀紅樓》（母神卷），頁289。
〔註87〕歐麗娟：《大觀紅樓》（正金釵），頁456。
〔註88〕陳美玲：《紅樓夢裏的小姐與丫鬟》，頁73。

鳳姐對探春的評價相當高，她曾與平兒討論起探春庶出的身分：

> 鳳姐：「好個三姑娘！我說他不錯。只可惜他命薄，沒托生在太太肚
> 裏。」平兒笑道：「奶奶也說糊塗話了。他便不是太太養的，難道誰
> 敢小看他，不與別的一樣看了？」鳳姐兒嘆道：「你哪裏知道，雖然
> 庶出一樣，女兒卻比不得男人。將來攀親時，如今有一些輕狂人，
> 要先打聽姑娘是正出庶出，多有為庶出不要的。殊不知別說庶出，
> 便是我們的丫頭，比人家的小姐還強呢。將來不知那個沒造化的挑
> 庶正誤了事呢，也不知那個有造化的不挑庶正的得了去。」（第五十
> 五回，頁 863）

想必，鳳姐所說並不單指探春的情況，而是整個傳統社會的氛圍所造成的嫡庶身分差異，以及始終不公平的待遇。

榮國府出現最大的嫡庶矛盾，就是賈寶玉和賈環兩兄弟。往上溯本，起因是王夫人和趙姨娘的妻妾身分。熙鳳和賈璉，金桂和薛蟠也都產生妻妾鬥爭問題，但是除了鳳姐，其他人都尚未生育子女，所以妻妾之間愛恨情仇的糾葛，尚未延伸成為後代子女的嫡庶問題。試想，若尤二姐順利產下一子，是否嫡庶問題也會在賈璉家正式浮上檯面。

趙姨娘因為也替丈夫生了一個兒子賈環，雖為庶出，但總是個有血脈傳承的兒子，這姨娘的身分窩囊了半輩子，總算也有翻身的機會。可是她發現，家族成員上至賈母、賈政、王夫人、邢夫人，下至輩分比她小的熙鳳、元春，人人都瞧不起她，連自己的親生女兒探春也一樣欺負她。寶玉在賈珠死後成為嫡長子，是全賈家人都捧在手裡的正宗少爺，而自己的兒子賈環跟寶玉相比，處處都被輕視打壓。就連家中僕人也常伶牙俐齒的對他們母子倆進行駁斥、嘲諷，完全沒把她和兒子賈環放在眼裡。

（一）情感對待不公

眾人對待寶玉和賈環最明顯的差異，就是情感對待不公。只要寶玉出現在賈母身邊，賈母一定是趕緊要他過來身邊坐著、躺著，充滿慈愛的摸摸他、跟他說說話，連邢夫人也是如此：「賈環見寶玉同邢夫人坐在一個坐褥上，邢夫人又百般摩挲撫弄他，早已心中不自在了，坐不多時，便和賈蘭使眼色兒要走。」（第二十四回，頁 375）賈母曾對鳳姐和王夫人說過：「我疼寶玉不疼環兒」（第八十一回，頁 1289）；「也不知是我偏心，我看著橫豎比環兒略好些，不知你們看著怎麼樣。」（第八十四回，頁 1328）

賈政雖然平日對兒子都是嚴厲寡言的嚴父形象，也擺明對這兩個兒子有不同的情感寄託，連關愛的眼神都不一樣：

> 賈政一舉目，見寶玉站在跟前，神彩飄逸，秀色奪人；看看賈環，人物委瑣，舉止荒疏；忽又想起賈珠來，再看看王夫人只有這一個親生的兒子，素愛如珍，自己的鬍鬚將已蒼白：因這幾件上，把素日嫌惡處分寶玉之心不覺減了八九。（第二十三回，頁362）

王夫人疼愛寶玉是天經地義的事，常見她對寶玉疼惜撫摸，不自覺流露出母親的關愛；而她身為賈環法律上認可的嫡母，也可以對賈環正當實行管教的，像是某日王夫人要放學回家後的賈環抄個《金剛咒》唪誦唪誦，也是對他略盡教育之責。其實王夫人對賈環的疼愛，一定沒有自幼帶在身邊看照的探春多，但也沒有嫡母欺壓庶子的壞心思。只是當庶子賈環讓自己的兒子寶玉受傷時，血緣親疏立即浮現，忍不住辱罵賈環和趙姨娘：

> 二人正鬧著，原來賈環聽的見，素日原恨寶玉，如今又見他和彩霞鬧，心中越發按不下這口毒氣。雖不敢明言，卻每每暗中算計，只是不得下手，今見相離甚近，便要用熱油燙瞎他的眼睛。因而故意裝作失手，把那一盞油汪汪的蠟燈向寶玉臉上只一推。只聽寶玉「噯喲」了一聲，滿屋裏眾人都唬了一跳。連忙將地下的戳燈挪過來，又將裏外間屋的燈拿了三四盞看時，只見寶玉滿臉滿頭都是油。（第二十五回，頁391）

此時賈環才只是個約十一歲的孩子，竟會做出如此惡毒傷人的事，到底是自己平日對哥哥寶玉的憤恨積怨過多的反撲，還是母親趙姨娘日常的身教言教，導致他的趁機報復？王夫人看見自己的命根子寶玉受傷，必定氣極敗壞，先責罵犯錯的賈環，再歸咎負責教養責任的趙姨娘：

> 王夫人又急又氣，一面命人來替寶玉擦洗，一面又罵賈環。鳳姐三步兩步的上炕去替寶玉收拾著，一面笑道：「老三還是這麼慌腳雞似的，我說你上不得高臺盤。趙姨娘時常也該教導教導他。」一句話提醒了王夫人，那王夫人不罵賈環，便叫過趙姨娘來罵道：「養出這樣黑心不知道理下流種子來，也不管管！幾番幾次我都不理論，你們得了意了，越發上來了！」（第二十五回，頁391）

其實也莫怪王夫人的反應，今日若是賈璉或其他人害寶玉受傷，她也會生氣的責罵他們，因為她是既心疼，又得承擔婆婆的責問。只是這個害她兒子受

傷的人是趙姨娘的兒子，妻妾恩怨、舊恨新仇又不免湧上心頭，罵完賈環後更遷怒趙姨娘。趙姨娘因為此事不思悔改，反而更加狠毒的想買通馬道婆施法陷害寶玉和鳳姐。

至於在奴僕對待寶玉和賈環兩兄弟的態度上，寶玉除了服侍他的二十多名男女老少奴僕，終日照顧簇擁他之外，其他奴僕也是對這個寶二爺特別關愛特別呵護，相反的，家奴們非但不把趙姨娘這個半個主子看在眼裡，就連這個正主環三爺，也都喜歡拿他跟寶玉比較或是欺負他。

賈環和香菱、鶯兒玩圍棋擲骰作弊，鶯兒不服氣賈環連幾個錢都要耍賴，不禁拿他的小氣和寶玉的大度故意說嘴。賈環聽了不但不認錯，還氣憤的說：「我拿什麼比寶玉呢。你們怕他，都和他好，都欺負我不是太太養的。」在旁邊觀看到這一幕的寶釵只好勸他：「好兄弟，快別說這話，人家笑話你。」（第二十回，頁 319）這件事發生時賈環年約十歲，當他感到委屈生氣地脫口埋怨時，想必是心有所感，而且是常常發生，次數多到連十歲的小男孩都感受得到，大家對他和對哥哥寶玉的態度相差太多。賈環的親姐姐探春，平日跟寶玉的互動和情感交流，也都比賈環這個親弟弟來得密切和熱絡，讓越來越年長的賈環，更加體會到大家對他與寶玉的差別待遇，也讓他跟母親更加沆瀣一氣的怨恨起寶玉。

（二）經濟資助不公

身為賈政嫡妻，王夫人月例二十兩，屋內配有大小丫鬟八人；身為姨娘，月例只有二兩，加上養育賈環一子也有二兩，另外多四串錢，兩人才四兩四串錢，雖然日常飲食用品多由公家支出，但身邊總有其他個人開銷，所以趙姨娘經濟資源，是遠遠比不上王夫人的。已分派的丫鬟也只有兩名，可見妻妾的角色，在金錢的配發上，也是明顯不公。

賈母和王夫人都是嫡母，皆出身富貴的家庭，娘家給的嫁妝應讓她們經濟無虞，她們也是朝廷命婦，往往需要陪同丈夫接待貴賓，穿著的衣物或用品也都符合身分地位；相反的，趙姨娘在平日的衣著和日常生活中，經濟條件都不優渥。賈母和王夫人的房裡更有許多珍貴物品，常隨意贈與寶玉，但同為賈家子嗣的賈環，就少有這樣的餽贈機會。

所以當寶釵拿些哥哥薛蟠外出經商添購的物品給賈環時，趙姨娘的內心對寶釵滿是稱讚，其一對她來說寶釵特意想到她和賈環，其二是這些東西真的奇巧，她收得開心：

> 且說趙姨娘因見寶釵送了賈環些東西，心中甚是喜歡，想道：「怨不
> 得別人都說那寶丫頭好，會做人，很大方，如今看起來果然不錯。
> 他哥哥能帶了多少東西來，他挨門兒送到，並不遺漏一處，也不露
> 出誰薄誰厚，連我們這樣沒時運的，他都想到了。若是那林丫頭，
> 他把我們娘兒們正眼也不瞧，那裏還肯送我們東西？」（第六十七
> 回，頁 1051）

趙姨娘因此喜歡寶釵甚於黛玉，她還故意去找王夫人，趁機拍一下薛、王兩
家的馬屁，沒想到竟碰了一鼻子灰，反倒讓自己生悶氣了。

（三）法律地位不公

　　就算趙姨娘如何委屈生氣，也扭轉不了她和王夫人原生家庭的貧富差異；
也撼動不了王夫人是明媒正娶的嫡妻，而她始終是個姨娘身分；也無法改變
眾人對寶玉和賈環不公平的情感對待。在經濟方面，也始終掌握在他人手裡，
這種事事處於劣勢的狀態，似乎永無翻身之日，也扭曲了趙姨娘的心智，也
直接影響到兒子賈環，讓他也產生嫡庶情仇的思想。

　　雖然庶子也可以有權均分家產〔註89〕，但卻不可襲爵。再加上庶出子女
其實法律上的母親是嫡母，而非自己真正的母親，稱呼上就有嫡庶的分別。
實際上的家庭地位也是差了一級，賈環是主子，而趙姨娘只能算是半個主子，
所以探春不認母親的哥哥趙國基是親舅舅，反倒說王夫人的哥哥王子騰才是
舅舅，這是一種對嫡庶不公的無力妥協。

> 探春既剛烈又敏感，有著身為小姐的自尊與自覺，但她的生母趙姨
> 娘卻又偏是個專惹是非、不討人喜的人物。所以她一方面表現出對
> 生母、弟弟賈環的不屑，一方面力爭上游，竭力按照封建宗法制度
> 對於一個小姐的要求來規範自己，努力成為較「正出」之大家閨秀
> 更具大家氣派的賈府三小姐。〔註90〕

縱使探春如何有才華、如何努力，就算鳳姐也都稱讚她，但也惋惜她是個庶
出女兒，因為現實社會就是，男女「將來攀親時，……多有為庶出不要的」

〔註89〕《大清律例・戶律・戶役・卑幼私擅用財・條例一》：「嫡庶子男，除有官陰
　　　襲，先盡嫡長子孫。其分析家財田產，不問妻妾婢生，止以子數均分，奸生
　　　之子，依子數量與半分，如別無子，立應繼之人為嗣，與奸生子均分，無應
　　　繼之人，方許承繼全分。」卷8，頁109。
〔註90〕彭毓淇：《丫鬟與小姐之互動關係研究——以紅樓夢為主的論述》（清華大學
　　　中國文學系碩士論文，2004年），頁110。

（第五十五回，頁863），因此就算賈元春不是貴妃，其身分地位還是高於庶出的探春。邢夫人的陪房王善保家的在抄檢大觀園，膽敢對探春無禮，自然是仗著自己是資深老奴，反倒瞧不起探春的庶出身分，探春自然知道原因，也勇敢捍衛自己尊嚴做出反擊。

賈環年紀輕輕，竟然敢做出故意打翻熱油燙傷哥哥寶玉的行為；而且也故意在父親面前告狀，讓哥哥因此被狠狠責打；更可怕的是，手頭極度不豐厚的趙姨娘，竟然願意寫下五百兩的借條，只為了讓馬道婆實施巫蠱之術，以詛咒賈寶玉跟王熙鳳兩人，最好能將他倆斬草除根，以絕後患。

巧兒生病，身為母親的鳳姐擔心不已，大家忙進忙出的烹煮湯藥，此時賈環被趙姨娘派來關心，卻不懂分寸打翻了還在煎製的藥。賈環此舉真的令鳳姐爆怒：「真真那一世的對頭冤家！你何苦來還來使促狹！從前你媽要想害我，如今又來害妞兒。我和你幾輩子的仇呢！」（第八十四回，頁1338）趙姨娘聽聞此事，也生氣地對賈環劈頭就罵。趙姨娘在王熙鳳面前已經活得小心翼翼了，叫兒子過去探望巧兒病情，也是想討好鳳姐，結果兒子成事不足、敗事有餘，恐怕惹禍上身。賈環聽到鳳姐和母親的責罵，心裡也不舒坦：

> 我不過弄倒了藥銚子，洒了一點子藥，那丫頭子又沒就死了，值得
> 他也罵我，你也罵我，賴我心壞，把我往死裏遭塌。等著我明兒還
> 要那小丫頭子的命呢，看你們怎麼著！只叫他們提防著就是了。（第
> 85回，頁1341）

由賈環所說的話可以看出，賈環的性格不夠成熟，他不知道此事的重要性，當然他的怒氣也源自於長期在家族地位低落、不被重視的積累下，所出現的反彈情緒。

趙姨娘曾經因為訓誡賈環，被王熙鳳斥責她是姨娘沒有資格管教主子，又常因為賈環做錯事，被他人責備沒有善盡母親督導教育孩子之責。就這一點來說，趙姨娘似乎怎麼做，都無法讓人滿意。但是，趙姨娘由於心思偏頗，盤算將兒子賈環，當作一個能跟王夫人和賈寶玉爭權奪利的籌碼，賈環也在她功利和偏頗的教育態度下，導致賈環在仁義道德和是非價值上，嚴重的仿效母親的妒意與仇恨。

賈環將滾燙的蠟油潑向寶玉，又逮住金釧跳井這件事，成功向賈政進讒，害寶玉差點被打死，趙姨娘又魘魅差點要了寶玉的命，賈環母子三番兩次仇視的對象，竟是嫡系兄長，可見母子倆因為家族中情感對待、經濟資助和法

律地位等的長期不公狀態，早就積累仇恨已久，扭曲了心智，磨滅了人性，由仇恨嫉妒演變為喪心病狂狀態。

小結

　　《紅樓夢》描寫的婚姻內容多元複雜，首先探討許多不同婚姻的類型，上至后妃帝王的婚姻，也就是賈元春透過選秀的制度嫁入皇宮，成為賈家最堅固的政治後盾，但也犧牲了自己的自由與家人共享的天倫時光。

　　至於賈、史、王、薛的金陵四大家族，王爵世族、貴族士紳彼此之間的相互聯姻婚配，相互鞏固彼此的政治與經濟地位。史太君婚配賈代善，王夫人嫁給賈政、薛姨媽嫁入薛家、王熙鳳嫁給賈璉，最後也符合多數人的期盼，寶釵嫁給寶玉。四大家族擇婚條件首推門當戶對，形成龐大的權貴集團，他們家族的命脈是休戚與共、「一損皆損，一榮皆榮」，相互照應依賴。名門女兒可以嫁入貴族之家成為嫡妻，但她們更容易面臨到丈夫一妻多妾的婚姻衝突。

　　書中描寫的一般平民婚姻並不多，以劉姥姥的女婿和女兒王狗兒和甄士隱夫妻的婚姻生活，做為尋常庶民夫妻的婚姻探討。他們通常遵循一夫一妻的婚姻制度，所以少有妻妾糾紛和嫡庶爭寵的問題。他們的家庭不富裕，所以生活常被柴米油鹽的經濟現實所惱，當然也有養育子女的煩惱和親屬相處的磨合困擾。《紅樓夢》中大量的男女奴僕，其婚姻類型也很多元，有些是聽由主子發配安排、有些是主子恩典可自行婚配、有些則成為主子的小妾、極少數自由戀愛成功。

　　因為《紅樓夢》裡許多一妻多妾的婚姻類型，所以出現了許多妻與妾的複雜問題。例如「妻妾爭寵」，爭的是丈夫的寵愛；「共事一夫」，吵的是經濟錢財；「家庭失序」，拚的是子嗣血脈。也因為妻妾情仇，更引申出嫡庶問題。

　　中國傳統五倫講究兄弟友恭，書中出現的場景，大多只是人倫假象；嫡庶血脈的親情糾葛，除了情感上、經濟上、法律上許多層面的不公平對待，導致嫡庶關係愈加惡劣，也讓中國傳統五倫中的「夫婦」和「兄弟」倫常趨於分崩離析。

第三章　《紅樓夢》裡的婚姻觀

　　正如前一章所討論，《紅樓夢》中各種身分階級的婚姻制度，從一國之君帝王后妃的婚姻安排，到王爵世族和平民百姓的婚配，甚至是身為奴僕或賤民等身處於社會最底層的人們，其婚姻締結的過程，往往不是聚焦於男女雙方的個人意志或是愛情追求，而是有目的性，或被父母家長所規劃掌控的。這樣的現象，並非只存在於清代，而是自古以來中國人根深蒂固的婚姻觀。

第一節　父母之命，媒妁之言

　　《禮記‧昏義》：「婚禮者，將合兩姓之好，上以事宗廟，而下以繼後世也。」〔註1〕因此，在中國傳統儒家的觀念裡，「婚姻」、「嫁娶」等都與「婚禮」屬於同一概念。婚禮不是男女兩人的事，更是全家族的大事，甚至是政治施行的基礎；透過婚禮的正式儀式，讓兩家血緣得以結合，對上可以事宗廟，對下可以傳宗接代。

　　自古以來，婚姻制度強調的是「和兩姓之好」，其主要目的是「繁衍子孫，以繼後世」，而婚配的兩家最基本的要求是「門當戶對」。因為中國傳統婚姻制度成立之首要條件就是「父母之命」與「媒妁之言」，有時男女雙方根本連面都沒有見過，就更談不上什麼情投意合、相互愛戀的情形。如果長輩不認同彼此的感情，男女雙方縱使情投意合，也很難有情人終成眷屬。《詩經‧齊風‧南山》：「娶妻如之何？必告父母。」〔註2〕。《詩經‧豳風‧伐柯》：「娶

〔註1〕〔清〕阮元：《禮記‧昏義》（臺北：藝文印書館，1985年），第44卷，頁1001。
〔註2〕〔清〕阮元：《毛詩‧國風‧齊風‧南山》，第5卷，頁191。

妻如何？匪媒不得。」〔註3〕根據《說文解字注》：「媒，謀也，謀合二姓者也。妁，酌也，斟酌二姓也。」〔註4〕《唐律疏義》更明文規定：「為婚之法，必有行媒。」〔註5〕

　　有幸能為家族長輩祝福的婚配，往往源於某些利益條件所安排，相愛的兩人不一定就能結為夫妻，結為夫妻的不一定就真心相愛。《紅樓夢》書中寫到許多對明媒正娶的婚姻關係，多是門當戶對、珠聯璧合的兩姓結合。而所謂的門當戶對，大抵會從雙方的家世背景、外貌人品等條件，來進行婚姻的配對。

一、首重家世

　　作為《紅樓夢》唯一嫁入皇室為妃的賈元春，也是在身分背景符合宮中選秀的條件下，被選入宮成為皇帝嬪妃。

　　賈代善和史太君的婚姻、賈政娶王夫人，賈璉和王熙鳳、賈珠和李紈、賈寶玉和薛寶釵、林如海和賈敏等人的婚配關係，都屬於中國典型門當戶對的聯姻模式。〔註6〕護官符中所提及的賈、王、薛、史四大家族的聯姻網絡，都是以家世背景來作為締結婚姻的第一要件。

　　黛玉的父親林如海能夠跟賈家的女兒賈敏結為夫妻，自然也是門當戶對的婚姻安排。林家雖然不屬於四大家族，但也是可與賈家相互匹配的門當戶對家族。在賈敏父母或長輩的眼裡，林如海是這樣的一個婚姻對象：

> （他）所管轄的業務又是攸關國計民生的鹽政，屬於重要職缺，可見林如海是一個才德權皆備的傑出人物，讓林家轉型成功，兼具了百年列侯世家與朝廷新貴的雙重顯要，也因此能在賈府最鼎盛的巔峰時聯姻結親，迎娶賈母最疼愛的女兒賈敏。〔註7〕

〔註3〕〔清〕阮元：《毛詩‧國風‧豳風‧伐柯》，第8卷，頁300。

〔註4〕〔漢〕許慎撰、〔清〕段玉裁注：《說文解字注》（臺北：頂淵文化事業有限公司，2003年8月，再版），頁613。

〔註5〕《唐律疏義》，卷13，頁63，收錄在《欽定四庫全書》本。詳見「中國哲學書電子化計劃」，下載網址：https://ctext.org/library.pl?if=gb&file=73949&page=63。

〔註6〕歐麗娟認為，婚姻安排追求門當戶對，對於新嫁娘也具有一個很大的優點就是：「門當戶對」在幫助家族鞏固並維持特權和財富功能之外，對女性所具有的另一種正面的意義，一方面是讓她們可以在近似的生活模式、言行習性和思想價值觀上有所銜接，較順利的度過這場巨大變化。歐麗娟：《大觀紅樓》（母神卷）（臺北：國立臺灣大學出版中心，2015年9月），頁546。

〔註7〕歐麗娟：《大觀紅樓》（正金釵）（臺北：國立臺灣大學出版中心，2017年8月），頁135。

賈府是「鐘鳴鼎食之家，翰墨詩書之族」，賈敏又是賈母疼愛的女兒，將其許配給「鐘鼎之家，卻亦是書香之族」的蘇州林家，兩家家世可謂「平分秋色」〔註8〕，否則賈家怎麼可能隨意安排子女的婚配呢？

　　若要仔細追究起來，歐麗娟認為林黛玉也具有能夠和賈寶玉匹配的家世：

> 當林如海榮任欽差大臣，又更增加朝廷新貴的權位時，同一時代的賈府成員卻日趨沒落。……這時在門第、根基、家私可能配不上對方的疑慮的，竟是賈府而非林家，可見林黛玉雖然孤身寄居賈府，其實同為四代列侯的貴族世家出身，彼此般配。〔註9〕

只是，對於寶黛這段木石前盟，《紅樓夢》的故事發展加入了薛寶釵這個競爭者，最終黛玉病死於寶玉與寶釵成親之日，兩人無緣結為夫妻。

　　《紅樓夢》中描寫最多的是賈璉與王熙鳳的婚姻故事。賈璉是一等將軍賈赦的長子，官拜「同知」，相貌堂堂、風流倜儻；王熙鳳是「九省統制」王子騰的侄女，家境富裕、風姿綽約、體態婀娜。兩人聯姻可謂郎才女貌，想必雙方家長一定也很滿意這樣的安排。

　　富貴人家講究門當戶對的婚姻關係，一般百姓大多也接受這樣的想法，例如像劉姥姥這樣的家庭，兒女婚配大多屬於平民之間相互嫁娶。因為一條手絹定情的賈芸和小紅，一個是貧寒的賈家遠親，一個是低賤的家生奴才，因此兩人在邁向婚姻的路上，也出現較少的阻礙。雖然有人認為兩人一開始並非純粹的相愛，而是各自帶有目的的交往：

> 在齡官與賈薔身上我們讀到的是已經用情很深的癡戀，但撲朔迷離於賈芸與小紅之間的卻一直是還未進入情況的追逐，一場更為峰迴路轉的追逐，在在呈現男女主人翁的一種人生觀，對於感情縱使會相愛，也只能逗留在某一階段，決不是嘔心瀝血的陷入，這是層次意境的不同。在面對人生方面他們永遠是工於心計的，所採取的權術變道也是迂迴應變的。〔註10〕

不論賈芸和小紅對於婚姻的真正追求為何，但小紅勇敢突破階級、家世上的阻礙，終究還是成就一段佳緣，是《紅樓夢》裡少見的喜劇收場婚姻關係。

〔註 8〕歐麗娟：《大觀紅樓》（正金釵），頁 136。
〔註 9〕歐麗娟：《大觀紅樓》（正金釵），頁 136。
〔註10〕康來新：《石頭渡海：紅樓夢散論》（臺北：漢光文化事業公司，1985 年 2 月），頁 60。

　　而私下互生愛意的齡官和賈薔，也跟小紅和賈芸一樣，一位是具有賤民身分的伶人，一位是依附賈家過活的紈褲子弟，但不可否認的，兩人外貌匹配，也彼此情生意動，但是齡官沒有選擇繼續留在賈府，讓他倆的愛情戛然中止：

> 而賈薔的愛情，突然給她更多的焦慮與不安，基本上這是來自於心理的匱乏感，唯恐喪失、剝奪的得失心情。……當然作者塑造齡官，還是要展現一個齡官的愛情世界。這份愛情之所以如此，和齡官本人的職業的困境息息相關，也就是齡官的隔絕心理，自負與自卑的不能平衡……。〔註11〕

所以齡官明白男女階級與家世上的距離，是難以跨越的鴻溝，而且賈薔雖然看似對她真心追求，但他平日的生活行為也非品性端正的良人，或許在眾多考量下，齡官寧願離開賈府、離開賈薔，再好好尋覓真正屬於自己的良緣。

　　如果門戶相當的男女雙方，能夠在正式走入婚姻之前有所來往接觸，產生心意相投的戀愛婚姻，可能對於婚姻的相處與維持，更能實現永結同心、結髮白頭的婚姻承諾。《紅樓夢》裡提到的賈府幾樁婚姻，多缺少婚前的描寫，但我們可以推論其婚配的原因。在封建宗法社會中的男女，婚事多由父母或族長所安排的，在龐大的家族利益和威權家長制度的掌控之下，個人的情感依歸並不重要。

　　出身皇商之家的薛蝌和因家貧舉家到賈府投靠姑母的邢岫煙，家世背景有所落差，本難共結連理。但正如薛姨媽所說「千里姻緣一線牽」，兩人先是有緣分同路來到賈府，早已互生情愫，最重要的是獲得薛姨媽的主動安排，先請賈母做保山說媒，又尋求邢岫煙父母邢忠夫婦的同意，再託尤氏協辦婚事。

　　薛姨媽出身四大家族之一的王家，自己也與四大家族薛家聯姻，成為薛家媳婦。對她來說，重視門第家世應是婚姻的重要考量，但她運用自身婚姻的體悟，展現幫子弟擇偶的智慧。從她自覺自家兒子薛蟠素行不良，恐誤了岫煙這位品格高潔的好女子，轉而向道德高尚的姪子薛蝌，拉起姻緣線。

> 因薛姨媽看見邢岫煙生得端雅穩重，且家道貧寒，是個釵荊裙布的女兒，便欲說與薛蟠為妻。因薛蟠素習行止浮奢，又恐遭塌人家的女兒。正在躊躇之際，忽想起薛蝌未娶，看他二人恰是一對天生地

〔註11〕康來新：《石頭渡海：紅樓夢散論》，頁 124。

設的夫妻，因謀之於鳳姐兒。（第五十七回，頁 892～893）

在父母長輩說親之前，兩人已有接觸的機會，自然也觀察到對方的言行舉止和性格，心中早互相欽慕。進到賈府，兩人多少還有碰頭接觸的機會，而且寶釵和賈母也都喜歡邢岫煙，也成為雙方感情的支持。

雖然兩人最後在婚禮進行時，因家事繁雜無法舉行體面的婚禮，但是他倆婚後的生活，還是保有婚前相愛的初衷，成為姚燮口中的「一對好夫妻」〔註12〕，也是書中少有情意相投的夫妻。

《紅樓夢》所側重的故事思想主軸之一，就是寶黛之間纏綿可泣的「木石」愛情。這也是書中著墨頗多的愛戀情誼，可惜兩人空有情緣而無名分。

許多人認為光從家世背景來比較，薛寶釵和林黛玉兩人的勝負立判，但是根據歐麗娟的分析認為，黛玉的家世其實不輸薛寶釵。鳳姐曾經當面跟寶玉和黛玉說過：「你別作夢！你給我們家作了媳婦，少什麼？」指寶玉道：「你瞧瞧，人物兒、門第配不上，根基配不上，家私配不上？那一點還玷辱了誰呢？」（第二十五回，頁 397）鳳姐的意思就是，林家不論在門第、根基、家私等客觀條件上，都是可以跟賈家勢均力敵的，自然沒有黛玉配不上寶玉的說法。只是當她入住賈府依親時，林家確實已比昔日凋零失勢。歐麗娟認為黛玉一開始，可說是寶玉相當合適的婚配對象，因為：

> （她有）貴官出身的家世背景、秀異出眾的天賦、絕色非凡的美貌，以及自幼良好的正統教育，再加上賈母愛屋及烏的加倍移情，因此到了賈府依親之後便深受長輩寵愛……，甚至進一步被視為寶二奶奶的主要人選。〔註13〕

只是在眾多因素交相影響之下，「最後心事虛化的悲劇是世事無常、造化弄人所致，並不是人謀不臧的結果。」〔註14〕婚姻既然不是以當事人的情愛為第一考量，比起為人處世的圓融和身體健康的衡量下，那麼薛寶釵的確是現實考量下的金玉良緣。縱使疼愛黛玉的外祖奶奶也有部分權力支持寶黛兩人木石情緣，最終還是選擇保有家族命脈為首要考量。

聰慧如黛玉，幼時讀書就知道讀到母親名字「敏」字時，避諱改讀成「密」，

〔註12〕姚燮在〈讀紅樓夢總綱〉裡曾經讚揚「男子如薛蝌，女子如岫煙，皆書中所罕有，真是一對好夫妻。」見馮其庸纂校：《八家評批紅樓夢》（北京：文化藝術出版社，1991 年 9 月），頁 15。

〔註13〕歐麗娟：《大觀紅樓》（正金釵），頁 147。

〔註14〕歐麗娟：《大觀紅樓》（正金釵），頁 152。

也會省筆書寫。再從剛進府的諸多描寫，可以發現她將母親告誡的話謹記在心，她知道外祖母家不是一般的家庭，沿路仔細觀察，先看到敕造的寧國府和榮國府，又進到榮國府的正房榮禧堂，這些建築不但華麗氣派，又看見皇帝御賜的匾額，接著又見識到府中人物的衣飾尊貴，於是她秉持的戒慎之心，「步步留心，時時在意，不肯輕易多說一句話，多行一步路，惟恐被人恥笑了他去。」（第三回，頁44）縱使後來有外祖母的移情疼愛，她也逐漸展露真性情，常心直口快的表達自己的意見，但還是可以發現她寄人籬下的悲苦心情與壓力。

儘管黛玉和寶玉兩人情竇初開，愛情在日常生活中的活動與對話中悄悄萌發，只可惜兩人的愛意與「木石前盟」，終究敵不過「金玉良緣」下的長輩安排與其他條件的考量。

寶釵一直避著寶玉，可惜賈府被抄家，哥哥仍深陷囹圄，寶玉又在失玉後心神癡呆，在這個極度混亂的時間點，她只好默默地接受長輩們沖喜的婚姻安排。寶釵經歷丈夫婚後，時而神智清醒，時而展現對黛玉的思念，身為終日在他身邊照顧他的妻子，一方面要維持好長輩心中得體的嫡長媳婦形象，一方面又要關照丈夫的身心狀況，常須理智地開導說理。寶釵看似冷靜的對待她的婚姻生活，其實她也希望寶玉能夠早日恢復健康，成為她「終身的倚靠」，和丈夫攜手肩負起當家的責任。

《紅樓夢》中寶釵落落大方的表現，即是作者筆下世家貴族女子，出身良好的家教體現。另一位身為寧國府的當家少奶奶、賈珍的妻子尤氏，應該具備崇高的家族地位，但事實上卻是個不受尊重的角色：

> 對於尤氏的出身，書中並沒有交代。但從其後母尤老娘，及兩個拖
> 油瓶妹妹尤二姐和尤三姊的景況看來，尤氏大概不是出自什麼詩書
> 世家或豪門巨戶。相反地，尤家的生活還相當艱難，所以不得不仰
> 人鼻息，靠著賈珍的周濟度日，情況顯然是頗糟的。〔註15〕

尤老娘透過賈珍、賈蓉的協助，成功的讓女兒尤二姐嫁給賈璉為妾，這樣的安排看在尤氏的眼裡，自然是反對的。或許她知道嫁入賈家的媳婦，若是家世不如人，便難以跟別人比拚，況且尤二姐是偷偷出嫁作妾，還跟潑辣的鳳姐共事一夫，果然她也因為此事被熙鳳遷怒，更悲慘的是，尤二姐的婚姻快

〔註15〕陳美玲：《紅樓夢中的寧國府》（臺北：文津出版社有限公司，1999年5月），頁87。

速地導致她選擇吞金而亡。

賈家眾多媳婦，多是門當戶對的官宦千金，上推賈母，下至王夫人和王熙鳳，都有深厚的娘家背景。尤氏的媳婦秦可卿，雖然出身比不上四大家族，倒也是官宦之後，還擁有極佳的外貌和良好的口碑與評價，深受賈府上下愛戴。相反的，尤氏身為寧國府的嫡長媳婦，她徒有當家大奶奶之名，卻無掌管家政的實權，家中大權都由丈夫賈珍一手掌握，「她既不能如鳳姐那樣明凶暗壞，又不同像李紈那樣明哲保身，就只好處於一種尷尬的局面了。」〔註16〕所以尤氏沒有良好的出身背景，也致使她在婚姻生活裡相對委屈。

二、對婚姻的期待

《紅樓夢》裡有幾位角色，在未走入婚姻之前或步入婚姻之後，或在某些場合或時機，說出自己的感情觀或婚姻觀。

在男子方面，柳湘蓮曾對寶玉和賈璉說過，他對婚姻的期待是「我本有願，定要一個絕色的女子。」（第六十六回，頁1036）所以當賈璉跟他介紹尤三姐時，柳湘蓮雖改口說既是賈璉安排，自當接受。其實賈璉先跟他敘說起尤三姐的美貌，還對他誇讚起尤三姐的「品貌是古今有一無二的了」（第六十六回，頁1038），讓柳湘蓮心中大喜，也急著拿出鴛鴦劍給賈璉，讓他代為允諾這椿婚事。後來柳湘蓮又向寶玉打聽，身為好友，寶玉也知道柳湘蓮對妻子的外貌要求，於是趕緊恭喜他，如願獲得一位「標緻人、古今絕色」對象。但是當他在深入探究時發現，這位貌美的未過門妻子竟是出於荒淫的寧國府裡，心裡滿是疙瘩和嘲諷的說：「這事不好，斷乎做不得了。……我不做這剩王八。」（第六十六回，頁1040）可見柳湘蓮對婚姻的首要期待，是能娶到一位如花美眷，但並不表示他就忽視妻子的人品條件。

所以當他急忙去找賈璉退婚時，發現尤三姐竟然因為知道自己過往的淫亂生活而被嫌棄，決然以象徵婚聘之物的鴛鴦劍，當場自刎而亡，不禁感嘆她的剛烈個性。經過這個震驚的發展，柳湘蓮後悔自己錯失了這麼一位美麗又剛烈的女子。在恍惚之中夢見尤三姐前來告別，內心更加惆悵，最後竟自行斷髮隨道士離開。

至於蔣玉菡在尚未婚配之前，就曾經跟朋友說過他對婚姻與婚配對象的態度。蔣玉菡外貌佳、小生唱功好，家裡有舖子，經濟條件也很好，透過別人

〔註16〕陳美玲：《紅樓夢中的寧國府》，頁95～96。

說出他的感情觀：「他倒拿定一個主意，說是人生配偶關係一生一世的事，不是混鬧得的，不論尊卑貴賤，總要配的上他的才能。所以到如今還並沒娶親。」（第九十三回，頁1451）蔣玉菡家境富裕、外貌出眾，他追求的婚姻是夫妻能夠互相成長、互相欽慕，屬於個人品行才華的內在條件，而不以家族客觀條件為優先。尚未婚配的他，說出「人生配偶關係一生一世的事」這句話，代表他內心是想追求一個能夠心意相通、長久穩定的夫妻關係。

蔣玉菡原來對這椿婚事也是欣喜堅定的，因為他在婚禮操辦上，以及對家中奴僕的事先訓練要求，都相當用心，而且他在新婚之夜也是柔情對待，想必在襲人的兄嫂在與蔣家說親之時，雙方都是相當用心地尋覓婚配對象。

當襲人心不甘情不願的嫁入蔣家的隔天，兩人發現了襲人嫁奩中的一條猩紅汗巾，這時蔣玉菡才知道原來襲人是寶玉的丫鬟。

> 此時蔣玉菡念著寶玉待他的舊情，倒覺滿心惶愧，更加周旋，又故意將寶玉所換那條松花綠的汗巾拿出來。襲人看了，方知這姓蔣的原來就是蔣玉菡，始信姻緣前定。（第一百二十回，頁1795）

也正因襲人發現她與蔣玉菡之間，竟與寶玉有這段贈巾的緣份連結，而相信姻緣前定，使她放下心結，兩人愈加恩愛。

在女子方面，有未婚的尤三姐和司棋，以及已走入婚姻數十年的賈母、王夫人和初為人妻的尤二姐和寶釵，都曾直接或間接地說出自己的婚姻觀。

尚未婚配的尤三姐出身不好，他和母親與二姐，只能投靠嫁入寧國府、但沒有血緣關係的大姐尤氏。

怎知賈家男子性好漁色，人在屋簷下，她與二姐清白難保。她有追求婚姻忠貞的思想，也清楚知道自己想要的配偶，不是符合財富、外貌、才能等外在條件，而是可以和她心靈契合、和美過日的夫婿。若說尤三姐為求生存也自甘墮落，那麼當她知道賈璉願意幫她安排，早已暗自心儀五年的柳湘蓮之婚配時，婚姻之事八字還沒一撇，心神態度卻自然純淨起來。

> 她對賈璉說：「姐夫，你只放心，我們不是那心口兩樣的人，說什麼是什麼。若有了姓柳的來，我便嫁他。從今天起，我吃齋唸佛，只服侍母親，等他來了，嫁了他去，若一百年不來，我自己修行去了。」
>
> （第六十六回，頁1037）

說完還將玉簪擊斷宣示，也改變平日態度。從尤三姐對於心儀柳湘蓮一事浮上檯面後的言行表現，可以看出她真心愛慕這個男子。當她知道姐夫賈璉願

意替她牽線時，內心更加篤定這個選擇。得到婚姻信物鴛鴦劍後，她「喜出望外，連忙收了，掛在自己繡房床上，每日望著劍，自笑終身有靠。」（第六十六回，頁1037）尤三姐度過了短暫的幸福時光，等到柳湘蓮因她過往的生活而欲取回訂情的鴛鴦劍時，自知嫁給柳湘蓮的期待落空，立刻剛烈的以鴛鴦劍自盡。對於婚姻的期待由朝思暮想，迅速轉變為羞愧悲憤，促使尤三姐決定以死來成全她對愛情的追求。

　　未婚但曾品嘗戀愛甜蜜的司棋，縱使與表弟的愛戀被公開揭露，又遭受母親反對，心裡飽受折磨，最難過的是，心愛的對象卻沒有勇氣，適時與她站在同一陣線，反倒膽小的逃走了。她還是勇敢的反抗母親，堅毅地說出自己的婚姻期待：

> 一個女人配一個男人。我一時失腳上了他的當，我就是他的人了，決不肯再失身給別人的。我恨他為什麼這樣膽小，一身作事一身當，為什麼要逃。就是他一輩子不來了，我也一輩子不嫁人的。媽要給我配人，我原拚著一死的。今兒他來了，媽問他怎麼樣。若是他不改心，我在媽跟前磕了頭，只當是我死了，他到那裏，我跟到那裏，就是討飯吃也是願意的。（第九十二回，頁1437～1438）

所以，司棋最後自殺，死於母親的反對與情人不信任的試探下，潘又安自知自己不該懷疑司棋愛他的堅貞，也與之殉情。雖然倆人締結婚配的希望成泡影，但也說明了司棋對於愛情與婚姻的忠烈態度。

　　未婚的女子對於婚姻的期待，大多還停留在想像階段，往往也會過度美好和理想化。已婚的女子品嘗過婚姻中的酸甜苦辣，還有許多複雜的因素，讓她們的領悟與感觸也有不同。賈母自己走入婚姻數十年，一生也看過多少男女締結婚姻後，婚姻失和、爭吵度日的情形，她是衷心想要孫子幸福，所以她曾跟賈珍說起，要為寶玉選媳婦的婚配條件，應該以模樣與性格為第一條件，家世背景到可不必太計較，這是賈母以祖母（女子）的角度來幫孫子（男子）設定婚配條件：

> 你可如今打聽著，不管他根基，只要模樣配的上就好，來告訴我。
> 便是那家子窮，不過給他幾兩銀子罷了。只是模樣性格兒難得好的。
> （第二十九回，頁458。）

賈母的人生閱歷豐富，知道性格好壞會對婚姻影響甚鉅，但以賈府當時的家世背景，賈母怎麼捨得讓她最疼愛的孫子寶玉，娶一個沒家世的孫媳婦呢？

這可以視為只是賈母的暫時推託之詞。

　　當迎春嫁給孫紹祖後飽受折磨，賈府的男子只有寶玉為她打抱不平，其他如王夫人等人，都只能一邊心疼、一邊又勸她忍耐。結婚已超過三十年的王夫人，以她的傳統儒家思想和多年來的婚姻體悟，對迎春說出她的婚姻觀：

> 「已是遇見了這不曉事的人，可怎麼樣呢。……我的兒，這也是你的命。」

> 「不過年輕的夫妻們，閑牙鬭齒，亦是萬萬人之常事，何必說這喪話。」（第八十回，頁 1278）

後來迎春病重傳回消息，寶玉對此憤恨不平，希望可以把迎春接回來，等孫家要來接回時便推說賈母不准。王夫人對寶玉再三安撫，也再次重申她對婚姻的態度：

> 王夫人道：「這也是沒法兒的事。俗語說的，『嫁出去的女孩兒潑出去的水』，叫我能怎麼樣呢。」……王夫人聽了，又好笑，又好惱，說道：「你又發了呆氣了，混說的是什麼！大凡做了女孩兒，終久是要出門子的，嫁到人家去，娘家那裏顧得，也只好看他自己的命運，碰得好就好，碰得不好也就沒法兒。你難道沒聽見人說『嫁雞隨雞，嫁狗隨狗』，那裏個個都像你大姐姐做娘娘呢。況且你二姐姐是新媳婦，孫姑爺也還是年輕的人，各人有各人的脾氣，新來乍到，自然要有些扭別的。過幾年大家摸著脾氣兒，生兒長女以後，那就好了。」

> （第八十一回，頁 1283～1284）

王夫人與丈夫賈政結縭超過三十年，賈政雖然沒有像其他賈家男子那樣好逸惡勞和好色荒淫，但他也納了趙姨娘和周姨娘兩位侍妾，想必夫妻倆也曾經發生許多生活的磨合和爭執。她以過來人的身分對迎春勸說安撫，盼她暫時忍讓，或許小夫妻之後就能磨合成功。況且自古以來，女孩走入婚姻，嫁雞隨雞、好運壞運都得認命。嫁出去的女兒就是潑出去的水，娘家也很難提供太多幫助，要靠自己的智慧排除婚姻中遇到的難題。可惜也因為這樣的婚姻觀，讓迎春求助無門，才結婚一年，即身心飽受煎熬的香消玉殞。

　　尤二姐興高采烈的嫁給賈璉後，一開始她對於這個夫婿的感情，是屬於經濟和愛情的雙重終身依靠。尤二姐的婚姻觀：

> 我如今和你作了兩個月夫妻，日子雖淺，我也知你不是愚人。我生是你的人，死是你的鬼，如今既作了夫妻，我終身靠你，豈敢瞞藏

一字。我算是有靠，將來我妹子卻如何結果？據我看來，這個形景
恐非長策，要作長久之計方可。（第六十五回，頁1026）

雖然賈璉並非良婿佳偶，但他自從認識尤二姐後，兩人也恩愛異常，他
目前仍是個體貼熱情的丈夫。對尤二姐來說，不論是在精神上、還是經濟上，
夫婿是她終身的靠山。個性溫和的尤二姐身為妾室，對元配熙鳳是尊敬的、
友好的，願意姊妹共事一夫，追求家庭和樂。可惜熙鳳是個善妒的嫡妻，當
她知道夫婿竟然瞞著她在外面養起小妾，她可是面子、裡子都拉不下。於是
開始設計尤二姐，使她走上絕路，也讓尤二姐對婚姻、對夫婿的期待，伴隨
著她的死亡而殞落。

剛走進婚姻生活的寶釵，趁著寶玉精神比較清醒時，也曾跟丈夫坦露自
己對於婚姻的看法：

寶釵道：「我想你我既為夫婦，你便是我終身的倚靠，卻不在情欲之
私。論起榮華富貴，原不過是過眼煙雲，但自古聖賢，以人品根柢
為重。」（第一百十八回，頁1764）

寶玉聽了寶釵愛的告白後，並沒有給予同等的回應。接著寶釵又趁機來個價
值澄清，她認為寶玉認為的出世離群是人生至高的追求，兩人來了一場「人
品」與「赤子之心」的辯論。寶釵認為讀聖賢書應以「忠孝」與「救民濟世」
才是真的人品根柢，更應該回報親恩，而不是拋棄天倫。兩人各持己見，但
寶玉發現兩人沒有共識，也就微笑帶過，不再發言。

以蔣玉菡和柳湘蓮兩位男子的言行態度，我們可以得知對於未來妻子的
條件，外貌與品性都是他們所考量的，還有賈母以女性的長者角度來看待孫
子的妻子條件，也是強調模樣與性格。蔣玉菡雖出身伶人，但有才華也有財
富，對於婚姻對象也有相當主見，心裡想要追求一個與他品貌才華皆能匹配
的對象。雖說柳湘蓮將女子美貌視為婚配第一條件，但他發現尤三姐的性格
是剛毅強烈的，不禁有些後悔他太衝動，沒有機會好好了解她的優點。但不
可否認的，就算柳湘蓮事先不知道尤三姐與寧國府中男子的曖昧關係，快意
幸福地結為夫妻，婚後若聽聞那些流言蜚語，是否能夠坦然釋懷的繼續維持
婚姻關係？

綜觀上述多位未婚、已婚女子們對於婚姻的期待，我們可以發現女子對
婚配對象的期待是勇敢有擔當、能倚靠、人品佳，這裡所說的三個條件，引
申來說就是夫婿要有責任心、遇事勇於承擔、有足夠的經濟能力、能信任的

處世態度以及端正的人品，也願意在婚姻生活中互相學習成長、追求心靈契合。而女子一旦走入婚姻，也要有嫁雞隨雞的認命態度、收斂脾氣，以及至死不渝地守護婚姻。

第二節　愛情的自我追尋

一、婚前的愛戀

　　四大家族等王爵貴族的女子，出身高貴名門，在現實和法律和傳統儒家思想的多重壓力之下，她們在婚前是很少拋頭露臉的，所以這些賈家的嫡妻們，大多在婚前可能連丈夫的臉都沒有見過。他們彼此相互的了解，可能是透過父母長輩或媒人嘴裡所闡述的現實條件，例如家世背景、家庭成員、官爵等第、外貌身材等；至於人品方面，很難有具體或真實的呈現。所以這些官宦子女走入婚姻之後，是需要快速融入新家庭和伴侶的生活，難免出現許多婚姻磨合。

　　《紅樓夢》裡寫了幾個婚前愛戀的故事，但只有極少數擁有幸福的結局。像是小紅和賈芸以帕傳情，努力追求愛情，最後能成為一段佳緣，是少見的喜劇收場婚姻關係。還有邢岫煙與薛蝌婚前曾經短暫相遇、互有好感，接著又幸運地得到長輩積極的安排，兩人成功締結良緣。

　　但是徒有愛情的支持，是不足以構成婚姻關係的，從相愛到走進婚姻是一條漫長的路途。有人如願走入婚姻，也無法保證相守一生，有人只有情投意合的相愛時光，卻無緣結為夫妻。賈薔與齡官他倆曾經互有愛意，也喜甜蜜鬥嘴，一個是地位較高的富家公子，一個是賤民階層的戲子，兩人終究因為身分地位懸殊，齡官最終選擇自由，放棄愛情。

　　從小青梅竹馬，又是姑表姐弟的司棋和潘又安，縱使情投意合，也敢勇於追求自己的愛情。她與潘又安第一次約會，「雖未成雙，卻也海石誓盟，私傳表記，已有無限風情了。」（第七十二回，頁1121）他們曾經私會大觀園，也曾傳寫書信訴說心意，彼此互贈信物，擁有濃烈的愛情。在長輩的阻撓下，即以強烈的殉情手段表達心中最深沉的抗議，斷然地結束自己的生命，終究無法有情人終成眷屬。

　　尤二姐和賈璉在婚前也互相熟識，兩人其實還有姻親的關係。不能否認的，彼此也算互相心儀動情，才會在賈珍和賈蓉的推波助瀾下，成為賈璉的

妾室。雖然尤二姐婚前素行不良，對她和她的原生家庭來說，賈璉擁有富裕的經濟條件也是現實的考量，且賈璉也是追求美色和溫柔的男子，因此相互吸引。兩人在婚前確實也甜蜜相戀，婚後也度過一段恩愛夫妻的生活。如前面所說，尤二姐也有自己對於夫婿、對於婚姻的期待，可惜賈璉的元配是善妒殘忍的王熙鳳，讓她無法堅持自己對婚姻的理想，而賈璉見異思遷的風流本性，也絕非是她自以為的終身倚靠對象。

　　寶玉和襲人是婚前相戀的特殊案例，襲人是賈母特意安排給孫子的屋裡人，襲人是第一個和寶玉發生夫妻之實的女子，對襲人來說這個外貌出色、個性溫和、體貼的小主子，竟是她未來的夫婿，對於賈家這樣的安排她是欣然接受的。她聰明機伶、個性穩重、辦事能力強，也深獲家族內外的喜愛。如果寶玉沒有出家，襲人就是寶玉的小妾，婚後應該也能跟熙鳳妻妾和平相處。

　　柳湘蓮和尤三姐以及薛蟠和夏金桂這兩對，在婚前曾經見過面，尤三姐對柳湘蓮留下極好的印象，對他芳心暗許，柳湘蓮對尤三姐則無任何印象，但是當他聽賈璉說尤三姐品貌兼備時，心裡十分歡喜。若尤三姐的出身不是如書中所言的貧賤與淫亂，而導致兩人最後一位自殺、一位求道的悲慘結局，或許他倆有機會成就一段夫妻佳話。至於薛蟠和夏金桂門當戶對，又有長輩交情與兒時情誼，夏金桂的對外形象也是貌美、有學識，薛蟠對她心動不已。所以短暫的接觸或相處之後，總是容易被外在條件所吸引，若不重視人品條件，而像薛蟠一樣草率的走入婚姻，可能就會發現所嫁（娶）之人，非終身良緣。

　　薛蝌和邢岫煙，兩人並非門當戶對，但幸好有薛姨媽的積極安排，婚姻之路自然順利很多。他倆初識於在進京途中相遇，淡淡的一句「大約二人心中也皆如意」，透露出互有好感的情意。薛蝌雖為富貴公子，但品格忠厚，行事沉穩，不為美色所惑，堅守自己的愛情，比起賈家的許多男子和堂兄薛蟠，他是一個人品端正的好歸宿。李鴻源認為「在《紅樓夢》中，薛蝌無疑是個小人物，但他胸懷坦蕩，辦事竭誠盡心，對人心無雜念，對愛情忠誠不渝。」〔註17〕而邢岫煙性格高雅隨緣、安貧守分，兩人相當契合。薛姨媽等人的從旁撮合之下，讓婚前的愛戀情意可以延續到婚後，最後締結良緣，成就理想

〔註17〕李鴻淵：《紅樓夢人物對比研究》（杭州：浙江大學出版社，2011 年 12 月），頁 195。

的婚姻。

　　雖然商談兩家婚禮的時候，薛家、王家和賈家正遭逢多事之秋，家運已呈現衰敗的薛家，早無法幫姪子舉辦一個體面的婚禮，但是薛蝌是個知所進退的體貼人，他跟邢岫煙都知道平淡夫妻才長久。婚後兩人雖然仍過著清貧的小夫妻生活，卻能相敬相愛。寶釵跟寶玉提到他們兩人的婚後生活：

> 我看二嫂子如今倒是安心樂意的孝敬我媽媽，比親媳婦還強十倍呢。待二哥哥〔註18〕也是極盡婦道的，和香菱又甚好，二哥哥不在家，他兩個和和氣氣的過日子。雖說是窮些，我媽媽近來倒安逸好些。（第一百十四回，頁1710）

作者更以「看來豈是尋常色，濃淡由他冰雪中」（第五十回，頁769）這句話，來烘托在四大家族由奢華到衰敗的過程中，像薛蝌和邢岫煙的人品個性相互契合，能夠相知相惜、樸實穩定的感情，才能細水長流，更顯珍貴。

二、木石前盟

　　《紅樓夢》中的黛玉與寶釵，一直都有擁護的讀者，寶玉對於黛玉心儀和交流的程度，遠勝過寶釵；但是喜歡寶釵的人多認為她才是一個理解人倫世故、遇事冷靜理性，可以擔當起賈府嫡妻的最佳人選。反觀黛玉心思太纖細自我、體弱嬌柔，恐難以扛起治家理財的重責大任。所以歐麗娟曾說：

> 寶釵、黛玉這兩種不同人格特質的兼備兩全，才是最均衡完美的生命境界，也才是寶玉所追求的理想型態。……然而，這樣兩全其妙的兼美理想卻遭到了偏執之片段否定，終究只是存在於仙界神人的形上圓滿，卻無法落實於塵俗世間。〔註19〕

所以薛姨媽首先替女兒說出「金鎖配玉」的擇偶條件，王夫人和王熙鳳等人又在賈母面前稱讚寶釵，讓賈母也認為寶釵確實是個優秀孫媳婦的選擇，再加上熙鳳又說出「寶玉配金鎖是天配的姻緣」（第八十四回，頁1336），讓寶玉和寶釵的木石前盟，註定贏不了父母長輩的婚配安排。

〔註18〕第四十九回薛蝌出場時，透過他人的介紹薛蝌是「薛蟠之從弟」（頁746），又根據第六十二回薛蝌對寶釵和寶玉喚作「姐姐兄弟」（頁958），以及寶釵和薛蝌相處時，都無特意稱呼他為二哥哥，明顯推論薛蝌也是她的堂弟，但是到了這裡，寶釵又說薛蝌是二哥哥，疑為誤植。

〔註19〕歐麗娟：《紅樓夢人物立體論》（臺北：里仁書局，2006年3月），頁281～282。

譚立剛覺得「木石緣雖已失敗，但金玉緣也沒有好結果」〔註20〕，因為經過長時間的發展，終於出現了勝負：

> 「焚稿斷癡與出閣成禮相對映」是木石緣與金玉緣抗爭的最後發展：「第九十七回是木石緣失敗的結局一個是焚稿斷癡，氣與病夾攻，魂消孤館，萬分淒涼：一個是鼓樂聲中，紅巾蓋頭，洞房花燭，空有喜慶。兩種悲劇都是父母之命造成的，都是傳統婚姻制度的犧牲品。這一回合宣告了自由婚姻在形式上的失敗，在實質上的勝利；也宣告了包辦婚姻在形式上的勝利，實質上的失敗。」
> 〔註21〕

也就是說，雖然在家人的期盼下寶釵與寶玉完成婚禮，但寶釵卻始終沒有辦法取代黛玉在寶玉心裡愛情的地位。

在小說的後段，黛玉已逝，作者寫寶玉已明瞭他倆姻緣（木石前盟）已不可求，在與寶釵被安排的（金玉良緣）婚姻中，雖然逐漸了解到妻子對他的體貼與照顧，他也慢慢沉浸在婚姻的美好之中；可是在某些關鍵的人生思維上，還是無法達到他要求的契合感受。所以當他完成赴京科考的家族期盼後，最終選擇離開家庭，走上生命中更高的宗教（理想）追求。這也是寶玉追求愛情不可得的終極反應和解脫。

第三節　婚姻中的無奈

步入婚姻的兩人，不論是門當戶對的婚配或是情投意合的愛情結合，多數新人自然是想要天長地久、永不分離。但是往往命運不盡如人意，或許是配偶離開人世，獨留自己一人；或許是婚姻裡有人心有二心，不復當初情愛。尤其是男子婚後的納妾需求中，當屬嫡妻最感無奈傷感。大多數正室是無力去阻擋自己同床共枕的丈夫，因為各種原因想要納妾，或增添個姨娘或屋裡人。

關於丈夫納妾所引發的婚姻家庭糾紛，或嫡庶子女的紛擾，前章已論。此處討論婚姻中，伴侶離世與名存實亡的婚姻無奈。

〔註20〕譚立剛：《紅樓夢社經面面觀》（臺北：新文豐出版股份有限公司，1991年12月），頁267。
〔註21〕譚立剛：《紅樓夢社經面面觀》，頁265。

一、喪偶

　　《紅樓夢》裡有四個資深寡母，那就是賈母、劉姥姥、薛姨媽和夏太太，但是她們都年事已高或子女成年，關於她們喪偶後的情緒轉折，書中也沒有太多陳述。或許是因為年歲漸老，事過境遷另有寄託，而未反映出悲傷的情緒。

　　賈府的男主子，即使元配過世，身邊仍有一到數位姜室或姨娘。賈赦身邊的邢夫人是繼室，所以他的元配也可能已逝，所以他再續絃邢夫人。賈珍的妻子早逝，後來他娶了繼室尤氏。賈雨村在原配仍在世時，就已經納嬌杏為妾，後來元配過世，嬌杏也被扶為正室。所以在男姓喪偶的部分，小說也沒有特別書寫心情。

　　賈蓉之妻秦可卿，幼年在專門收養棄嬰的養生堂長大，不知親生父母。她的養父名叫秦業，喪偶無子女，五十歲時領養秦可卿和一位男孩，但男孩夭折，後再領養一子秦鐘。秦業雖官拜營繕司郎中，書中說他不善營鑽，兩袖清風。秦可卿可以嫁入賈家，就是因為秦業與賈府兩家有往來，才成為兒女親家。她雖然出身高攀了賈家，但條件極佳：「她不僅形貌美麗、溫柔和平且善查上意，行事機伶，故博得族中上下老少的鍾愛和歡心。」〔註22〕她在賈府的為人處事，上獲賈母喜愛，鳳姐也與她私交甚篤，邢、王兩夫人也多所稱讚；下對奴僕也和藹憐惜。可以想見嫁入賈府當上少奶奶的秦可卿，應該為了彌補出身背景的不足，而做過許多努力，對上下都能謹守本分，方能擄獲賈府上下的真誠關心。第十三回寫道：

> 那長一輩的想他素日孝順，平一輩的想他素日和睦親密，下一輩的
> 想他素日慈愛，以及家中僕從老小想他素日憐貧惜賤、慈老愛幼之
> 恩，莫不悲嚎痛哭者。（第十三回，頁 200）

　　秦可卿是《紅樓夢》中第一個因死亡大書喪禮的角色。她自幼就被抱養，雖然出身孤苦，但實際上已透過領養，成為營繕郎秦業家的長女身分，自然跟賈蓉婚配也是官宦門戶的聯姻。可惜秦可卿紅顏薄命，在她短暫的婚姻生活裡沒有子嗣，丈夫賈蓉在她生病時，所顯現出來的態度，似乎缺少了親密疼惜的夫妻情份。當賈府上下許多人都為可卿生病一事憂慮傷心時，賈蓉的情緒與言談似乎都顯冷淡無情，還有心思受鳳姐之託捉弄賈瑞。故事中並未提到兩人一開始的夫妻關係，也不知為何發展至此。

〔註22〕陳美玲：《紅樓夢中的寧國府》，頁 115。

在可卿死後，他的公公賈珍表現得最傷心，也積極協辦喪禮。他的丈夫賈蓉年方二十歲，從可卿生病臥床到喪禮時，夫婿賈蓉的表現，似乎看不太出來夫妻情誼，至於喪妻後的心情，作者在書中也沒有多加描寫。第五回賈蓉出現的場景，就是跟父親賈珍在張羅花錢買官，以便在喪禮時靈幡上寫上稱頭的官銜，讓自家在喪禮上風光些。最後賈珍透過大明宮掌宮內相戴權的安排，竟然花了一千二百兩銀子買個「防護內廷紫禁道御前侍衛龍禁尉」（第十三回，頁204），只為了在可卿的喪禮上增添賈家面子。

李紈是書中描寫較多的年輕寡母，丈夫賈珠英年早逝，只留下一子賈蘭。

> 這李紈雖青春喪偶，居家處膏粱錦繡之中，竟如槁木死灰一般，一概無見無聞，唯知侍親養子，外則陪侍小姑等針黹誦讀而已。（第四回，頁65）

我們從平日李紈與賈府親友的聚會、賽詩等活動，觀其言談與應對，雖然其表現遵循禮教、進退有度，但不難發現她其實仍是一位青春開朗的少女。李紈的夫婿賈珠雖才貌俱備，又貴為榮國府賈政家的嫡長子，只可惜英年早夭，讓妻子未滿二十歲即守寡。李紈這位榮國府的大少奶奶，丈夫死時還留一遺腹子賈蘭，照顧養育兒子的責任必須一肩扛起。雖然比起一般普羅百姓，李紈不必擔心生計問題，也完全沒有經濟上的壓力，夫家一個月給她十兩銀子，加上一個賈蘭又多給十兩，還給她園子可以收租，也有年終可分到年例，一年最少檯面上也有四、五百兩。況且吃穿仍是公家支付，只要不奢侈浪費，生活相當優渥，身邊也有素雲和碧月兩個丫鬟替她張羅生活起居。但她的一生就是得依附在夫家，成為一位孀居的媳婦，終身以養育、栽培兒子為主。就連賈母都為她的命運感嘆：「倒是珠兒媳婦還好，他有的時候是這麼著，沒的時候他也是這麼著，帶著蘭兒靜靜兒的過日子，倒難為他。」（第一百八回，頁1633）李紈和賈珠夫妻緣淺，喪夫後獨守空閨，只能過著寡居的生活到死亡，孤單落寞過了一生。

李紈自幼習讀儒家經典，本應對婚姻充滿幸福期待，卻因夫婿早逝，只能被儒家思想和明代程朱之學的「三從四德」觀念所緊緊束縛。作為四大家族的好妻子，只好「夫死從子」。面對暗潮洶湧的賈府爭權，她聰明地當個淡然、無動於衷的局外人，只能默默的把小孩養育成人。雖然兒子賈蘭乖巧孝順，也能聽從長輩們的意見參加科考，還能金榜題名、光耀門楣。這看似十多年來的辛酸，總算有了欣慰的回報，但是身心靈上的折磨，自然是自己才

能體會。李紈流露在外的形象是一個善守本分、知所進退的媳婦。「守貞」、「守節」的思想大帽子，早就壓垮了她生命的熱度，而溫和不爭的姿態，正反應出她內心的愁苦。最後命運竟是「昏慘慘似燈將近」，來不及享受兒子的反哺，歸結到「薄命司」，可憐的過完孤單的人生。李紈代表了一批被禮教斷送青春與生命，而無法逃脫命運的喪偶婦女。

史湘雲父母早逝，曾寄住在賈家，但是她個性活潑開朗，生活態度積極。原本叔叔作主讓她嫁個好夫婿，誰料造化弄人，夫婿英年早逝。王夫人在聽聞史湘雲夫婿病死時，感嘆地說：「史姑娘是他叔叔的主意，頭裏原好，如今姑爺癆病死了，你史妹妹立志守寡，也就苦了。」（第一百十八回，頁1762）

從史湘雲的判詞「富貴又何為？襁褓之間父母違。展眼吊斜暉，湘江水逝楚雲飛」來看，湘雲襁褓時期即父母雙亡，寄居在叔家，日子過得並不開心，幸虧她有「英豪闊大寬宏量」，也能如願嫁個門當戶對的好人家。「廝配得才貌仙郎，博得個地久天長」〔註23〕，誰知夫婦恩愛的日子並不長久，跟李紈和寶釵一樣，湘雲也年紀輕輕就喪偶守寡，又回到幼時孤單的人生。

薛寶釵與賈寶玉是門戶相當的「金玉良緣」，而且雙方親屬大多應允這段婚配。可惜寶玉心裡愛的是黛玉，渾渾噩噩的婚姻讓寶玉拋妻棄子、遁入空門，寶釵雖未喪偶，但她等到的是一個永遠離開的丈夫，終身獨守空閨。孫軼旻認為：

> 「山中高士」正表明寶釵的品格十分高尚，雖然這種高尚是封建觀念中的高尚，但這是她不能擺脫的時代侷限。她的罕言寡語、安分守拙，並不是偽裝的，而是從內心對建倫理的認同中流淌出來的，寶釵是標準的封建淑女。因此，那種超乎父母之命媒妁之言的封建倫理之上的私下對異性的暗戀，是絕對不會縈繞在這樣一位深受封建思想浸淫的少女心上的。寶釵並不會像某人所講，一直覬覦著「寶二奶奶」的寶座。〔註24〕

〔註23〕史湘雲的判詞是：「富貴又何為，襁褓之間父母違；展眼吊斜暉，湘江水逝楚雲飛。」見《紅樓夢校注》，第五回，頁87。她的曲文《樂中悲》：「襁褓中，父母嘆雙亡。縱居那綺羅叢，誰知嬌養？幸生來，英雄闊大寬宏量，從未將兒女私情略縈心上。好一似，霽月光風耀玉堂。廝配得才貌仙郎，博得個地久天長，準折得幼年時坎坷形狀。終久是雲散高唐，水涸湘江。這是塵寰中消長數應當，何必枉悲傷？」見《紅樓夢校注》，第五回，頁91。

〔註24〕孫軼旻：《紅樓收藏》（臺北：時報文化出版，2004年6月），頁105。

寶釵的婚禮由母親作主，自幼孝順貼心的她，也只能勉為答應。婚後面對寶玉重複發病，也一再流露出思念黛玉的情緒時，寶釵依舊沉穩應對，做好她為人妻的本分。

二、同床異夢

在中國傳統的婚姻制度下，夫妻兩人大多沒有穩固的愛情基礎，光靠家族利益與情欲結合的夫妻雙方，婚姻蜜月期一過，就可能開始出現個性和生活的眾多磨合。

當然，有人可能會從密切的互動中發掘對方的優點，進而激發出相愛的火花，營造出一個相親相愛的婚姻關係；有人可能因為婚姻的承諾或道德價值觀使然，而選擇繼續忠貞的固守在夫妻倫常裡。

夫妻兩人朝夕相處、同床共枕，若只有身體上的情欲交集，日子一久，也會失去熱情，再加上生活上陸續出現的種種衝突，自然而然激情就會逐漸變淡，若是此時有一方選擇背棄婚姻承諾，就可能有他人介入兩人世界，或是移情納妾，或是同床異夢，甚至終結婚姻關係。

王熙鳳與賈璉兩人結婚初期，也度過了一段耳鬢廝磨的蜜月期。賈璉送林黛玉回揚州探望林如海時，「鳳姐每到晚間，不過和平兒說笑一陣，就胡亂睡了。」〔註25〕

第十四回寫道王熙鳳在掌管榮國府又協掌寧國府、工作繁忙之際，仍向丈夫隨行貼身的男僕小昭，私下叮囑他要照顧好賈璉：

> （熙鳳）連夜打點大毛衣服，親自檢點包裹，又細細追想所需何物，一併包了。又不忘吩咐昭兒，要好好服侍賈璉，要勸賈璉少喝酒，不得認識勾引混賬老婆。……這些事她完全可以交給下人或者平兒，而她依然要親自打點，體現出對遠方愛人的思念和牽掛。〔註26〕

熙鳳與賈璉的甜蜜婚姻生活很快就變了質，其一是賈璉在婚後不改風流好色本性，也讓熙鳳一直陷在善妒和狂怒的婚姻裡。

賈璉準備將尤二姐金屋藏嬌時，曾經對尤二姐說：「人人都說我們那夜叉婆齊整，如今我看來，給你拾鞋也不要。」（第六十五回，頁1026）可見賈璉

〔註25〕于婷婷認為：「『胡亂』二字把王熙鳳的心態描繪的淋漓盡致，女性對愛人的思念導致心亂如麻的情感一覽無餘」。于婷婷：《論紅樓夢裡的愛情、婚姻和家庭問題》（遼寧師範大學中國文學碩士論文，2012年），頁12。
〔註26〕于婷婷：《論紅樓夢裡的愛情、婚姻和家庭問題》，頁12。

只見新人笑，早已忘了曾與熙鳳的濃情蜜意。對於賈璉來說，妻子太過能幹，讓他日子過得清閒，他也不開心，總覺得妻子事事強勢逼人。熙鳳深知丈夫風流成性，她又尚未生育兒子，所以越發展現她才能，鞏固她的地位。隨著熙鳳在賈府權力日益增加，她與丈夫的互動也愈來愈少。

許多人認為王熙鳳因為太強勢，導致丈夫賈璉事事受阻，因此無法管事理財，最後她也沒有經營好家中物業，還間接讓家族快速走向衰敗。但實際上，賈府應該擔負起當家的男主子，卻沒有心思與能力擔負起這個重責大任，反倒把理財治家的責任丟給熙鳳、探春等人。賈璉興高采烈的迎娶尤二姐為妾，卻沒有妥善處理妻妾問題，反而很快的又搭上秋桐，忽略了尤二姐住進大觀園後的生活。尤其在尤二姐死後，賈璉好似徹底看清妻子的殘酷面貌，夫妻的情分也更趨淡薄。其實尤二姐的悲慘命運，也不該全部歸責於熙鳳，賈璉更需要負擔沒有做好一個丈夫職責的過錯。

賈府被抄，家道衰敗，賈母和熙鳳也重病在床。此時的熙鳳極度悔恨之前貪財害命的觸法行為，也知道夫婿賈璉因家中紛亂之事而四處奔波，情緒煩憂易怒，當時身邊僅剩始終忠心耿耿的平兒隨侍在側。當平兒焦急地跟賈璉說熙鳳生病要請大夫的事情，賈璉反而因家中入罪之事生氣的對平兒說：

> 「我的性命還不保，我還管他麼！」鳳姐聽見，睜眼一瞧，雖不言語，那眼淚流個不盡，見賈璉出去，便與平兒道：「你別不達事務了，到了這樣田地，你還顧我做什麼。我巴不得今兒就死才好。只要你能夠眼裏有我，我死之後，你扶養大了巧姐兒，我在陰司裏也感激你的。」（第一百六回，頁 1612）

賈璉此時早因抄家一事，四處奔走的心神不寧，但是對於生病的妻子不聞不問，沒有任何關心之意，夫妻情誼至此已蕩然無存，鳳姐此時又悲又悔，只好轉而跟平兒託孤。

賈母在賈府年齡最長，輩分也最高。賈母新寡時，應該須負起當家的責任，可是現在她年事已高，早將權力下放，寧國府由賈珍當家，榮國府賈璉當家，但實際操持家計的是王夫人和王熙鳳，但是家中大小事還是會尊重她的意見。有人認為《紅樓夢》裡出現許多女性輪流當家，有彰顯女權的思想，其實這樣的權力來源還是男子賦予她們的，更直接來說，是婚姻關係給予她們當家的權力，也表示那些貴族的男主子們好逸惡勞，只想追求自己的求道夢、溫柔鄉，不想承擔壓力、承擔責任。

　　所以，年紀輕輕尚未婚配的寶玉，也開始必須承擔成長帶來的煩惱和現實，也出現許多責任和義務與對現實的妥協，但是他可能並不自知自己的改變。寶玉比起其他賈家的男子，更加關懷身邊的女性。他認為「女兒是水做的骨肉，男人是泥作的骨肉。我見了女兒，我便清爽；見了男子，便覺濁臭逼人。」賈寶玉也時常稱自己為「鬚眉濁物」。（第二回，頁 30～31）他常自稱自己是濁物，可是那些純真、浪漫、清新、似水的女子，怎會在走進婚姻後變成死珠或是魚眼睛了？寶玉看到周瑞家的要趕走司棋，心裡不捨，卻無力阻止，他說：「奇怪，奇怪，怎麼這些人只一嫁了漢子，染了男人的氣味，就這樣混賬起來，比男人更可殺了！」（第七十七回，頁 1213）寶玉覺得「凡女兒個個是好的，女人個個是壞的」，他將其歸因於女子嫁人便沾染了男子的氣味，才會失去原先的美好天性。

　　他看到閨中原本的清淨女兒漸漸變得早熟，失去了純真的童心，竟說出「女孩兒未出嫁，是顆無價之寶珠；出了嫁，不知怎麼就變出許多的不好的毛病來，雖是顆珠子，卻沒有光彩寶色，是顆死珠了；再老了，更變的不是珠子，竟是魚眼睛了」（第五十九回，頁 920）這樣的感嘆。在自幼與他感情深厚的眾姊妹和丫鬟，紛紛婚嫁離開大觀園之後，又常常傳回婚姻失敗或死亡的訊息時，他的無奈將更為深刻。

第四節　婚姻之外

　　家庭的基本組成是夫妻，因此中國社會一直存在著「男大當婚，女大當嫁」的婚姻觀，只是每個年代對於適婚的年齡規定不一。不管男女都有被賦予須要走入婚姻的期待，因為步入婚姻之後夫妻，才能合法的「繁衍子孫以繼後世」。

　　《紅樓夢》裡寫了許多男女走入婚姻的故事，但也有許多男女並未走入婚姻。這裡以幾位獨身未嫁的女性，來探討她們為何沒有遵循傳統社會男婚女嫁的價值，究竟是自己的心智抉擇，還是受到其他外在因素的影響，導致人生無法走進婚姻。

一、獨身

　　《紅樓夢》裡有一些女子並沒有走入婚姻。惜春、紫鵑和芳官、蕊官以及藕官，選擇出家永伴青燈而終身未嫁，而妙玉自幼帶髮修行，卻被賊人擄

走後殺害。黛玉和晴雯尚未婚嫁時就已病死，鴛鴦以及賈府中眾多奴僕如金釧、司棋等人，皆各自有棄世的理由，選擇自我了結生命。

（一）妙玉

妙玉是《紅樓夢》中女子獨身的代表。妙玉本是蘇州人氏，祖上也是讀書仕宦之家，卻因自小多病，於是帶髮修行，今年才十八歲，父母俱已亡故，身邊只有兩個老嬤嬤，一個小丫頭跟隨照料。妙玉個性特立獨行，應有潔癖。她自稱「檻外人」，以明自己蹈於鐵檻之外，超越生死、超出名利之外，但卻不若真正修行的人一樣，屏棄世俗的欲望和享受，心裡似乎也對寶玉動了男女之情。妙玉並非自願選擇獨身，但她最終是被賊人擄去，是十二釵中結局最為悲慘的一個。

妙玉的判詞是「欲潔何曾潔，云空未必空。可憐金玉質，終陷淖泥中。」（第五回，頁87）她的曲子裡也提及她的個性高節：「天生成孤癖人皆罕」、「卻不知太高人愈妒，過潔世同嫌」〔註27〕，在賈府的日子應該也是她人生中最快樂的一段經歷，可惜她也在此遇上盜賊被擄，可以想見她可能會遇到的殘忍遭遇。

（二）惜春

惜春〔註28〕是賈敬的么女、賈珍的胞妹，是賈家四姐妹中年紀最小的一位，寧國府中。因父親賈敬一味好道煉丹，別的事一概不管，而母親又早逝。也因為自幼無父母關愛她，所以她是在賈母和王夫人身邊長大的。惜春個性冷漠孤僻，較無同理心，但或許這也是她的自我防衛機制。她看到家族衰敗和人事凋零，尤其是三個家族姐姐的不幸遭遇，讓她萌發出家的念頭：「迎春姐姐磨折死了，史姐姐守著病人，三姐姐遠去，這都是命裏所招，不能自由。獨有妙玉如閑雲野鶴，無拘無束。我能學他，就造化不小了。」（第一百十二回，頁1692）後來經過一番家庭抗爭，進入櫳翠庵為尼。惜春曾經詢問道姑何謂「善果」？

那姑子道：「除了咱們家這樣善德人家兒不怕，若是別人家，那些誥

〔註27〕妙玉的曲子《世難容》：「氣質美如蘭，才華阜比仙。天生成孤癖人皆罕。你道是啖肉食腥膻，視綺羅俗厭；卻不知太高人愈妒，過潔世同嫌。可嘆這，青燈古殿人將老；辜負了，紅粉朱樓春色闌。到頭來，依舊是風塵骯髒違心願。好一似，無瑕白玉遭泥陷；又何須，王孫公子嘆無緣。」（第五回，頁91～92）

〔註28〕惜春正冊判詞是：「勘破三春景不長，緇衣頓改昔年妝。可憐繡戶侯門女，獨臥青燈古旁。」（第五回，頁87～88）

命夫人小姐也保不住一輩子的榮華。到了苦難來了，可就救不得了。只有個觀世音菩薩大慈大悲，遇見人家有苦難的就慈心發動，設法兒救濟。為什麼如今都說大慈大悲救苦救難的觀世音菩薩呢。我們修了行的人，雖說比夫人小姐們苦多著呢，只是沒有險難的了。雖不能成佛作祖，修修來世或者轉個男身，自己也就好了。不像如今脫生了個女人胎子，什麼委屈煩難都說不出來。姑娘你還不知道呢，要是人家姑娘們出了門子，這一輩子跟著人是更沒法兒的。若說修行，也只要修得真。那妙師父自為才情比我們強，他就嫌我們這些人俗，豈知俗的才能得善緣呢。他如今到底是遭了大劫了。」（第一百十五回，頁 1720）

惜春說出自己想出家的心願時，家人皆不贊成，她先絕食抗爭，後來又以死要脅，接著斷葷、斷髮、磕頭懇求，終於獲得長輩允許她帶髮修行。

做了女孩兒終不能在家一輩子的，若像二姐姐一樣，老爺太太們倒要煩心，況且死了。如今譬如我死了似的，放我出了家，乾乾淨淨的一輩子，就是疼我了。況且我又不出門，就是櫳翠庵，原是咱們家的基址，我就在那裏修行。我有什麼，你們也照應得著。現在妙玉的當家的在那裏。你們依我呢，我就算得了命了；若不依我呢，我也沒法，只有死就完了。我如若遂了自己的心願，那時哥哥回來我和他說，並不是你們逼著我的。若說我死了，未免哥哥回來倒說你們不容我。（第一百十五回，頁 1726）

與其說惜春出家的念頭是為了求道，倒不如說是她想逃離人生避開苦難、祈求來世莫再身為女子。

（三）紫鵑

紫鵑本名鸚哥，最初是賈母身邊的丫頭，後來賈母派她去服侍黛玉。她跟黛玉雖是主僕關係，但是兩人卻情同姊妹，她就像是《西廂記》中的紅娘，一直作為寶玉和黛玉之間溝通聯繫的橋梁。她曾經以黛玉要回老家一事來試探寶玉的情意，卻使寶玉大病一場。後來經歷黛玉病死，寶玉和寶釵成婚，心中對於凡塵俗事也多所了悟。所以當她聽到鴛鴦自盡時，紫鵑也心有所感：「也想起自己終身一無著落，『恨不跟了林姑娘去，又全了主僕的恩義，又得了死所。如今空懸在寶玉屋內，雖說寶玉仍是柔情蜜意，究竟算不得什麼？』於是更哭得哀切。」（第一百十一回，頁 1676）

　　紫鵑聽到寶玉訴說他對黛玉的感情，知道他非忘情負義之徒。也因此體悟出人生的無常：

> 如此看來，人生緣分都有一定，在那未到頭時，大家都是痴心妄想。
> 乃至無可如何，那糊塗的也就不理會了，那情深義重的也不過臨風
> 對月，洒淚悲啼。可憐那死的倒未必知道，這活的真真是苦惱傷心，
> 無休無了。算來竟不如草木石頭，無知無覺，倒也心中乾淨！（第
> 一百十三回，頁 1707）

　　當她聽到惜春要修行，便自願跟王夫人說自己要服侍惜春，以報主子家的恩典。紫鵑道：

> 我伏侍林姑娘一場，林姑娘待我也是太太們知道的，實在恩重如山，
> 無以可報。他死了，我恨不得跟了他去。但是他不是這裏的人，我
> 又受主子家的恩典，難以從死。如今四姑娘既要修行，我就求太太
> 們將我派了跟著姑娘，服侍姑娘一輩子。不知太太們准不准。若准
> 了，就是我的造化了。（第一百十八回，頁 1758）

可見紫鵑自從黛玉去世後，她所有的心思仍然圍繞在這個紅顏薄命的主人，當她放下對寶玉的埋怨後，也經歷過賈家人事盛衰與凋零，進而明白人生無常的道理。她願意跟惜春一同進入空門，也願意像照顧黛玉一樣的終身服侍惜春。

（四）芳官、蕊官、藕官

　　賈府自江蘇買回十二位年幼的戲子，用來籌畫賈妃省親的戲曲活動。第一次，賈母和王夫人因應政府規定要將她們放出時，只有齡官、寶官和玉官三位，願意由親屬接回或跟隨乾娘離開。

　　對於奴僕或這群伶人，可以被主人解除奴籍離開賈府，又可以自行婚配，其實是難得的人生重來機會。但這群家貧被迫轉賣、學曲的女孩們，人人都有悲慘的故事，離開賈家之後，不一定就能如願獲得好的婚配機會，很可能又因家貧或其他因素再次被賣，也不保證離開後，能夠過得比在賈家好。

　　第二次王夫人又要求剩下的八位伶人須送出大觀園，不可再留下。對於離不離開的考量，還是出現跟以前一樣的問題，所以這次芳官、藕官和蕊官三人，仍舊堅持不離開賈府，寧願絕食抵抗，選擇出家。

> 芳官自前日蒙太太的恩典賞了出去，他就瘋了似的，茶也不吃，飯
> 也不用，勾引上藕官蕊官，三個人尋死覓活，只要剪了頭髮做尼姑
> 去。……誰知越鬧越凶，打罵著也不怕。實在沒法，所以來求太太，

> 或者就依他們做尼姑去,或教導他們一頓,賞給別人作女兒去罷,
> 我們也沒這福。(第七十七回,頁1223)

恰巧水月庵的智通與地藏庵的圓心聽聞此事,動了壞心想要拐騙女孩去幫忙做事,因此故意在王夫人面前說了一大段佛法,趁機誘騙王夫人答應。於是「芳官跟了水月庵的智通,蕊官藕官二人跟了地藏庵的圓心,各自出家去了。」(第七十七回,頁1224)

可憐的芳官、蕊官和藕官三人,從伶人戲子變成賈府丫鬟,後來就算自願放棄婚姻之路,真心想要進入佛門清修,卻被兩位心思不純正的尼姑欺騙,可以想像得到她們三人日後的生活,必定比留在賈府為奴更加悲苦。

(五)黛玉

黛玉本是天上絳珠仙子為報恩而下凡人間,淚盡而返。她年紀輕輕,寄住在外祖母家,一開始只能誠惶誠恐的觀察再發言,但是又難掩她特殊個性和思想:

> 黛玉的叛逆個性與她的家庭和教育背景有關。她的母親生於權貴富
> 豪之家,父親出身商家又是科舉之士,黛玉生於這樣的權貴富豪之
> 家,父親林如海對她寵愛有加,把她當作男孩子培養,使她自幼便
> 積累了豐富的學識,能詩善文,思想敏銳。又因為從小就過著錦衣
> 玉食、饑寒無憂的生活,使得她既有貴族小姐的尊貴感又注重精神
> 方面更高的人生追求。然而母親的突然病故以及家庭生活的變化使
> 她的生活發生了劇變,在投靠外婆家後,她日益感到自己客居的孤
> 獨身份。處在這樣的情勢下面,她的自尊心顯然失去了可以安放的
> 地方,「孤高自許」的個性更加使她敏感地注視著周圍,唯恐有人對
> 她懷有歧視和輕蔑。〔註29〕

林黛玉一生多悲多淚,是因為人世間宗族禮教的沉重無奈,壓抑了她的心智與愛情,所造成的悲劇人生。黛玉在父母雙亡後,人生頓失依靠,子然一身的孤女投靠在異姓外祖母家中。她的個性不善奉承討好,所以比起恪守禮教的寶釵,她似乎比較不適合成為賈家的媳婦。她雖然和賈寶玉在精神上能夠相互溝通,但是抗衡不了多數人的選擇和命運的安排。在傳統禮教的約束下,

---

〔註29〕嚴明:《紅樓夢與清代女性文學》(臺北:洪葉文化事業有限公司,2003年6月),頁42~43。

一個病死，一個出家，有情人無法終成眷屬。

（六）晴雯

晴雯原是賈母的丫鬟，後派來服侍寶玉。晴雯口齒伶俐，外貌出眾，個性剛烈。〔註30〕因為她說話直爽不掩飾，王善保家的曾在王夫人面前詆毀她：

> 別的都還罷了。太太不知道，一個寶玉屋裏的晴雯，那丫頭仗著他
> 生的模樣兒比別人標致些，又生了一張巧嘴，天天打扮的像個西施
> 的樣子，在人跟前能說慣道，掐尖要強。一句話不投機，他就立起
> 兩個騷眼睛來罵人，妖妖嬌嬌，大不成個體統。（第七十四，頁1156）

再加上鳳姐也說道：「若論這些丫頭們，共總比起來，都沒晴雯生得好。論舉止言語，他原有些輕薄。」（第七十四，頁1157）因而晴雯就被王夫人誤會為勾引寶玉的狐狸精，趕回兄嫂家養病。

晴雯的個性直率、不虛偽，但她忘了她自己身為丫鬟的身分，過度表達自己的想法，所以也比較容易得罪別人不自知。但「晴雯可愛之處在於她不因吵架的對象是賈寶玉就軟化下來，她認為自己沒做錯而挨罵是不合理的，有必要據以力爭。」〔註31〕寶玉還曾為了給她賠罪，拿了一匣子的扇子來讓她撕個痛快，可見寶玉沒有因為晴雯剛烈的個性而不悅。或許因為寶玉感覺對晴雯特別貼心，讓王善保家的心裡有氣，所以她又在抄檢大觀園時特別針對晴雯。一連串的事件發展後，她就被王夫人以莫須有的罪名，在病中被趕出榮國府。

當她看見寶玉來探病時，忍不住跟他訴說冤屈，此時晴雯已病重消瘦。晴雯用嘴把自己最愛的兩管指甲，以及一件自己貼身穿的舊襖子送給寶玉，想讓寶玉留念，寶玉也將自己的襖子給了晴雯。晴雯不久就病死了，十六芳齡就離開人世。

（七）鴛鴦

鴛鴦是賈家的家生奴婢，全家人都是賈家的奴隸，鴛鴦雖然身為丫鬟，卻是賈母最倚重的大丫鬟，在家中也具有一定的發言權。賈赦為老不尊，因為得不到鴛鴦，再加上被賈母責罵，便因愛生恨，竟如地痞流氓一樣，放話

〔註30〕晴雯的判詞是：「霽月難逢，彩雲易散；心比天高，身為下賤。風流靈巧招人怨。壽夭多因毀謗生，多情公子空牽念。」（第五回，頁86）。

〔註31〕陳美玲：《紅樓夢裏的小姐與丫鬟》（臺北：文津出版社，2001年8月），頁170。

威脅恐嚇：

> 「自古嫦娥愛少年」，他必定嫌我老了，大約他戀著少爺們，多半是
> 看上寶玉，只怕也有賈璉。果有此心，叫他早早歇了心，我要他不
> 來，此後誰還敢收？此是一件。第二件，想著老太太疼他，將來自
> 然往外聘作正頭夫妻去。叫他細想，憑他嫁到誰家去，也難出我的
> 手心。除非他死了，或是終身不嫁男人，我就伏了他！若不然時，
> 叫他趁早回心轉意，有多少好處。（第四十六回，頁712～713）

她在賈家遇到的最大危機就是賈赦欲納她為小妾，許多人對她勸之以情、誘
之以利，來說服她點頭出嫁，但她態度堅定，始終斷然拒絕，甚至以死要脅：

> 我這一輩子，別說是「寶玉」，就是「寶金」「寶銀」「寶天王」「寶
> 皇帝」，橫豎不嫁人就完了，就是老太太逼著我，我一刀子抹死了，
> 也不能從命！若有造化，我死在老太太之先；若沒造化，該討吃的
> 命，伏侍老太太歸了西，我也不跟著我老子娘哥哥去，我或是尋死，
> 或是剪了頭髮當尼姑去！若說我不是真心，暫且拿話來支吾，日後
> 再圖別的，天地鬼神，日頭月亮照著嗓子，從嗓子裏頭長疔爛了出
> 來，爛化成醬在這裏！（第四十六回，頁713）

鴛鴦在賈母死後，因失去了賈母的庇護，自知難逃賈赦的威迫，就算出家為
尼，恐也難逃賈赦的淫逸，或是受盡新主子的折磨，或是面臨被胡亂婚配的
安排：「誰收在屋子裏，誰配小子，我是受不得這樣折磨的，倒不如死了乾淨！」
（第一百十一回，頁1674）因此她毅然決然選擇上吊自盡，結束一生。

（八）尤三姐

嚴格說來，尤三姐以鴛鴦劍自刎一事，稱不上是殉情，應該說是面對自
己被心儀又有婚約的柳湘蓮，因她之前的感情狀況而藉口退婚的打擊，傷心
難堪，進而剛烈的以死明志。柳湘蓮親眼看見尤三姐自盡，也選擇出家。

柳湘蓮以鴛鴦劍交付賈璉作為定禮，等他回京見到賈寶玉時，趁機跟他
打聽起尤三姐。寶玉大讚三姐長相標緻、面貌絕色，與柳湘蓮十分匹配。

湘蓮一聽未來結婚對象長得極美，先喜後疑，其一是這樣好條件的女子，
怎會只想到我？其二兩人交情也不深厚，怎麼會女家趕著男家？當寶玉進一
步向他說明尤三姐的來歷：

> 「他是珍大嫂子的繼母帶來的兩位小姨。真真一對……尤物，他又
> 姓尤。」湘蓮聽了，跌足道：「這事不好，斷乎做不得了。你們東府

裏除了那兩個石頭獅子乾淨，只怕連貓兒狗兒都不乾淨。我不做這剩忘八。」（第六十六回，頁1040）

尤三姐在當時已有追求婚姻自主的思想，也認為婚姻的基礎是愛情，而非外在世俗的條件：

但終身大事，一生至一死，非同兒戲。如今改過守分，只要我揀一個素日可心如意的人方跟他去。若憑你們揀擇，雖是富比石崇，才過子建，貌比潘安的，我心裏進不去，也白過了一世。（第六十五回，頁1029）

當她知道姐夫賈璉願意幫她與柳湘蓮說媒時，她又再次重申她對愛情的信念與堅持：「若有了姓柳的來，我便嫁他。從今日起，我吃齋念佛，只伏侍母親，等他來了，嫁了他去，若一百年不來，我自己修行去了。」（第六十六回，頁1037）她也說到做到，靜心等待心中良婿的到來。

可惜尤三姐的堅持和痴心，仍無法抹去她家世背景與過往經歷的不潔烙印。柳湘蓮得知尤三姐是賈珍的妻妹後，不禁受到驚嚇、後悔遲疑起來，因為在他心裡覺得委居在賈府裡的尤三姐，必定早已不乾不淨了，於是編造個姑母已早先一步幫他訂親，所以無法遵守婚約的理由，想要拿回定情劍。

尤三姐的愛情信念與婚姻理想在苦等五年後破滅，毅然選擇拿出那把定情的鴛鴦劍，當著柳湘蓮的眼前自刎。雖然後來柳湘蓮也感嘆後悔，選擇遁入空門，回應了尤三姐的痴心，但此事也顯示婚姻的條件很難只憑藉愛情，還會受到許多外在因素的干擾。

二、殉情

（一）張金哥和守備之子雙雙殉情

張金哥和守備之子兩人並未直接出場，而是借淨虛老尼與王熙鳳的對話交代故事的發展。事件起因是老尼受人請託，再來拜託鳳姐處理二男一女的婚配問題：

有個施主姓張，是大財主。他有個女兒小名金哥，那年都往我廟裏來進香，不想遇見了長安府府太爺的小舅子李衙內。那李衙內一心看上，要娶金哥，打發人來求親，不想金哥已受了原任長安守備的公子的聘定。張家若退親，又怕守備不依，因此說已有了人家。誰知李公子執意不依，定要娶他女兒，張家正無計策，兩處為難。不

> 想守備家聽了此信，也不管青紅皂白，便來作踐辱罵，說一個女兒
> 許幾家，偏不許退定禮，就打官司告狀起來。那張家急了，只得著
> 人上京來尋門路，賭氣偏要退定禮。我想如今長安節度雲老爺與府
> 上最契，可以求太太與老爺說聲，打發一封書去，求雲老爺和那守
> 備說一聲，不怕那守備不依。若是肯行，張家連傾家孝順也都情願。
> （第十五回，頁 230）

熙鳳讓來旺兒去安排奔走此事，她也腦筋轉得快，趁此事件騙得三千兩銀子。

> 透過老尼達知張家，果然那守備忍氣吞聲的受了前聘之物。誰知那
> 張家父母如此愛勢貪財，卻養了一個知義多情的女兒，聞得父母退
> 了前夫，他便一條麻繩悄悄的自縊了。那守備之子聞得金哥自縊，
> 他也是個極多情的，遂也投河而死，不負妻義。張李兩家沒趣，真
> 是人財兩空。（第十六回，頁 237）

或許事情的發展超出鳳姐原先的計畫，鳳姐應該只想單純的從中騙取錢財，不料遇到兩位個性剛烈、信守婚約的男女，卻因此事雙雙殉情。

（二）司棋與表弟潘又安

司棋是賈迎春的大丫頭，也是邢夫人的陪房王善保家的外孫女，她的個性也是十分直率、作風強硬剛烈。她與表弟潘又安自幼青梅竹馬、互許終生，兩人曾在大觀園幽會被鴛鴦撞見，潘又安驚恐之餘，竟然沒有擔當的遠走他鄉，留下司棋一人承擔恐懼與相思，也因此病倒。接著她與表弟不小心遺落的繡春囊被傻大姐拾到後，又被邢夫人發現，於是便派王善保家的送給了王夫人。本來王夫人與王熙鳳只想暗自調查此事，卻因王善保家的想藉機立功，而查辦大觀園的姑娘，結果查到司棋的箱籠裡，有一封與表弟互訴情衷的信件和愛情信物。鳳姐當眾讀信，眾人皆視為傷風敗俗的事。司棋被攆出大觀園，母親十分氣惱，不能原諒自己的女兒。

司棋對於此事的態度勇敢、堅定，她曾說：「縱是鬧了出來，也該死在一處。他自為是男人，先就走了，可見是個沒情意的。」（第七十二回，頁 1121）後來潘又安回來求親，卻故意裝作貧窮的樣子來考驗司棋，母親本已惱怒潘又安的行為，更不願讓女兒跟他過苦日子，於是斷然拒絕這樁婚事。此時司棋又說出她對愛情的堅決態度：

> 一個女人配一個男人。我一時失腳上了他的當，我就是他的人了，
> 決不肯再失身給別人的。……就是他一輩子不來了，我也一輩子不

嫁人的。媽要給我配人，我原拼著一死的。（第九十二回，頁 1437
～1438）

潘又安本有能力迎娶司棋，想必她的母親也會答應這段婚配，但他竟特
意來考驗司棋是否嫌貧愛富。他不知道司棋早就對母親澄清她對愛情的心意
是：「他到那裏，我跟到那裏，就是討飯吃也是願意的。」也因為多此波折，
讓母親堅決阻止，害司棋自知婚事無望，剛烈地一頭撞死在牆上。此時潘又
安才後悔地買了兩副棺槨回來，也跟隨司棋的腳步自盡了。

司棋和表弟若能順利地舉辦婚禮結為連理，就可以成為一對情投意合的
恩愛夫妻，只可惜司棋的母親不答應，但追究其本源，潘又安為了測試司棋
是否愛他不愛財，故意偽裝自己貧困來求親，司棋的母親本來已對他印象不
好，再加上不捨女兒嫁給窮小子，因此嚴厲拒絕，最終導致婚事破局，兩人
也殉情而亡。

小結

《紅樓夢》中各種身分階級的婚姻關係，幾乎都是源自於父母之命，媒
妁之言的長輩安排，所以幾乎以家世為重，而男女雙方的個人意志或是對婚
姻的期待，往往是被忽視的。

雖然對於愛情的自我追求，常被犧牲或被漠視，但是總有幸運的人可以
跟婚前互有愛戀、情投意合的人結為連理，例如薛蝌和邢岫煙。至於寶玉和
黛玉雖有三世的木石前盟，終究敵不過人事的安排，一人報恩淚盡病逝大觀
園，一人了卻凡俗出家求道。

走入婚姻後的男女，可能要開始面對婚姻中的無奈。或許如李紈、史湘
雲年紀輕輕，就得遭遇配偶離開人世的悲傷；也可能開始產生現實生活中的
磨合，出現同床異夢的情形，例如在《紅樓夢》著墨夫妻生活最多的賈璉和
熙鳳。尤其在傳統儒家父權思想下，嫡妻只能黯然接受丈夫納妾的行為。

最後，探討一些未走入婚姻的例子，有人因出家而終身未嫁；有人因病
死無緣走入婚姻，有人則自我了斷以維護自己的某些人生堅持；更有些受到
命運捉弄、誤解無奈的男女，雙雙殉情以明志。

第四章 《紅樓夢》裡的婚俗法制

　　《紅樓夢》作者曹雪芹出生於康熙年間，而《紅樓夢》成書於乾隆年間。雖然作者自云這個故事「無朝代年紀可考」，但書中處處可見曹雪芹自述的影子。曹雪芹的出身屬於上三旗的包衣，曹氏家族從順治八年以正白旗包衣身分進入內務府後，雖然包衣在滿語裡是「奴隸」的意思，實際上是皇帝的家奴，有許多出任官職的機會。曹氏家族多次擔任過織造和巡鹽御史，也曾四次接駕，最後也因抄家導致家族衰敗，曹雪芹把這些家族大事件都寫進《紅樓夢》中。

　　因此，《紅樓夢》中也呈現出許多清代的婚姻習俗和文化制度的風貌，以下就分別討論《紅樓夢》中所反映的清代婚俗意義和法律制度。

第一節　《紅樓夢》裡的婚俗意義

　　婚姻嫁娶是社會生活的一大要事，也可視為個人生命中的轉捩點。中國古代社會的兩性關係，在原始時期經歷過亂婚、群婚的階段，進入文明社會之後，則基本採取一夫一妻的婚姻形式。儒家學者把婚禮視為「禮之本」，是維護宗法倫理、等級制度和合法繁衍子嗣的重要儀式，故《禮記・昏義》曰：

> 敬慎重正而後親之，禮之大體，而所以成男女之別，而立夫婦之義也。男女有別，而後夫婦有義；夫婦有義，而後父子有親；父子有親，而後君臣有正。故曰：昏禮者，禮之本也。〔註1〕

〔註 1〕〔清〕阮元：《禮記・昏義》（臺北：藝文印書館，1985 年），第 44 卷，頁 1000。

　　《紅樓夢》的故事發展以榮國府為主、寧國府為輔，書中出現許多婚姻的類型，例如后妃帝王、王爵世族、一般平民、奴僕的婚姻類型。婚姻締結方式大抵分為后妃帝王的選婚制度，王爵世族和一般平民多用聘娶制度，至於奴僕或地位懸殊的男女雙方可能會透過買賣、強迫、贈婚等形式締結婚姻。至於婚姻締結的條件，可從婚禮、婚齡、媒人、嫁妝四個面向和其他婚俗，來探討《紅樓夢》中的描寫與清代的現況相互對照。

一、婚姻締結方法

　　《紅樓夢》裡主要可分四大婚姻類型，以下就這些不同婚姻類型的締結方法，如選婚制度、聘娶制度以及買賣婚、強迫婚、贈婚等，加以深入探討。

（一）選婚制度

　　賈政的長女、寶玉的姐姐元春，先因賢孝才德被選入宮中作女史，後被皇上封為鳳藻宮尚書，加封賢德妃。

　　賈元春透過宮中選秀的制度晉升皇妃。帝王后妃的婚姻安排，常常會透過選秀的形式來完成，但其實這是充滿政治安排的一種婚配制度。有時皇室藉由婚姻的連結，安撫和拉攏政治或軍事勢力，雙方的情愛意志是不被重視的。

> 康熙以後，典制大備。皇后居中宮；皇貴妃一，貴妃二，妃四，嬪六，貴人、常在、答應無定數，分居東、西十二宮。東六宮：曰景仁，曰承乾，曰鍾粹，曰延禧，曰永和，曰景陽；西六宮：曰永壽，曰翊坤，曰儲秀，曰啟祥，曰長春，曰咸福。諸宮皆有宮女子供使令。每三歲選八旗秀女，戶部主之；每歲選內務府屬旗秀女，內務府主之。秀女入宮，妃、嬪、貴人惟上命。選宮女子，貴人以上，得選世家女；貴人以下，但選拜唐阿以下女。宮女子侍上，自常在、答應漸進至妃、嬪，後妃諸姑、姊妹不赴選。〔註2〕

對於賈府來說，可以和皇帝結親，可說是祖上積德、家族榮光，因此特意為元妃省親所興建的大觀園，極度豪奢氣派，以彰顯賈家不可同日而語的政治地位。但是對於元春來說，宮裡是個「那不得見人的去處」，雖然表面「富貴至極」，卻「骨肉各方」，無法享受天倫親情。後宮不僅名目繁多，等級森嚴，而且在權力、待遇、住寢、食膳、服飾、生育喪葬各個方面界線分明，以表示

〔註2〕趙爾巽等撰、楊家駱校：《清史稿》〈列傳一・后妃〉，卷214，頁8897。

尊卑有別、貴賤各殊。〔註3〕雖然元春安慰賈母和王夫人說，皇帝以後允許她每月可省親一次，但實際上這次大觀園的省親活動，卻是元春最後一次在娘家與家人的團聚了。

　　歷史上諸多后妃，都因深受君王寵愛而使家族成員雞犬升天，財富和權勢也隨之而來。可悲的是，後宮女子的鉤心鬥角與色衰失寵的危機時時存在，賈元春雖貴為帝王妃，富貴與寵幸的背後所隱藏的是，獨守空閨的寂寞與失去自由的悲傷，可以想見她內心的壓力與痛苦。

　　賈政曾對女兒元春說：「貴妃切勿以政夫婦殘年為念，懣憤金懷，更祈自加珍愛。惟業業兢兢，勤慎恭肅以待上，庶不負上體貼眷愛如此之隆恩也。」（第十七至十八回，頁273）賈元春不但失去常與家人相聚的權利，想必蒙受後宮爭寵之苦，連最基本父女親情都得捨棄。

> 她的加封為賈家帶來了榮華不絕的希望。可在小說裡，這喜慶的過程中卻始終籠罩著濃郁的悲劇氣氛。她是以自己的青春年華來換取家庭的富貴不絕。〔註4〕

　　在元春的判詞中，隱約可以發現她最後應該也成為宮廷政治鬥爭中的犧牲品。她帶給娘家賈府的榮華鼎盛，終將隨著她的死亡而加速消失殆盡。

（二）聘娶制度

　　四大家族的聯姻政策，也是以政治或經濟的利益導向為主，雙方家族借著聯姻的手段，擴張彼此家族的勢力與人脈。在《紅樓夢》中，賈、王、史、薛四大家族靠著兒女婚姻的締結，建構起「一榮俱榮，一損俱損」、相互依偎的政治命脈。王家掌管著粵、閩、滇、浙所有的洋船貨物貿易，鳳姐曾經說過：「把我王家的地縫子掃一掃，也夠你們過一輩子呢。」（第七十二回，頁1126）可見王夫人的娘家，經濟實力超越賈家，王夫人的哥哥王子騰在朝中的官位也是步步高升，位高顯赫，所以王夫人和王熙鳳是具有強力娘家背景的媳婦。如果賈寶玉和薛寶釵能夠再親上加親，繼續聯姻，就能更加鞏固彼此的利益關係。

　　賈赦的嫡妻並非邢夫人，邢夫人應為繼室，其家世背景和王夫人相差甚

〔註3〕周德鈞、丁長清：《皇族婚嫁》（臺北：文津出版社有限公司，1996年10月），頁33。

〔註4〕嚴明：《紅樓夢與清代女性文化》（臺北：洪葉事業文化有限公司，2003年6月），頁22。

鉅。或許她憑藉年輕貌美獲得賈赦的喜愛，而被收為繼室，可惜婚後沒能為夫婿生下一男半女。所以她在榮國府雖身為嫡系長媳，卻比不上妯娌王夫人，就連媳婦王熙鳳，氣勢都比她強。她唯一能夠攀附的就是丈夫賈赦，縱使被她人笑說：「只知承順賈赦以自保」，她還是得勉強自己幫丈夫奔走納鴛鴦為妾之事，惹得賈母和鳳姐等人，更加不能認同她的軟弱心態。

寶玉和寶釵的婚姻，就是典型的父母之命的聘娶婚姻模式，薛姨媽答應在先，後來才徵求寶釵的意見，其實此時寶釵哪有拒絕的權利，寶釵雖然面有難色，但嘴裡還是承諾願意遵循母親的安排：

> 因薛姨媽那日應了寶玉的親事，回去便告訴了寶釵。薛姨媽還說：「雖是你姨媽說了，我還沒有應准，說等你哥哥回來再定。你願意不願意？」寶釵反正色的對母親道：「媽媽這話說錯了。女孩兒家的事情是父母做主的。如今我父親沒了，媽媽應該做主的，再不然問哥哥。怎麼問起我來？」所以薛姨媽更愛惜他，說他雖是從小嬌養慣的，卻也生來的貞靜，因此在他面前，反不提起寶玉了。（第九十五回，頁1480。）

《紅樓夢》中寧、榮二府，出現超過二十多對以上〔註5〕的夫妻，若是賈家男女主子與門戶相當的對象結婚，基本上一定遵循傳統中國的婚姻六禮，也就是「納采、問名、納吉、納徵、請期、親迎」〔註6〕等步驟，來完成的聘娶制度。一般平民的婚姻如果是迎娶嫡妻，也是得依循傳統六禮，只是排場、規模等會較簡單，儘量以自家經濟能力來完成婚姻大事。至於納妾的婚禮儀式，有時會視妾室的娘家地位或嫁入夫家的妾室等級，來安排相對應的迎娶儀式和規模，一般大多經由隨意、簡單的儀式，將妾室帶入家中。在《紅樓夢》中的尤二姐還有用轎子迎娶，尤二姐和香菱也有簡單宴客，都屬於較為慎重的納妾之禮了。

（三）買賣婚、強迫婚、贈婚

所謂買賣婚或強迫婚，就是指男子或人口販子，在忽略女子或她的親屬意願的情況下，以掠奪方式奪取女子，納為妻妾。此時，婚姻裡的女子是個商品，被論斤秤兩地用金錢或物品轉售給他人，這樣的婚姻一開始就註定是個悲劇。

〔註5〕這裡所採計的夫妻對數，是以男性（丈夫）為主軸，更正確的應該說是20組以上的男性婚姻。

〔註6〕關於《紅樓夢》裡所書寫的婚禮，將會於本章的第二節再行探討。

1. 薛蟠搶奪甄英蓮

賈雨村在處理薛蟠殺人案件時，馮家奴僕代主告官，陳述呆霸王薛蟠搶妻殺人的蠻橫行為：

> 那原告道：「被毆死者乃小人之主人。因那日買了一個丫頭，不想是拐子拐來賣的。這拐子先已得了我家的銀子，我家小爺原說第三日方是好日子，再接入門。這拐子便又悄悄的賣與薛家，被我們知道了，去找拿賣主，奪取丫頭。無奈薛家原係金陵一霸，倚財仗勢，眾豪奴將我小主人竟打死了。」（第四回，頁65～66）

馮淵自幼父母早亡，又無兄弟，家中僅有薄產，看見拐子賣丫頭，欣喜之餘花錢買下英蓮，三日後過門。貪心的拐子一女二賣，又將英蓮賣給薛蟠，造成這個兩男搶奪一女的狀況，最後導致兇殺命案發生。馮淵跟呆霸王薛蟠搶奪英蓮的結果，竟然就喪失寶貴的性命。英蓮從五歲被拐走後，命運多舛，先是跟拐子過了一段失蹤兒童的生活，後來又成為兩男搶奪的商品，最後歷經買賣婚和搶奪婚的過程，開啟她悲慘的婚姻生活。

應天府的門子曾經叫妻子去跟英蓮勸說，嫁給馮淵也算不錯的歸宿：

> 這馮公子必待好日期來接，可知必不以丫鬟相看。況他是個絕風流人品，家裏頗過得，素習又最厭惡堂客，今竟破價買你，後事不言可知。只耐得三兩日，何必憂悶！（第四回，頁69）

所以英蓮一開始，或許已經對馮淵這個買賣婚慢慢接受。賈雨村聽了門子的分析，也感嘆的說：

> 這英蓮受了拐子這幾年折磨，才得了個頭路，且又是個多情的，若能聚合了，倒是件美事，偏又生出這段事來。這薛家縱比馮家富貴，想其為人，自然姬妾眾多，淫佚無度，未必及馮淵定情於一人者。
> （第四回，頁69）

所以，就門子和雨村的觀察與分析，不論嫁給誰都非英蓮所願，但是拿馮淵跟薛蟠相比，論起家世薛蟠優於馮淵，但說起人品或情感的忠心度，馮淵這個婚姻歸宿應當比薛蟠好些。因為，薛蟠就是個典型的紈褲子弟：

> 薛公子，亦係金陵人氏，本是書香繼世之家。只是如今這薛公子幼年喪父，寡母又憐他是個獨根孤種，未免溺愛縱容，遂至老大無成；且家中有百萬之富，現領著內帑錢糧，採辦雜料。這薛公子學名薛蟠，表字文龍，五歲上就性情奢侈，言語傲慢。雖也上過學，不過

略識幾字，終日惟有鬥雞走馬，遊山玩水而已。雖是皇商，一應經濟世事，全然不知，不過賴祖父之舊情分，戶部掛虛名，支領錢糧，其餘事體，自有夥計老家人等措辦。（第四回，頁71）

薛蟠就是個被寵壞的富家少爺，凡是他想要的，必定非到手不可，就算想要的是個「人」，也想要搶奪過來：

薛蟠見英蓮生得不俗，立意買他，又遇馮家來奪人，因恃強喝令手下豪奴將馮淵打死。他便將家中事務一一的囑托了族中人並幾個老家人，他便帶了母妹竟自起身長行去了。人命官司一事，他竟視為兒戲，自為花上幾個臭錢，沒有不了的。（第四回，頁72）

在一時的衝動之下，唆使手下殺了人，犯了罪，還私自以為可用錢輕鬆打發此次官司，幸好是遇上了賈雨村徇私亂判，逃過了這次的刑罰。

拐子將英蓮賣與馮淵，或是二賣薛蟠，就是屬於買賣婚。薛蟠搶奪已經賣給馮家的英蓮，其實已經是觸犯搶奪妻女的罪刑，只是後來演變成了殺人官司，犯罪的情節更加嚴重。《大清律例・強佔良家妻女》謂：「凡豪勢之人，強奪良家妻女，奸占為妻妾者，絞。」〔註7〕薛蟠敢這樣光天化日之下搶奪人妻，就是自恃家世背景雄厚，自小橫行霸道，處世無礙，只是搶奪一個心儀女子，對他來說根本不是什麼困難的事。

2. 彩霞強配來旺子

《紅樓夢》第七十二回「來旺婦倚勢霸成親」的章回裡，還出現一個被強聘的可憐女子，就是王夫人的婢女「彩霞」。王熙鳳陪房旺兒家的十七歲兒子看上彩霞，初次自行登門說媒被拒，就轉而希望鳳姐和賈璉作主幫忙。旺兒家的第一次求媒失敗，再來請求主子協助時，此時心裡已有一套聽似合情合理的說法：

爺雖如此說，連他家還看不起我們，別人越發看不起我們了。好容易相看準一個媳婦，我只說求爺奶奶的恩典，替作成了。奶奶又說他必肯的，我就煩了人走過去試一試，誰知白討了沒趣。若論那孩子倒好，據我素日私意兒試他，他心裏沒有甚說的，只是他老子娘兩個老東西太心高了些。（第七十二回，頁1127）

〔註7〕《大清律例・戶律・婚姻・強佔良家妻女》，卷10，頁32。收錄於〔清〕徐本、〔清〕三泰：《欽定四庫全書》本。本論文所參照的《大清律例》法條，均以此版本為主。

賈璉和鳳姐一方面有私心，也覺得兩家門當戶對；另一方面也自信滿滿，認為此事由他們出馬，必定水到渠成。賈璉對鳳姐說：

> 什麼大事，只管咕咕唧唧的。你放心且去，我明兒作媒打發兩個有
> 體面的人，一面說，一面帶著定禮去，就說我的主意。他十分不依，
> 叫他來見我。（第七十二回，頁 1127）

賈璉想在妻子面前有所表現，故意把話說得強硬，但是隨即賈璉也表示說「我雖如此說了這樣行，到底也得你姑娘打發個人叫他女人上來，和他好說更好些。雖然他們必依，然這事也不可霸道了。」（第七十二回，頁 1127）由賈璉和鳳姐對於此次婚配的看法，可以說明主子擁有相當權勢，能安排奴僕的婚姻，縱使此時彩霞已被王夫人恩准，可以由父母自行為女張羅婚嫁對象。在主子的心中，兩家皆為奴僕之家，門戶相當，又由主子出面牽線，必定欣然接受。這種上對下的婚配說媒，帶有強聘的意圖。雖然賈璉後來聽到林之孝說起旺兒之子品行極差，心裡馬上不想為他說媒，可是鳳姐已先一步行動，彩霞母親也已答應，就沒有再開口阻止了。

此樁婚配成功的主因，固然是彩霞的母親親口允諾，但實際上她「滿心縱不願意，見鳳姐親自和他說，何等體面，便心不由意的滿口應了出去」（第七十二回，頁 1131）。彩霞的母親之所以會答應的原因，其實也隱含主子對奴僕、上對下的脅迫壓力。最無辜受害的是彩霞，對於自己的婚姻大事，完全處於一個被安排的地位，她的心情從擔心受怕、懊惱急躁，到無法表達個人意願，最終無力挽回。旺兒之子「容顏醜陋」，品行更是「酗酒賭博」、「一技不知」、「豈只吃酒賭錢，在外頭無所不為」，絕非良婿佳緣。彩霞心儀之人是賈環，可惜父母之命已安排敲定，強聘的婚姻已成定局，可憐的彩霞被逼嫁給一個品格惡劣又非她所愛的人。

3. 賈赦購入嫣紅

《紅樓夢》裡出現的買賣婚，有時也帶有強迫婚的意味，而前面說到馮淵和薛蟠先後跟拐子買入英蓮，是屬於強迫婚，又因為有明顯的金錢交易，所以也可視為買賣婚。買賣婚姻的成立，常帶有身分尊卑的差異，所以往往是強買強賣的不得已交易。受益的人通常是婚姻裡的男主角，或是安排此次婚配而獲取實際財物的中間人，可能是人口販子（拐子）或是女主角的親人。

賈赦身為榮國府的嫡長子身分，獲得承襲祖上爵位殊榮，卻不思如何當個好官報效國家，反倒終日和他的小妾們吃喝玩樂。跟弟弟賈政相比，賈母

應該較偏愛弟弟，或許這也是導致榮國府實際管理大權，不給嫡長子賈赦，反而權轉移給次子賈政的重要原因之一。

賈赦在都已當上爺爺，還不改好色本性，想要將母親房內的大丫鬟鴛鴦納為妾室，還讓妻子邢夫人去為他奔走此事，惹得邢夫人也被波及嘲諷，最後在賈母出面阻止下才作罷。先不論賈赦欲納鴛鴦為妾，是否有想藉機掌握母親財務大權的打算，光看賈赦的年齡輩分，都不是鴛鴦恰當的婚配對象。賈赦唯一的優勢，只剩下他是賈家主子，而鴛鴦是奴僕，且鴛鴦還是家生子，一家老小都得依附賈家而活。此事若非賈母極力反對，鴛鴦除非自盡，否則必定得嫁給賈赦。賈赦也因這個念頭在母親面前更不得寵，連請安的禮儀都推託給妻子和兒子，盡量不跟母親打照面。原本以為賈赦會羞愧尷尬，以此事為戒，沒想到他「又各處遣人購求尋覓，終久費了八百兩銀子買了一個十七歲的女孩子來，名喚嫣紅，收在屋內。」（第四十七回，頁 721～722）賈赦在已有一妻數妾的情況下，還繼續納妾，而且選了一個比自己兒子還年輕的青春女子。

賈赦欲納鴛鴦為妾一事，屬於強迫婚，若非賈母阻止，這椿郎有情、妹無意的強迫婚姻，勢必會成功。後來賈赦用八百兩買進一個芳齡十七的嫣紅為妾，屬於買賣婚。試想嫣紅是抱持什麼心情，接受六十歲爺字輩的賈赦，成為自己枕邊人的事實。在這椿買賣婚的受益者，就是婚姻中的男主角賈赦，和嫣紅的家人，還有可能是搭線成功從中獲利的中間人。邢夫人雖然積極遊說他人要讓鴛鴦答應為妾，但內心深處應該是不願意的，無奈的是她也無力阻止。除非她對賈赦再度納妾是有別的籌畫的，例如以後妾室所生之子，她可是法律上的嫡母，可以將其納入自己身邊，解決自己婚後無子的劣境。

此外，賈母阻止兒子將鴛鴦納為妾室的最大主因，並不源於對兒子為老不尊的行徑感到生氣；而是兒子竟在她甚為倚重依賴、一手調教的鴛鴦身上打主意，她十分需要這個能信賴、且勤奮能幹的女僕。賈母曾憤怒的斥責來當說客的邢夫人說：「他要什麼人，我這裏有錢，叫他只管一萬八千的買，就只這個丫頭不能。」（第四十七回，頁 718）也說明賈母反對的理由是，兒子想娶的對象是鴛鴦，若換成其他對象，她也可以同意的。

4. 賈璉獲贈秋桐

《紅樓夢》裡記載一個贈婚的例子。賈赦將丫鬟秋桐贈送給兒子賈璉，這是賤民身分的奴僕，無法自主自己婚姻的最佳例子。秋桐是個有感情的

「人」，而非物品，但是主子無視於她的人權與意識，想把她贈送給誰就給誰，無權反抗只能默然接受。對於賈赦來說，將秋桐贈給賈璉為妾，是讓秋桐高攀，成為賈家的半個主子，而不是隨意婚配給任何一位小廝，所以反倒是一種恩典。

或許從秋桐成為賈璉妾室前與他的曖昧互動，或是她在婚後的所作所為，會被認定她是全然欣喜接受和賈璉的贈婚安排，其實也不盡然。雖然透過邢夫人的嘴裡說出，當時的確很多人都認為丫鬟奴婢能夠許給男主人，身分地位馬上晉升為「半個主子」，就算最後可能像趙姨娘，連在奴僕面前也得不到完全的尊重，還是屬於丫鬟們婚姻路上最成功的安排。

秋桐在得知即將被贈婚給賈璉時，真的是滿心歡喜的答應，還是無奈地在賈璉和賈赦之間寧願選擇前者？她應該早就知道鳳姐的個性與行事風格，也知道主子早已有一妻二妾了。她在接受這種安排後，會進而認命在這個一妻三妾的婚姻中，還是會想要奮力勝出？秋桐想要在夫婿面前奪得寵愛也是人之常情，只是她年輕氣盛，既沒有鳳姐的智慧狡詐，也沒有平兒的淡然守分，反而淪為鳳姐剷除尤二姐的棋子。鳳姐只要躲在幕後設計安排，繼續偽裝賢良大度的正室形象，秋桐便成為鳳姐謀害尤二姐的劊子手。

二、婚姻締結條件

婚姻嫁娶是建立家庭、繁衍後代的人生大事，也是整個家族的發展基礎。中國傳統夫妻關係，基本上在法律的約束下傾向一夫一妻的婚姻形式。儒家認為有了婚禮才能合法結為夫妻，也才能向外拓展五倫關係，所以婚禮是合兩姓之好、維護宗法倫裡和被授予合法繁衍血脈的重要儀式，故《禮記·昏義》曰：「昏禮者，禮之本也。」〔註8〕

古代婚禮舉行的時間是在太陽下山後的黃昏時候，所以古代稱「婚禮」為「昏禮」，稱「婚姻」為「昏因」。在《周禮·春官宗伯》中，將所有的禮儀概括區分為五類，稱為「五禮」，婚禮在「五禮」當中，是屬於「嘉禮」〔註9〕。

「婚姻」一詞，原為「昏因」。「昏」，本是一個時間概念，指的是「日入

〔註 8〕〔清〕阮元：《禮記·昏義》（臺北：藝文印書館，1985 年），第 44 卷，頁 1000。
〔註 9〕《周禮·春官宗伯》：五禮分別是：吉禮、凶禮，軍禮、賓禮、嘉禮，而嘉禮的目的是「以嘉禮親萬民」。嘉禮的範疇是：「以飲食之禮親宗族兄弟，以婚冠之禮親成男女，以賓射之禮親故舊朋友，以饗燕之禮親四方之賓客，以脤膰之禮親兄弟之國，以賀慶之禮親異姓之國」。

後二刻半」〔註10〕。由於「娶妻之禮，以昏為期」，即婚禮須在昏時舉行，「昏」遂演變成一種行為概念。因，意為「就也」〔註11〕，「婿以昏時而來，則妻因之而去也」，所以「婿之父為姻」、「婦之父為婚」、「婦之父母，婿之父母，相謂為婚姻」〔註12〕，就是夫妻關係的正式成立。

（一）婚禮

東漢的班固在《白虎通義·嫁娶》篇中，對於「嫁娶」與「婚姻」的定義，有清楚的說明：

> 嫁娶者，何謂也？嫁者，家也。婦人外成，以出適人為家。娶者，取也。男女者，何謂也？男者，任也，任功業也。女者，如也，從如人也。在家從父母，既嫁從夫，夫歿從子也。《傳》曰「婦人有三從之義」焉。夫婦者，何謂也？夫者，扶也，扶以人道者也。婦者，服也，服於家事，事人者也。妃者，匹也。妃匹者何謂？相與為偶也。婚姻者，何謂也？婚者昏時行禮，故曰婚。姻者，婦人因夫而成，故曰姻。《詩》云「不惟舊因」，謂夫也。又曰「燕爾新婚」，謂婦也。所以昏時行禮何？示陽下陰也。昏亦陰陽交時也。〔註13〕

從班固的《白虎通義》中的說明，也揭示了中國傳統對於女子婚前和婚後的「三從」要求，都是以服從男人為主，也說明走入婚姻的女子，在夫家必須謹遵夫婿的規範，也意味著女子嫁人為婦之後，得掩蓋住自己的個性甚至是姓名，全心全意為家庭奉獻。

《儀禮·士昏禮》是中國現存最早、最完整的婚禮儀式紀錄，內容記述為周代婚禮，主要有納采、問名、納吉、納徵、請期、親迎六項禮儀，統稱六禮〔註14〕。〈士昏禮〉奠定中國古代婚禮原型，後世婚禮雖或有簡化或有修正，

〔註10〕《十三經注疏》《禮記正義》（台北：台灣古籍出版公司，2001 年），頁 1887。

〔註11〕〔漢〕許慎撰、〔清〕段玉裁注：《說文解字注》（臺北：頂淵文化事業有限公司，2003 年 8 月），頁 276。

〔註12〕〔漢〕許慎撰、〔清〕段玉裁注：《說文解字注》，頁 614。

〔註13〕〔清〕陳立：《白虎通疏證》（北京：中華書局，1994 年），卷 10，頁 491～492。

〔註14〕宋代朱熹的《家禮源流》中將昏禮分為「議昏、納采、納幣、親迎、婦見舅姑、廟見和婿見婦之父母」，其中的「議昏、納采、納幣、親迎」就是將《儀禮·士昏禮》的六禮簡化成三步驟，再加入一個議昏而來，現代的婚禮流程議親、訂婚、結婚大致受宋代以後昏禮簡化之影響。朱熹：《家禮源流一》，卷之四，頁 22。（中國哲學書電子化計劃圖書館）朱熹將問名合併於納采禮中，又將納吉、請期合於納徵（納幣）中，並增加議婚一禮，所以成為四禮。

但皆以此為依歸。〔註15〕

以下就《紅樓夢》裡出現的婚禮安排，以《儀禮・士昏禮》所記載的婚禮禮俗與流程，分作婚前禮、正婚禮和婚後禮三個流程，來加以對照探討。

1. 婚前禮

寶玉失玉後，心神狀況時而清醒、時而迷亂，於是王熙鳳先拋出藉由舉辦婚禮來實現「沖喜」目的的想法，賈母贊同後去跟兒子賈政商量。鳳姐再想出個偷天換日的掉包方法，要家中上下一起欺瞞寶玉，讓婚禮能順利進行。

（1）議婚〔註16〕

賈母和王夫人鳳姐和薛姨媽一起商議婚事，薛姨媽因為兒子薛蟠官司始終未順利落幕，之前也無心張羅女兒寶釵的婚事，再加上寶玉現在這樣的身體狀況，她也擔心女兒委屈，但也不得不答應。

《儀禮・士昏禮》：「昏禮，下達，納采，用雁。」〔註17〕最早納采時會帶雁鳥為訂，也就是議婚時或議婚後，男方會帶吉祥的物品給女方為定，在《紅樓夢》裡出現三次「放定」〔註18〕的說法或安排，也有類似納采的意義。

（2）派媒人提親

雖然鳳姐跟王夫人和薛姨媽，早對寶釵婚事樂觀其成，但沒想到是在寶玉心神耗弱的情形下要進行婚禮。事出突然，婚禮顯得倉促，但該遵循的禮儀，賈家也不敢怠慢薛家。

首先，找鳳姐夫婦來擔任媒人，代表男方賈府跟薛姨媽提親：「老太太的意思，頭一件叫老爺看著寶兄弟成了家也放心，二則也給寶兄弟沖沖喜，借

〔註15〕《宋史・禮志》將問名並於納采，請期並入納成。〔元〕脫脫等撰；楊家駱主編：《宋史・禮志・嘉禮六》，頁2740。

〔註16〕這裡的議婚就包括納采和問名，議婚時一併把納采和問名需要完成的事項，順便商議後發派進行。如前面所說，婚禮的流程在宋代以後多已簡化成四個步驟，對賈家和薛家來說，此婚事決定的十分匆促，所以雙方長輩也有默契，能精簡的程序省略無妨，但該做到的禮數也不可怠忽，所以雙方長輩也會時時商討，以免失了禮數或造成誤會。

〔註17〕〔清〕阮元：《儀禮・士昏禮・第二》（臺北：藝文印書館，1985年），第4卷。

〔註18〕第八十二回，黛玉夢到寶玉以刀刺心表白而亡，醒來後心有所感「父親死得久了，與寶玉尚未放定，這是從那裏說起？」（頁1306）在第九十回，雪雁和侍書偷偷談論起寶玉和寶釵的婚事時，雪雁道：「多早晚放定的？」侍書道：「那裏就放定了呢。」（頁1410）第九十七回，賈薛兩家要張羅婚事時，薛姨媽跟薛蟠說，婚禮不須驚動太多人，連關係良好的四大家族的史家也不必通知，因為「史姑娘放定的事，他家沒有請咱們，咱們也不用通知。」（頁1903）

大妹妹的金瑣壓壓邪氣，只怕就好了。」（第九十七回，頁1502）薛姨媽早想將女兒嫁給寶玉，雖然此時寶玉生病，也想顧慮寶釵的心情，但她還是答應了。一般婚禮流程會有問名，也就是請媒人去問清楚女方姓名及生辰八字，然後男方會將其拿去占卜，看兩人婚配是否合適，這也就是「納吉」流程。若占卜結果滿意，就可以進行下一個「納徵」儀式。

《紅樓夢》中賈薛二家早已有姻親關係，對於薛寶釵基本上也算知根知底的，因為賈政是主婚人，所以賈母先跟賈政說明她對此事的看法：「我們兩家願意，孩子們又有金玉的道理，婚是不用合的了。」（第九十七回，頁1490）所以薛姨媽和賈母、王夫人、王熙鳳們都支持與贊成用這段「金玉良緣」來沖喜。也為了快速低調的完成婚禮，所以婚禮中的問名和納吉儀式都被精簡，就直接進入發庚帖和通書的步驟。

（3）發泥金庚帖〔註19〕

婚事議定女方同意後，女方要送上寫有訂婚者的姓名、籍貫、生辰八字和祖父母、祖父母、父母三代姓氏與事蹟的帖子。雖然婚事緊迫，薛姨媽還是請薛蝌協助去賈府送庚帖：「辦泥金庚帖，填上八字，即叫人送到璉二爺那邊去。還問了過禮的日子來，你好預備。」（第九十七回，頁1503）男方接到女方發來的泥金庚帖之後，接著就可以準備發「通書」給女方。

（4）發通書

發「通書」的目的是通知女方結婚的確切日期，一般來說是由男方挑選黃道吉日，再請媒人去轉告女方，女方可以同意從男方送達的日期或從中挑選一個。通書遞送後，表示婚禮日期已確定，便可以趕緊進行下一個儀式。薛蟠送庚帖過去，隔日賈璉就送通書來確認，再隔日就是上好的日子，賈家就要來過禮了。

就法律方面來說，婚姻以收受聘禮或交換婚書為成立的必要條件。《大清律例·男女婚姻》提到：

> 凡男女定婚之初，若有殘疾、老幼、庶出、過房、乞養者，務要兩
> 家明白通知，各從所願，寫立婚書，依禮聘嫁。若許嫁女，已報婚

〔註19〕「庚帖」是男女雙方互相交換的八字帖，通常雙方會合八字，以卜吉凶。雙方家庭早已熟識，薛寶釵在賈家的表現也是進退皆宜，賈薛這次的婚禮沒有問名和納吉的程序，因為賈母也覺得不需要，在這裡送庚帖也有包含這兩個儀式的意義。

書及有私約，而輒悔者，笞五十。雖無婚書，但曾受聘財者，亦是。

若再許他人，為成婚者，杖七十；已成婚者，杖八十；男家悔者，

罪亦如之，不追財禮。〔註20〕

《大清律例》規定如男女定婚、招婿都要依禮憑媒、立婚書。清代強調婚禮
的締結須慎重以待，要有婚書為憑，應該是避免不確定的因素干擾，擔心婚
事反悔變卦，白紙黑字寫下立約，總是有憑有據，避免毀婚，若是定婚書後
還反悔，就會有責罰。

（5）過禮

薛蟠送庚帖到賈家，隔日賈璉就送通書給薛家，過禮的日子也定在第三
天。這一連三天，賈薛兩家都緊鑼密鼓地，完成基本而重要的婚禮儀式，他
們都希望趕快完成婚禮，讓寶玉快點兒沖喜成功：「明日就是上好的日子，今
日過來回姨太太，就是明日過禮罷。只求姨太太不要挑飭就是了。」（第九十
七回，頁 1503）

過禮也就是「納徵」，就是由男方送彩禮給女方，女方收到彩禮後也會回
禮。鴛鴦將要送到薛家的聘禮，一件一件的點明給賈母看：「這是金項圈，這
是金珠首飾，共八十件。這是妝蟒四十匹。這是各色綢緞一百二十匹。這是
四季的衣服共一百二十件。外面也沒有預備羊酒，這是折羊酒的銀子。」（第
九十七回，頁 1504）襲人告訴寶玉此事，寶玉嘻嘻哈哈的說道：「這裏送到園
裏，回來園裏又送到這裏。咱們的人送，咱們的人收，何苦來呢。」（第九十
七回，頁 1503）

此舉讓家中長輩覺得寶玉好似也不是真糊塗，心裡甚是歡喜。賈母請充
當媒人的鳳姐去跟薛姨媽說：「不是虛禮，求姨太太等蟠兒出來慢慢的叫人給
他妹妹做來就是了。」（第九十七回，頁 1504）一切以完成婚禮為最高原則，
其他婚事細節可以之後再補辦。

此次婚禮的進行，主要是為了幫寶玉沖喜，所以雙方家庭也達成共識希
望可以精簡快速，因此一般婚禮是先納采再請期，賈家則是一天女方送庚帖，
一天男方送通書，再補送彩禮。

依照婚禮的正常時程，尤其是賈薛兩府聯姻，自然不能草率寒酸，可惜
此次婚禮舉辦的時機，已是兩家運途快速衰敗和寶玉生病之際，雙方都只好

〔註20〕《大清律例・戶律・婚姻・男女婚姻》，卷 10，頁 2～3。

同意將婚禮儘快操辦完成，只求婚事能讓寶玉沖喜成功。寶釵的舅舅王子騰在赴京就任的途中病死，薛蟠入獄無法協助張羅妹妹的婚事，非常時期就由薛蝌代理協助，女方回禮等薛蟠出獄後再購置即可，新房被褥由男方代辦就好，一切從簡。

至於宴客事宜，長輩們心裡也早有盤算：「這會子只要立刻收拾屋子，鋪排起來。這屋子是要你派的。一概親友不請，也不排筵席，待寶玉好了，過了功服，然後再擺席請人。」（第九十六回，頁 1490）靜待寶玉健康恢復，和姐姐元春過世的功服期限結束後，再安排補請賓客。

2. 正婚禮

《紅樓夢》寫到寶玉婚禮前的各項流程，避免走漏風聲，嚴格要求知情的人，須在寶玉面前小心隱瞞。為了不露出破綻，還特別讓黛玉從家中帶來的隨身丫鬟雪雁，來擔任寶釵的陪嫁的丫頭，就是為了把戲演足，避免節外生枝，只求順利完成婚禮。

（1）親迎

寶釵是賈家明媒正娶的媳婦，自然是坐著大轎從正門迎娶進家門。《紅樓夢》寫出寶釵花轎抵達賈府的過程：「大轎從大門進來，家裏細樂迎出去，十二對宮燈，排著進來，倒也新鮮雅致。」（第九十七回，頁 1511）一般婚禮需要男方親自到女方家迎娶新娘，寶玉因身體狀況，並沒有到寶釵家親迎，只到轎前迎接新娘：

> 儐相請了新人出轎。寶玉見新人蒙著蓋頭，喜娘披著紅扶著。下首扶新人的你道是誰，原來就是雪雁。寶玉看見雪雁，猶想：「因何紫鵑不來，倒是他呢？」又想道：「是了，雪雁是他南邊家裏帶來的，紫鵑仍是我們家的，自然不必帶來。」因此見了雪雁竟如見了黛玉的一般歡喜。（第九十七回，頁 1511）

寶玉發現新娘身邊的陪嫁丫鬟是雪雁而非紫鵑，一開始心裡也覺得納悶，後來自己解讀雪雁才是黛玉從娘家帶來的丫鬟，心裡便踏實放心，沒想到鳳姐他們早有防備，安排妥當，讓寶玉誤以為新娘就是黛玉，順利的完成拜堂的儀式。

（2）拜堂成親和坐床撒帳

新娘蓋上頭巾坐花轎到新郎家，寶玉出來迎接新娘，接著他們進正堂拜

天地、賈母和父母，然後禮成送入洞房。「拜堂禮」是婚禮的重要環節：「儐相贊，禮拜了天地。請出賈母受了四拜，後請賈政夫婦登堂，行禮畢，送入洞房。還有坐床撒帳等事，俱是按金陵舊例。」（第九十七回，頁 1511）在新房中要「坐床撒帳」，新婚夫婦並坐在床沿上，由婦女用金錢、彩果、敬擲於地。最後新婚夫婦共飲交杯酒。

婚禮儀式完全結束後，寶玉還是以為新娘是黛玉，急著想先蓋頭，又怕黛玉生氣，猶豫幾次，終究按捺不住去揭開了新娘頭巾：

> 喜娘接去蓋頭，雪雁走開，鶯兒等上來伺候。寶玉睜眼一看，好像寶釵，心裏不信，自己一手持燈，一手擦眼，一看，可不是寶釵麼！只見他盛妝艷服，豐肩恍體，鬟低鬢軃，眼睛息微，真是荷粉露垂，杏花烟潤了。寶玉發了一回怔，又見鶯立在旁邊，不見了雪雁。寶玉此時心無主意，自己反以為是夢中了，呆呆的只管站著。眾人接過燈去，扶了寶玉仍舊坐下，兩眼直視，半語全無。（第九十七回，頁 1512）

鳳姐也擔心寶玉發現新娘被掉包一事，所以讓賈母、王夫人和尤夫人也到新房候著，果然寶玉發現新娘不是黛玉而是寶釵時，又恍如夢中，癡傻不語，但這椿婚禮在瞞天過海之下，也算順利完成。

另外，賈璉偷偷迎娶尤二姐一事，婚禮的商議由賈璉、賈珍、賈蓉三人完成，低調而快速進行：

> 至初二日，先將尤老和三姐送入新房。……至次日五更天，一乘素轎，將二姐抬來。各色香燭紙馬，並鋪蓋以及酒飯，早已備得十分妥當。一時，賈璉素服坐了小轎而來，拜過天地，焚了紙馬。那尤老見二姐身上頭上煥然一新，不是在家模樣，十分得意。攙入洞房。
> （第六十五回，頁 1023）

賈璉娶鳳姐這種門當戶對的貴族聯姻，對婚禮的安排必定嚴謹而鋪張，相反的賈璉這次偷偷地娶，而且是娶妾，並沒有嚴格的儀式規定。也因為賈璉是偷辦婚禮，而且他仍是服喪身分，所以他故意選在五更天低調進行，避免消息走漏。但他迎娶尤二姐的婚禮，有媒人、有彩禮、有迎娶拜堂儀式，已算高規格的納妾婚禮了。

香菱曾因溫柔安靜深受薛姨媽喜愛，薛姨媽也慎重其事的安排擺酒宴客的儀式，將香菱納入家中為妾。香菱被薛蟠收為妾室還有筵席宴客，雖然比

不上尤二姐的排場，卻也比其他被納為屋裡人或通房丫頭得許多妾室，來得光榮體面多了。相較於鳳姐的陪嫁丫鬟平兒，可能連個迎娶、宴客的儀式都沒有，就自然而然默默地被收為屋裡人了。

鳳姐很快就從奴僕嘴裡聽聞丈夫偷納尤二姐為妾一事，她的怒氣首先針對賈蓉和尤氏，她特別在他們面前發飆：「難道賈家的人都是好的，普天下死絕了男人了！你就願意給，也要三媒六證，大家說明，成個體統才是。」（第六十八回，頁1067）接著又委屈的說此事害得別人誤會她、要休她，還自己打自己，演了好大一齣戲。

鳳姐所說「也要三媒六證，大家說明，成個體統才是」這句話，其實不是替尤二姐抱不平，而是故意在尤氏和賈蓉面前塑造明理、悲情的角色，好讓她之後鏟除尤二姐的計謀可以順利推動。

3. 婚後禮

（1）回門

回門，有些地方又稱回九，是指新婚夫婦在婚後第九天回娘家探訪，也是女婿在婚後第一次拜見岳父母的日子。〔註21〕

婚禮結束後，寶玉的心智也不見清醒；成為新娘的寶釵，不見新婚的喜悅，只能待在寶玉身邊默默地照顧他。很快到了回九（回門）的日子，聽從夫家長輩的安排：

> 一連鬧了幾天，那日恰是回九之期，若不過去，薛姨媽臉上過不去，若說去呢，寶玉這般光景。賈母明知是為黛玉而起，欲要告訴明白，又恐氣急生變。寶釵是新媳婦，又難勸慰，必得姨媽過來才好。若不回九，姨媽嗔怪。便與王夫人鳳姐商議道：「我看寶玉竟是魂不守舍，起動是不怕的。用兩乘小轎叫人扶著從園裡過去，應了回九的吉期，以後請姨媽過來安慰寶釵，咱們一心一意的調治寶玉，可不兩全？」（第九十八回，頁1517。）

賈母和王夫人鳳姐商量新娘要回門一事，應要確實進行，讓親家薛家有面子。寶釵雖怪母親答應此椿婚事，但婚禮已成，也無力改變；薛姨媽見到女婿心

〔註21〕回門也稱拜門，因為新郎要行禮拜見女方父母。關於新婚夫婦在婚後第幾天要回娘家探訪，不同朝代或地區有不同的規定或習俗，有的最快是婚禮隔天，最常聽到是婚後第三天（三朝回門），還有書中所說的第九天（回九）。有的地方規定只能停留一天，當天就得返回夫家，有些可以過夜，或者可以多待幾天。

智癡傻，只能暗自懊惱。

第一百零八回寫到「史湘雲出嫁回門，來賈母這邊請安。賈母提起他女婿甚好，史湘雲也將那裏過日平安的話說了，請老太太放心。」（第一百零八回，頁 1631）〔註22〕此時賈家歷經抄家、黛玉病逝、迎春婚後不幸、寶玉生病，湘雲回到自己的第二個娘家榮國府的大觀園時，也深深感受到賈府家運不順的悲傷。

（2）省親

「元妃省親」的書中極為重要的一件大事。古代女子婚後也無法隨意返回娘家探親，更何況是嫁入皇室的賈元春。這次她可以返回娘嫁探親的契機，是因她晉升為賢德妃，被皇帝賞賜可回家省親，時間定於正月十五上元之日。

元春是貴妃，所以隨她返家省親的不是她的夫婿，而是代表她夫家皇室以及她身為貴妃的地位與排場。她不能像個出嫁的女兒在返回娘家後，跟家中親人親密交談接觸，而是身旁跟隨一群太監、隨從和宮女，她必須跟親人行禮如儀，說話內容也要小心斟酌。

元春嫁入皇室後，難得被恩賜准予父母骨肉團聚，其實她的行程早已被安排好，沒有任何自由和彈性。她開始接見家中親友，也關心其他成員，她跟母親和奶奶說話時，就是止不住的悲傷和眼淚，和父親說話更顯疏遠。接著她點戲、觀戲、從上到下給予行賞，短暫的返家省親活動就結束了。

賈妃說：「當日既送我到那不得見人的去處，好容易今日回家娘兒們一會，不說說笑笑，反倒哭起來。一會子我去了，又不知多早晚才來！」（第十七至十八回，頁 272）這些話這代表她在皇室為妃的辛酸與沉重壓力。

賈妃戌初才自大明宮起身出發，執事太監於「丑正三刻」就請她請駕回鑾，前後大約只停留了六、七個小時〔註23〕。最後她安慰大家說：「不須掛念，好生自養。如今天恩浩蕩，一月許進內省視一次，見面是盡有的，何必傷慘。倘明歲天恩仍許歸省，萬不可如此奢華靡費了！」（第十七至十八回，頁 280）

〔註22〕第三十一回寫到「史大姑娘來了」（第三十一回，頁 489），有人認為就是史湘雲在婚後的「回門」。湘雲的婚事安排在第三十一回裡，曾透過王夫人的嘴裡說出：「只怕如今好了。前日有人家來相看，眼見有婆婆家了，還是那們著」，就是指湘雲被提親。但從第三十一回到一〇八回，並無實際的描寫她是否已經完婚。到了一百零八回才明確地寫出史湘雲「出嫁回門」，返回榮國府探親。

〔註23〕元妃的省親時間約從「戌初至丑正三刻」，也就是「從晚上七、八點到半夜兩、三點鐘」，在賈府前後只停留了約六、七個小時。

雖說之後家眷可一個月進宮探望她一次，實際上這卻是元春最後一次跟眾親友團聚敘舊的場景了。

　　元春是賈府最重要的政治依靠，賈府大張旗鼓的興建大觀園來增添元春和自家的面子，可惜元春看到的不是興盛的娘家，而是太過奢侈背後暗藏的衰敗危機。

　　迎春返家省親，所說也盡是婚後的痛苦和委屈。迎春婚後受苦的情形傳回娘家，王夫人心疼又無奈，將她接回家中了解情況，順便安撫她的心情，迎春悲傷地跟王夫人和姐妹們，訴說自己悲慘的命運。這次的回娘家，也是迎春最後一次回到童年時期成長的地方，娘家的嬸母王夫人對待她，比名義上的嫡母邢夫人更加真心疼愛，可惜迎春最後還是得回到孫家，婚後一年，就被夫家折磨病逝。

（二）婚齡

　　歷代男女的法訂婚齡，略有增減。《周禮・地官・媒氏》：「令男三十而娶，女二十而嫁」〔註24〕。《禮記・內則》：「（女子）十有五年而笄，二十而嫁；有故，二十三年而嫁。」〔註25〕兩漢魏晉南北朝時期的婚齡，男性約為十五歲到二十歲，女性約為十三歲到二十歲。到了明清時期法定婚齡承襲南宋時的規定，約是男十六歲，女十四歲，開始可以論及婚嫁。《欽定大清通禮》卷二十四的〈嘉禮〉篇規定：結婚年齡要在男十六歲，女十四歲以上才可進行。〔註26〕由歷代禮法婚齡的規定可以得知：「男子一般在十五歲至二十歲之間，以十六歲為多，女子一般在十三歲至十七歲之間，以十四歲為多。」〔註27〕

　　《禮記・曲禮》載：「男女異長。男子二十，冠而字。父前，子名；君前，臣名。女子許嫁，笄而字。」〔註28〕古代男子到了十五歲束髮，二十歲

〔註24〕〔清〕阮元：《周禮・地官司徒第二》，第14卷，頁214。

〔註25〕〔清〕阮元：《禮記・內則》，第12卷，頁537。

〔註26〕《欽定大清通禮》：「官員自昏及為子孫主昏，豫訪門第清白女年齒相當者，使媒氏往通言焉。許男年十六以上，女年十四以上，身及主昏者，無朞（期）以上服，皆可行。」《欽定大清通・嘉禮》，卷24，頁96。收錄於《摛藻堂四庫全書薈要》本。

〔註27〕常建華：《婚姻內外的中國古代女性》（北京：中華書局，2006年5月），頁10。

〔註28〕〔清〕阮元：《禮記・曲禮上》，第1卷，頁38。

行「弱冠禮」，冠禮後贈字，就具備成婚的資格。女子十五歲，則綰髮以簪子束成髮髻，為「及笄之年」。薛寶釵十五歲時在賈府，鳳姐跟賈璉商量應該擴大慶祝：「聽見薛大妹妹今年十五歲，雖不是整生日，也算得將笄之年。老太太說要替他作生日。想來若果真替他作，自然比往年與林妹妹的不同了。」（第二十二回，頁339）因為寶釵十五歲及笄之後，就意味可以談親許人，安排婚配了。

王熙鳳約十五歲時嫁給賈璉，劉姥姥初到榮國府時，鳳姐約二十歲；賈珠十四歲進學，就娶了李紈，後來便生了賈蘭，估算李紈約十四、十五成親，成為寡婦時也尚未二十歲。夏金桂十七歲時嫁給薛蟠、探春十七歲遠嫁，迎春和湘雲約十八歲出嫁。

第九十八回時，寶釵十九歲與十七歲的寶玉匆促成婚。寶玉在婚後一年多，科考後棄家拋妻，拋捨凡塵，灑脫出家。寶釵約為二十一歲，懷有身孕，獨自在夫家守活寡，步上大嫂李紈寡居育子的後塵。

《紅樓夢》裡出現一個大齡未婚的女子「傅秋芳」，她是賈政的門生、現任通判傅試的妹妹，也是才貌雙全、瓊閨秀玉的女子，想必最晚十五歲開始，家中父兄就會開始替她張羅婚姻大事：「那傅試原是暴發的，因傅秋芳有幾分姿色，聰明過人，那傅試安心仗著妹妹要與豪門貴族結姻，不肯輕意許人，所以耽誤到如今。目今傅秋芳年已二十三歲，尚未許人。」（第三十五回，頁539）因為兄長將妹妹的婚配條件設定太高，一直想要攀上好姻緣，卻犧牲掉妹妹的青春，導致二十三歲都尚未許人。

（三）媒人

《禮記‧昏義》提到婚禮的意義：「將合兩姓之好，上以事宗廟，而下以繼後世也。故君子重之。」〔註29〕但古代男女之防嚴謹，社交限制重重。《禮記‧內則》云：「非喪非祭，不相授器」〔註30〕、「七年，男女不同席，不共食」、「女子十年不出」〔註31〕，所以「男女無媒不交」〔註32〕，婚姻大事多倚賴媒人牽線。中國古時的婚姻講究明媒正娶，或經父母之命，或是媒妁之言，才能行結婚大禮。若結婚不經媒人從中牽線，就會於禮不合。媒人張羅

〔註29〕〔清〕阮元：《禮記‧婚義》，第44卷，頁1000。
〔註30〕〔清〕阮元：《禮記‧內則》，第12卷，頁520。
〔註31〕〔清〕阮元：《禮記‧內則》，第12卷，頁537。
〔註32〕〔清〕阮元：《禮記‧坊記》，第30卷，頁871。

婚禮事宜,重要場合都會在場扮演中間人的角色,成為男女雙方家庭間溝通、聯絡、協調的重要媒介,更在婚禮時營造氣氛,說吉祥話來祝福新人幸福美滿,直至婚禮完成。

中國自古以來的婚姻,皆講求「父母之命,媒妁之言」、「明媒正娶」和「三媒六證」〔註33〕,但究竟何者為媒?何者為妁呢?《說文解字》云:「媒,謀也,謀合二姓者也。妁,酌也,斟酌二姓也。」〔註34〕。《詩經·氓》也提到:「送子涉淇,至于頓丘。匪我愆期,子無良媒。」〔註35〕可見,在周朝時,男女雙方如欲締結婚姻,一定要經由媒人居中牽線撮合,因此媒人是古代婚姻的重要媒介。

從納采、問名、納吉、納徵、請期到親迎,也就是從議婚到成婚,都由媒人進行男女兩方的溝通。所謂「明媒正娶」,媒妁是「正娶」的先決條件,有媒的婚姻才被視為合法的婚姻,亦是傳統婚姻的定則。〔註36〕

其實早在「納采」前,理應有個「探聽」動作,藉由這個動作,了解女方家庭背景,女方的外表、儀態等,中意之後才有「納采」的動作。當女方收下男方的禮物後,便進入「問名」的程序。〔註37〕

媒人在古代的婚姻中扮演著很重要的角色,女子若沒有經過媒人的探聽撮合而結婚,稱之為「奔」,而「聘則為妻,奔則為妾」〔註38〕,不僅要承受社會上輕視的眼光,在夫家的地位也往往相當低落,甚至只被視為小妾。

媒人的別稱很多,在《周禮·地官·媒氏》稱為「媒氏」,屬於官媒,後來官媒又稱掌媒、媒官、官媒婆等,其中以「官媒婆」最為常見。在元、明、清三代的文學作品中,官媒婆一詞,甚至會成為媒人的通稱。在《紅樓夢》裡也有官媒的身影,如第七十二回,鴛鴦針對賈迎春和孫紹祖的婚事問平兒說:「那一個朱大娘?」平兒道:「就是官媒婆那朱嫂子。因有什麼孫大人家來和咱們求親,所以他這兩日天天弄個帖子來賴死賴活。」(第七十二回,頁1123)

〔註33〕六證的解釋有二,一說認為六證即六禮;另一說認為六證是升子、剪子、尺子、鏡子、算盤、秤等六樣生活用品。

〔註34〕〔漢〕許慎撰、〔清〕段玉裁注:《說文解字注》(頂淵版),頁613。

〔註35〕〔清〕阮元:《毛詩·國風·衛·氓》,第3卷,頁129。

〔註36〕王靜嫻:《包辦婚姻的歷史發展》(高雄師範大學回流中文碩士班,2009年),頁9。

〔註37〕陳玟錦:《台灣傳統婚俗與禁忌之研究》(長榮大學台灣研究所碩士論文,2009年),頁26。

〔註38〕〔清〕阮元:《禮記·內則》,第12卷,頁537。

所以賈迎春和孫紹祖的婚配雖是由父親賈赦所同意的，但男方有請官媒到女方家提親。

　　第七十回又寫到林之孝建議賈璉，因為家中財政日趨吃緊，可減少一些家人奴僕節省開銷。賈璉道：「前兒官媒拿了個庚帖來求親，太太還說老爺才來家，每日歡天喜地的說骨肉完聚，忽然就提起這事，恐老爺又傷心，所以且不叫提這事。」（第七十二回，頁 1130）此處官媒拿個庚帖，來跟賈政和王夫人求親，求的應該是賈探春的婚配。到了第七十七回就明確寫道：「且近日家中多故，又有邢夫人遣人來知會，明日接迎春家去住兩日，以備人家相看；且又有官媒婆來求說探春等事，心緒正煩，那裏著意在這些小事上。」（第七十七回，頁 1224）這說明賈迎春的婚姻，已經進行到了問名、納吉、納徵等階段。可見賈家諸多女子在自己的婚姻裡，只是一個無聲無息的被動接受者，終身大事只能全憑父母命之命和媒妁之言的安排。

　　私媒的別稱更多，除了一般常見的媒、妁、媒人、媒婆之外，尚有冰人、伐柯人〔註39〕、月老、蹇修、保山、保親等。在元雜劇中常見的稱呼，還有落花媒人一稱。

　　　　在口語中凡為他人做媒說合婚姻者皆被稱為「媒人」。因作媒者大多
　　　　為已婚女性，故而媒人在古代文獻中多被稱為「媒媼」、「婆子」。相
　　　　對於媒婆而言，男媒人則被稱為「媒伯」。〔註40〕

　　「冰人」此一對媒人的稱謂源於《詩經・邶風・匏有苦葉》，其詩云：「士如歸妻，迨冰為泮」〔註41〕，即說你若有心來娶我，要趁在河冰未合以前，因此後人把媒人也稱為冰人。

　　媒人又稱「月下老人」，簡稱「月老」，源自唐代李復言《續幽怪錄・定婚店》〔註42〕的故事，後人便把月老代稱媒人，做媒也被稱為牽紅線。

　　　　媒人被稱為月老，表面上看來僅是一種稱呼，實際上則是婚姻關係
　　　　確定被神化的一種體現。……月老成為媒人的又一種稱謂，而且「前

〔註39〕「伐柯人」一稱源於《詩經・伐柯》一詩：「伐柯如何，匪斧不克。娶妻如之
　　　　何，匪媒不得。」見〔清〕阮元：《毛詩・國風・齊風・伐柯》，第 5 卷，頁
　　　　191。

〔註40〕吳存浩：《中國民俗通志——婚嫁志》（山東：山東教育出版社，2005 年 3 月），
　　　　頁 138。

〔註41〕〔清〕阮元：《毛詩・國風・邶風・匏有苦葉》，第 2 卷，頁 86。

〔註42〕楊家駱主編：《續幽怪錄》（臺北：世界書局，1997 年 3 月，十一刷），頁 223
　　　　～224。

世姻緣，命中注定」的觀念也大行其道。這樣，不僅表明月老的紅
絲繩有著不可違背和抗拒的神聖性，而且使「父母之命，媒妁之言」
所確定的婚姻關係即代表了天的意志和命運的安排，將「前世姻緣，
命中注定」的觀念與媒妁風俗糅合在一起，使本來即以外在強制力
量面貌出現的「媒妁之言」頓時帶有了濃厚的天命色彩。〔註43〕

　　不管是擔任官媒之職的媒氏、掌媒、媒官、官媒婆等稱呼，或是私媒如
媒人、媒婆、冰人、伐柯人、月老、紅娘等別稱，本無貶意。因為媒人本是婚
姻雙方的拉線引針的委託人，有時媒人是氏族中享有崇高威望的長者，他們
受託於男女雙方家長，為未婚男女從中撮合。有時是以此為職，積極熱心的
從中託說搭橋，成就諸多良緣。多是出於慈愛、祥和、成人之美之初衷，非以
利當先，正如同月下老人「千里姻緣一線牽」的形象。當然也有一些媒人是
被臨危受命，如寶玉婚事中的賈璉和王熙鳳，就是受長輩所託來擔任媒人的
角色。就連巧兒被舅舅等人賣給外藩王爺時，巧兒的舅舅王仁也得為此樁婚
事安排，擔任保山（媒人）的工作。

　　《紅樓夢》的寶玉、寶釵婚禮的媒人是鳳姐；賈璉和尤二姐的婚禮是賈
珍作主替聘，媒人是賈蓉，是少見的是由晚輩替長輩做媒的情形；至於第五
十七回薛姨媽屬意邢岫煙，商請賈母為兩人做媒，成就了小說裡少見的一段
夫妻佳緣。

（四）嫁妝

　　《紅樓夢》多次提到「嫁妝」一詞。襲人的親戚來賈府，她跟寶玉說起
她的兩位姨妹子：「他雖沒這造化，倒也是嬌生慣養的呢，我姨爹姨娘的寶貝。
如今十七歲，各樣的嫁妝都齊備了，明年就出嫁。」（第十九回，頁303）黛
玉曾跟寶釵訴說自己，以一介孤女寄居在賈府的悲傷無奈。寶釵有母親有哥
哥，在這裡又有買賣土地營利，家裡仍有房、有地、有當舖，雖借住賈府，其
實仍然進行各種的經濟營運，黛玉的狀況根本無法與寶釵相比較。寶釵也安
慰黛玉說：「將來也不過多費得一副嫁妝罷了，如今也愁不到這裏。」（第四
十五回，頁695）

　　林黛玉身為林如海和賈敏的獨生女，雖然父母雙亡、隻身投靠外祖母家，
照理父母應當會留給她一些財產。就黛玉的說法推論，她自卑自艾的感受，

〔註43〕吳存浩：《中國民俗通志——婚嫁志》，頁138～139。

除了來自於親情的孤單外，更有經濟上的困窘。林如海夫婦先後過世，且膝下無子，僅留孤女黛玉，看似符合「戶絕」的狀態。《大清律例·強佔良家妻女》規定：「戶絕，財產果無同宗應繼之人，所有親女承受。無女者，聽地方官詳明上司，酌撥充公，收養孤老。」〔註44〕

所以，法律雖然承認女兒在某些條件下，具有家族財產的繼承權利，但是，若林家財產要由女兒黛玉繼承，還需要「果無同宗應繼之人」。由第二回我們得知，「林家支庶不盛，子孫有限，雖有幾門，卻與如海俱是堂族而已，沒甚親支嫡派的。」（第二回，頁27）因此林黛玉確實無兄弟，但父親那邊還是有幾門堂族的，或許這也是林如海的家產，最後似乎無法由黛玉繼承的原因。寄居賈府的黛玉，雖然身邊有疼愛她的外祖母和眾多年齡相仿的姐妹們終日相伴成長，除了失去父母至親的情感依靠外，還少了強而有力的經濟後盾，跟寶釵相比，更有寄人籬下的感傷。

鳳姐出身「東海缺少白玉床，龍王來請金陵王」的王家，曾經對賈璉說過，她身邊的錢可是她娘家給的，但總被誤會是私下貪了賈家的錢：「把我王家的地縫子掃一掃，也夠你們過一輩子呢。說出來的話也不怕臊！現有對證：把太太和我的嫁妝細看看，比一比你們的，那一樣是配不上你們的。」（第七十二回，頁1126）可惜富貴的王家，在王熙鳳的哥哥王仁的胡亂揮霍外，家道早已不比從前。王仁在熙鳳去世後，不好好幫助妹妹撫養照顧她的女兒，反而想離間外甥女與父親之間的感情，還想覬覦她父母的財產。王仁聽到巧兒的推拒他的計謀便道：「哦，我知道了，不過是你要留著做嫁妝罷咧。」（第一百十一回，頁1712）巧姐聽了，只能難過的哭了。

由以上的對話，我們可以得知不管富貴人家或是尋常百姓，都有替女兒操辦嫁妝的準備，只是嫁妝的內容和價值不同，全憑娘家經濟狀況來做安排。一般來說，總會為新嫁娘添製一些新衣裳，還會添購一些生活用品或新房裡的家具，如梳妝台鏡。此外，添妝些銀兩，甚至是贈與女兒土地、房產。

> 「衣物首飾之外，女家一般還要陪送被褥、傢俱等日用器具。」「生活用品做嫁妝，一方面體現出娘家對出嫁女的關懷，希望女兒婚後能有好的生活；另一方面，傳統婚姻的締結，是以『父母之命，媒妁之言』為前提，男女當事人在婚前一般不曾謀面，女子隻身進入

〔註44〕《大清律例·戶律·婚姻·強佔良家妻女·條例二》，卷10，頁110。

一個陌生的家庭。在這種情況下，從娘家帶來的日用品，可幫助新婦消除新家庭的陌生感、體現出新婦的家庭地位，甚至起到身份認證的作用。」〔註45〕

賈薛聯姻，賈府準備了黃金、珠飾、綢緞、衣物等當作男方的過禮，本來女方也得回贈一些嫁妝回禮，但賈母明白兩家都正值多事之秋，婚禮也是倉促進行，便讓薛家之後再慢慢操辦嫁妝即可，新房裡的被褥用品由男方代辦就好。

賈珍、賈蓉算是賈璉和尤二姐的媒人，賈蓉先來跟尤二姐的母親溝通婚禮的安排以及未來規劃：

> 又添上許多話，說賈璉做人如何好，目今鳳姐身子有病，已是不能好的了，暫且買了房子在外面住著，過個一年半載，只等鳳姐一死，便接了二姨進去做正室。又說他父親此時如何聘，賈璉那邊如何娶，如何接了你老人家養老，往後三姨也是那邊應了替聘，說得天花亂墜，不由得尤老娘不肯。況且素日全虧賈珍周濟，此時又是賈珍作主替聘，而且妝奩不用自己置買，賈璉又是青年公子，比張華勝強十倍，遂連忙過來與二姐商議。二姐又是水性的人，在先已和姐夫不妥，又常怨恨當時錯許張華，致使後來終身失所，今見賈璉有情，況是姐夫將他聘嫁，有何不肯，也便點頭依允。當下回覆了賈蓉，賈蓉回了他父親。（第六十四回，頁1015）

這段議婚的過程，可以說明幾件事，第一：婚禮需要父母或祖父母的同意；第二：需有媒人居中張羅安排；第三：女方本來應該由娘家贈與一些嫁妝，賈蓉反而跟尤老娘說嫁妝不必準備，賈璉會自行挑選送到新房，也讓經濟條件不佳的尤老娘更加開心。於是賈璉等人開始積極操辦成親的相關準備工作：

> 次日命人請了賈璉到寺中來，賈珍當面告訴了他尤老娘應允之事。賈璉自是喜出望外，感謝賈珍賈蓉父子不盡。於是二人商量著，使人看房子打首飾，給二姐置買妝奩及新房中應用床帳等物。不過幾日，早將諸事辦妥。已於寧榮街後二里遠近小花枝巷內買定一所房子，共二十餘間。又買了兩個小丫鬟。賈珍又給了一房家人，名叫鮑二，夫妻兩口，以備二姐過來時伏侍。（第六十四回，頁1015）

〔註45〕毛立平：〈清代的嫁妝〉（《清史研究》，2006年2月，第1期），頁91。

嫁妝的種類如果是物品等動產財物或是銀兩，新娘擁有所有權，也可以讓新娘在夫家較有面子，心裡也可能會較踏實，也比較有經濟資源：

> 妝奩的豐盛，不僅可以讓女家在面子上感到風光無限，而且也有利
> 於女兒將來在婆家的生活。……一旦分家，這些妝奩自然就成了小
> 家庭生活的重要基礎。而且即使沒有分家，較多的妝奩也可以讓女
> 兒的生活相對優裕。〔註46〕

但若是娘家贈與土地、房屋、店面等不動產，之後可能會有財產所有權的爭議，尤其若遇到夫婿過世，或是媳婦改嫁後，這些土地房屋是否仍屬於媳婦，還是變成夫家財產？又需要斟酌當時的法律規定了。

賈迎春嫁入孫紹祖家時，賈赦其實積欠了孫家五千兩銀子，可以猜想，賈赦應該沒有財力幫女兒準備太多嫁妝〔註47〕，這讓孫紹祖婚後一直拿此事來欺壓迎春，好似迎春不是嫁進來的，而是被買進來的，也開啟了她悲哀的婚姻生活。當然迎春婚姻的不幸，源於孫家暴發戶家風和丈夫人品是主因，但是沒有強大的娘家後盾，讓迎春在婚姻中自然矮了一截。因此，嫁妝對於女子婚姻，扮演重要的角色：

> 首先，它在女子出嫁時必不可少，無論家庭貧富，人們都會盡力為
> 女兒籌辦嫁妝；其次，嫁妝的多少直接影響到婚姻的締結，豐厚的
> 嫁妝往往使女性在婚姻市場上得到更高身價；再次，嫁妝給家庭及
> 社會帶來一系列影響，如助長了整個社會的奢靡之風、導致婚後的
> 奩產糾紛等。〔註48〕

從《紅樓夢》中，我們可以推測上至元春入宮，賈家為她張羅的財貨和日常用品，應該也是竭盡所能的奢華和貴重。像賈、史、王、薛這類的貴族世家的女兒出嫁，婚禮自然盛大，嫁妝也是妥當備齊，展現女兒也是富貴出身，足以與夫家匹配，也讓女兒嫁為人媳、人婦後，擁有經濟自由的權利。至於像劉姥姥一樣的平民家庭，也會儘量的為女兒準備嫁妝，只是種類和價值自然也只能量力而為。

〔註46〕余新忠：《中國家庭史──第四卷明清時期》（廣東：廣東人民出版社，2007年4月），頁80。

〔註47〕李貞德認為「對女子而言，嫁妝是她離開父家、進入夫家的重要保障。」見李貞德：〈漢唐之間女性財產權試探〉，頁194。收錄於李貞德主編《中國史新論──性別史分冊》（臺北：聯經出版事業有限公司，2009年5月）。

〔註48〕毛立平：〈清代的嫁妝〉，頁90。

第二節 《紅樓夢》裡的婚姻法律

一、婚姻法律之禁止行為

按照《大清律例》規定的婚姻禁止條件，主要有三方面：第一是身分禁止，第二是行為禁止，第三是時間禁止。〔註49〕以下就《紅樓夢》中，在婚姻關係與法律裡，所描寫的法律禁止行為來進行探討，包括：身分上的良賤不婚、居喪不婚，以及中表親之婚。

（一）良賤不婚

良賤不婚是社會等級制度的反映，法律規定是為了維護社會等級秩序，民間則把良民與賤民通婚看作是破壞倫常、有辱祖宗、混淆血統的行為。〔註50〕魏晉南北朝是中國最注重門閥的時期，所以特別重視門當戶對的門第婚。後來因為科舉取士或商業經濟發展等因素，促使社會階級流動，門第觀念稍有鬆動，但是在談婚論嫁時評估的條件，還是會強調社經地位或家庭教育等方面。

自秦漢時期起，將人民的出身或身分區分為良民、賤民兩個等級。以士、農、工、商為良民籍；以倡優、奴婢、乞討者等為賤民籍。每個朝代賤民性質和稱謂略有不同，但本質則是雷同的。〔註51〕

傳統婚配的對象，不只王爵世族們講求門當戶對，一般從事農、工、商業的良民，也是傾向婚配最好還是門戶相當，不只法律明文規定禁止，實際

〔註49〕清律婚姻禁止條件主要有三方面：第一是身分禁止，包括同姓不婚、宗親妻妾不婚、地位不等不婚、僧道不婚、異類不婚以及禁止娶犯罪逃亡婦女；第二是行為禁止，包括有妻不婚、禁止悔婚和妄冒為婚、禁止強迫搶奪為婚和姦婚以及禁止典雇婚；第三是時間禁止，包括居喪不婚和祖父母、父母囚禁不婚。

〔註50〕常建華：《婚姻內外的中國古代女性》（北京：中華書局，2006年5月），頁27。

〔註51〕《清史稿》：凡民之著籍，其別有四：曰民籍；曰軍籍，亦稱衛籍；曰商籍；曰竈籍。……且必區其良賤。如四民為良，奴僕及倡優為賤。凡衙署應役之皁隸、馬快、步快、小馬、禁卒、門子、弓兵、仵作、糧差及巡捕營番役，皆為賤役，長隨與奴僕等。趙爾巽等撰、啟功等點校：《清史稿·志》，中華書局，卷120，頁3369。所以歷代賤民的範圍包括官私奴婢、僮僕、官戶、雜戶、部曲、工樂百戶、倡優、隸率、伴當、世仆、惰民、丐戶、浙江九姓漁民、廣東等地蛋民等。雍正初，陸續廢除良賤之分，不再禁止通婚，但社會積習已久，雍正朝後，社會上仍保有良賤不婚的觀念。

上一般良民女性也不太會低嫁給賤民男子。「良賤禁婚」的律法規範，「至唐代完備」，「宋、元、明、清繼續實行此項規定」〔註52〕。《大清律例‧良賤為婚姻》規定：「凡家長與奴娶良人女為妻者，杖八十；女家減一等；不知者，不坐；其奴自娶者，罪亦如之；家長知情者，減二等；因而入籍為婢者，杖一百；若妄以奴婢為良人，而與良人為夫妻者，杖九十；各離異，改正。」〔註53〕

此處必須澄清的是，良賤不婚的法律規定都是針對賤籍男子娶良家子女而言，並不禁止良家男子迎娶賤籍女子，尤其是納妾，更無良賤不婚的限制。所以馮淵可以娶英蓮為妻，賈雨村可以納嬌杏為妾，賈家的眾多男性主子，也都可以任意納入本為奴婢或伶人出身的妾室，而他們對於嫡妻的選擇，是政治經濟的門第婚姻，因為嫡妻的出身也代表她娘家的身分權勢，所以他們最多接受迎娶庶出的女子、而無法娶賤民為嫡妻。就算薛蟠先遇到香菱，家人也喜愛她，礙於她的出身，只能先納她為妾，正室懸位以待更適合的婚配對象。至於對官員的規定就較一般百姓嚴格，嚴禁官員及其子孫娶樂人為妻妾。〔註54〕

雖說良賤不婚的法律制約，不禁止男性迎娶賤民身分的女子，但一般父母還是會傾向同樣身分階層的談親說媒。因此，身為賤民身分的清代的奴僕或倡優、戲子等，在婚姻的選擇上，除非女子被收納為妾外，大多都是跟同為賤民身分的族群和階級相互婚配。例如《紅樓夢》裡的主子常將丫鬟與小廝配對，一群管家及陪房，也多是夫妻兩人皆為賈家奴僕。鳳姐要幫來旺之子向彩霞家說媒時，覺得「他兩家也算門當戶對」（第七十二回，頁1127），也算是通情合理的安排。

《紅樓夢》裡，曾經為了迎接元春省親，在蘇州採買會唱戲的女伶組成一個戲班子，其中有十二個女孩依「官」起名，因此稱為「十二官」。這些演戲唱戲的女子職業就是伶人，大多都是因為家境貧窮被賣來當戲子，而成為卑微的賤民身分。當賈家要解散戲班時，這群小戲子大多不想離開，因為有些早已無家可歸，有的回家後可能又會二度被賣，若能留下來當個丫鬟，最

〔註52〕 常建華：《婚姻內外的中國古代女性》，頁26。
〔註53〕 《大清律例‧戶律‧婚姻‧良賤為婚姻》，卷10，頁2～3。
〔註54〕 依《大清律例‧娶樂人為妻妾》規定：「凡官吏娶樂人為妻妾者，杖六十，並離異；若官員子孫娶者，罪亦如之；註冊，候蔭襲之日降一等敘用。」《大清律例‧戶律‧婚姻‧娶樂人為妻妾》，卷10，頁36。這裡指的樂人，就是娼家也就是青樓女子，不論她們賣身或賣藝，都是屬於卑賤低下的賤民身分。

少吃住無虞。第一次接受被放出的只有齡官、寶官和玉官三人離開。後來賈府快速衰落後，其他八人（藥官已死）還是得被逐出大觀園，此時芳官、藕官、蕊官三人選擇遁入空門。可以推想的是離開大觀園的這些女伶，縱使可以被恩准解除奴籍，但未來的日子也可能不知何去何從。

（二）居喪不婚

在第九十六回，賈母為了幫十七歲左右的寶玉安排沖喜婚，此事要求快速精簡。賈薛兩家此時家事紛擾，本無心進行兒孫婚事，但因賈政急著外派赴任，賈母趁機說服兒子，為了寶玉的健康速辦婚禮。

《欽定大清通禮》規定：「男年十六以上，女年十四以上，身及主婚者，無朞（期）以上服，皆可行。」〔註55〕其實寶玉已經十七歲了，符合法律的成親年齡，但是他身上帶有貴妃姐姐的喪中禮俗；賈元春才剛於甲寅年十二月十九日，在宮中薨逝〔註56〕，依照喪服的規定，寶玉應該為姐姐執行九個月功服〔註57〕。這一項婚禮禁忌，賈政和賈母也是了解的：「況且貴妃的事雖不禁婚嫁，寶玉應照已出嫁的姐姐有九個月的功服，此時也難娶親。」（第九十六回，頁1490）所以低調完成婚禮，暫不宴請賓客，也是權宜之計，避免太過聲張招搖，落人口實。賈母跟兒子商量說：「這會子只要立刻收拾屋子，鋪排起來。這屋子是要你派的。一概親友不請，也不排筵席，待寶玉好了，過了功服，然後再擺席請人。這麼著都趕的上。」（第九十六回，頁1490）

《紅樓夢》中第六十八回，賈璉偷娶尤二姐，以夫妻之禮相待。王熙鳳得知後，一邊假裝賢良虛意成全，一邊安排下人旺兒去慫恿尤二姐的之前婚配對象張華狀告賈璉。王熙鳳故意惹出這起官司，就是想讓賈璉偷納尤二姐一事，成為違法的大事，讓其他人覺得有錯在先的人是賈璉，而非是她沒有容人之量。嚴格說來，這婚事似乎違反了幾項法律：「國孝一層罪，家孝一層罪，背著父母私娶一層罪，停妻再娶一層罪。」（第六十八回，頁1070）因為

〔註55〕前面討論婚齡時，也曾過分析了清代大制男女的婚齡範圍。根據《欽定大清通禮》所說「男年十六以上，女年十四以上」，《紅樓夢》的裡男女婚嫁大致也符合這個規定。

〔註56〕是年甲寅年十二月十八日立春，元妃薨日是十二月十九日，已交卯年寅月，存年四十三歲。（第九十五回，頁1478）。

〔註57〕〔漢〕劉熙：《釋名·釋喪制》：「九月日大功，其布如麤大之功，不善治練之也。小功，精細之功，小有飾也。」卷8，頁129。收錄於《欽定四庫全書》本。

《清律》不允許「居喪嫁娶」，且同時又在國孝家孝之中，背旨瞞親，停妻再娶。而且法律也規定子女嫁娶不聽命於父母長輩、有妻再娶妻及已許嫁女隨意悔婚，都將入罪。

　　不僅僅是清朝，清代之前的婚約，也是婚姻的前提和基礎。但在清朝，婚約的法律約束力非常大。婚約一旦定下，男女雙方就必須根據約定成婚並且受到法律保護。《大清律例・戶律・婚姻》規定：「若許嫁女，已報婚書及有私約，而輒悔者，笞五十。雖無婚書，但曾受聘財者，亦是。若再許他人，為成婚者，杖七十；已成婚者，杖八十；男家悔者，罪亦。」〔註58〕

　　也就是說，在清朝從法律層面上禁止「悔婚」情況的出現，一旦發生就會有嚴厲的懲罰措施。王熙鳳抓到此項違法情節，故意讓自己的丈夫惹上官司，趁機報復。至於停妻再娶和娶妻未告父母行主婚禮，這兩項罪刑看起來並不成立。《大清律例・妻妾失序》規定：「凡以妻為妾者杖一百。妻在，以妾為妻者，杖九十，並改正。若有妻更娶妻者，亦杖九十，後娶之妻，離異歸宗。」〔註59〕賈璉雖然有媒有聘的用轎子迎娶尤二姐，仍是納妾之禮，所以並無停妻再娶或以妾為妻之罪。《大清律例・男女婚姻》規定：「嫁娶皆由祖父母、父母主婚。祖父母、父母俱無者，從餘親主婚。其夫亡攜女適人者，其女從母主婚。」〔註60〕而既然是納妾而非娶妻，自然不須具有由父母主婚的必要性。

　　《紅樓夢》第六十八回中，王熙鳳一路上跟不同的對象、在不同的場合，多次提到「居喪嫁娶」的罪狀，屢屢演足了戲中戲：

> 她對尤二姐說：「我們家的規矩大。這事老太太一概不知，倘或知二爺孝中娶你，管把他打死。……你這一去且在園裏住兩天，等我設個法子回明白了，那時再見方妥。」（第六十八回，頁1063）

> 她對賈珍的妻子也是尤二姐的姐姐尤氏發怒說：「你尤家的丫頭沒人要了，偷著只往賈家送！難道賈家的人都是好的，普天下死絕了男人了！你就願意給，也要三媒六證，大家說明，成個體統才是。你痰迷了心，脂油蒙了竅，國孝家孝兩重在身，就把個人送來了。」（第六十八回，頁1067）最後發狂自虐的邊哭罵賈蓉：「出去請大

〔註58〕《大清律例・戶律・婚姻・男女婚姻》，卷10，頁2～3。
〔註59〕《大清律例・戶律・婚姻・妻妾失序》，卷10，頁10。
〔註60〕《大清律例・戶律・婚姻・男女婚姻》，卷10，頁5～6。

哥哥來。我對面問他，親大爺的孝才五七，侄兒娶親，這個禮我竟不知道。我問問，也好學著日後教導子侄的。」（第六十八回，頁1069）

王熙鳳早已在打聽清楚「尤二姐之事」後，私下委派旺兒去進行告官動作，她讓張華寫狀子告賈璉，最重要的罪名就是「國孝家孝之中，背旨瞞親，仗財依勢，強迫退婚，停妻再娶」。（第六十八回，頁1065）以上那些戲，都是她要塑造賢良形象的戲碼，她委屈無辜又為丈夫擔心，也十分擔憂事情的後續發展。鳳姐故意擺出嫡妻的容妾氣度，將尤二姐帶回榮國府，還讓她拜見賈母，鳳姐也趁機當個雙面好妻形象，故意讓賈母接受尤二姐，但又害尤二姐被迫要一年後才可再與丈夫賈璉圓房。

《大清律例·居喪嫁娶》規定：「凡居父母及夫喪而身自嫁娶者，杖一百；若男子居喪娶妻妾，妻女嫁人為妾者，各減二等⋯⋯若居祖父母、伯叔父母、姑、兄、姊喪而嫁娶者，杖八十。」〔註61〕對賈璉來說，伯父賈敬剛去世，於禮於法應該守孝，服喪期間不得嫁娶，否則將被「杖八十」。

至於違反「國孝」的部分，指的是《紅樓夢》第五十八回中提到宮中一位老太妃去世：「凡誥命等皆入朝隨班按爵守制。敕諭天下：凡有爵之家，一年內不得筵宴音樂，庶民皆三月不得婚嫁。」（第五十八回，頁903）

中國人重視五常倫理，也相當遵循喪禮體制，王熙鳳藉由相關法律規定，讓外人對自己丈夫告官，自然有她的心機和打算。

尤二姐的悲劇則與她的善良、懦弱和天真有關，恪守婦道，希望做一個改過從善的人。她的願望是美好的，但她想得太天真，以為只要自己對王熙鳳以禮相待，便可以與她和平相處，以為王熙鳳也會像她那樣與人為善，她完全不懂人性，不懂分辨真情與假意。幾句好話，便可以讓她放下應有的警惕，她想得太簡單，她太善良了，對興兒的善意警告沒在意，對妹妹的警告，也沒放在心上，最終被害死，她逆來順受太軟弱，面對王熙鳳的淫威，委曲求全，完全沒有抗爭意識，只是一味怪自己命不好，活生生一個弱女子形象。她的軟弱，是一種骨子裡的軟弱，只想依靠賈璉來生存，結局注定是悲哀的。〔註62〕

〔註61〕《大清律例·戶律·婚姻·居喪嫁娶》，卷10，頁14。

〔註62〕趙婭、王引萍：〈別樣噓嘆，一樣悲哀──趙姨娘和尤二姐形象之比較〉（《青年文學家》，2011年，第3期），頁193。

王熙鳳藉由官司事件，讓尤二姐剛進夫家一開始，就惹起龐大事端，鳳姐願意放過賈璉，但怎可能對尤二姐輕輕放下呢？她持續進行後面的操控和迫害，讓尤二姐過著痛苦的婚姻生活，便向命運低頭，選擇自我了結生命。

（三）中表親禁止

不論是寶玉和寶釵，或是寶玉和黛玉結婚，雙雙都有近親結婚的禁忌，也就是所謂的中表親〔註63〕，就是指兒子與母親兄弟姊妹的女兒、父親姊妹的女兒結親。因在三代以內有共同血緣，所以法律有所禁止。其實寶玉和寶釵是表弟和表姊的關係，寶釵是寶玉阿姨的女兒，兩人算是姨表親；而黛玉和寶玉是表妹和表哥的關係，黛玉是寶玉姑姑的女兒，兩人算是姑表親。《大清律例·尊卑為婚》規定：「若娶已之姑舅兩姨姊妹者，（雖無尊卑之分尚有緦麻之服），杖八十，並離異。」〔註64〕

「緦麻親之妻」就是中國傳統文化中，用以界定親人親疏關係「五服」之內親人的妻子。迎娶「緦麻親之妻」的罪刑，在唐朝就有過明確的規定：「諸同姓為婚者，各徒二年，緦麻以上，以姦論。」〔註65〕

《大清律例·同姓為婚》規定：「凡同姓為婚者，各杖六十，離異。」〔註66〕同姓婚配的禁止，自然是擔心同姓的男女雙方萬一血緣太近，發生近親婚配後，可能導致遺傳生物變異的疑慮。

但是，中國歷代社會現況，常出現姨表、姑表，親上加親，結為親家的實例，在許多文學作品也常出現表兄弟姊妹結為連理的故事，但實際上法律在清初前是有所限制規範的，但民間難以禁止。

中表親的婚俗，由來已久，清代也十分普遍。表親婚不僅在清代下層百姓中廣泛流行，在中上層的士紳地主階層中，也很盛行。皇室中許多皇后貴妃們，常跟皇帝有表字的血親關係。對清朝的上層統治者，甚至滿洲貴族來說，清朝的法律文書並沒有約束力，因為滿洲八旗乃至清朝皇室，為了保證血統的純正和政治聯姻，常會選擇同主同宗、姑表親、舅表親、姨表親，甚至五服之內更親近的親人締結婚姻，來互相鞏固政治的地位。

〔註63〕父親姊妹的子女稱為「內兄弟姊妹」，母親姊妹的子女稱為「外兄弟姊妹」，外兄弟姊妹稱之為「表」，內兄弟姊妹稱之為「中」，所以這兩種統稱為「中表兄弟姊妹」，若是結婚就叫「中表親」。
〔註64〕《大清律例·戶律·婚姻·尊卑為婚》，卷10，頁22。
〔註65〕〔唐〕長孫無忌：《唐律疏義》，卷14，頁76。收錄於《欽定四庫全書》本。
〔註66〕《大清律例·戶律·婚姻·同姓為婚》，卷10，頁20。

清朝的法律也不支持表親和堂親之間的通婚，但是姑表親之間的通婚習俗，已經由來已久。後來雍正和乾隆時期，相繼發出相關的規定或修正法律，姑表姨親之間的通婚聽從民意。〔註67〕

古人在反對同姓婚姻時，對於中表婚，在觀念上有所反對，行動上卻不顧忌，並努力實現。〔註68〕

二、婚姻法律之身分不公

（一）婚姻法對男女性別不公

傳統社會的道德或習俗，在同一件事上可能對於婚姻中的男女，給予不同的約束或期待。例如傳統儒家思想，要求女子遵循三從四德，出嫁後要從夫，要以夫為天。所以，當迎春嫁給孫紹祖後，婚姻不幸福，甚至遭受到言語或肢體的暴力，回娘家哭訴、尋求協助時，娘家的長輩們，也都只能勸她要忍耐。

迎春的婚姻不幸福，但她並沒有權力捨棄這段婚姻，因為婚姻的消滅權全操控在男子手上。迎春自嘆從小喪母，邢夫人對她也無太多慈愛之情，幸好有嬸嬸王夫人疼愛，和堂兄弟姊妹們一起在賈府度過了還算快樂的童年生活，誰知在長輩強迫的婚姻安排下，所嫁之人是個薄倖無情的人。

在迎春與孫紹祖的婚姻中，有許多錯誤的開端，其一是兩人沒有任何感情基礎便成親；其二是賈家早知孫紹祖素行不良，仍把迎春嫁過去；其三是父親拿了孫家銀子，感覺是做了賣女交易而非嫁女。迎春婚後返家跟娘家訴說婚姻中的委屈，暫時可轉換悲傷的心情；雖然不想再回去夫家，但是娘家也不允許她不回婆家，就算知道回去後仍須繼續忍耐，百般無奈害怕的她，還是得勇敢面對。

賈府家族的其他成員，對於迎春婚姻的態度，也可洞見儒家社會對於女性的規範。例如，透過王夫人與寶玉的對話可以看出，王夫人出身閨閣之家，自幼必定接受正統儒家人倫五常、婦德女誡等相關思想教育。雖然她對於迎

〔註67〕雍正八年（1730年）發了一條例文：「外姻親屬為婚，除尊卑相犯者，仍照例臨時斟酌擬奏外，其姑舅兩姨姊妹為婚者，聽從民便。」乾隆五年（1740年）以例廢律，廢除表親不得為婚禁令，改定例「其姑舅、兩姨姊妹為婚者，聽從民便。」

〔註68〕馮爾康：《中國古代宗族與祠堂》（臺北：臺灣商務印書館，1998年9月），頁104～105。

春不幸的婚後生活感到難過，只能消極地安慰她說：「這也是你的命。」她仍堅持「嫁出去的女孩兒，潑出去的水」、「嫁雞隨雞，嫁狗隨狗」，這些自古以來對待女性步入婚姻的格言定律。她認為新婚夫妻或許還在彼此磨合性格，等開始養兒育女之後，孩子成為婚姻生活的重心，可能就能堅持把婚姻走下去了。王夫人安慰迎春之餘，叮嚀寶玉切勿將此事告訴賈母，她擔心賈母若知道了，可能也和他們一樣會心情不好；當然這也算是她自己在賈府這二、三十年來的婚姻經歷與體悟。只是年輕如寶玉的男孩，不能聽出母親話中的涵義，只能悻悻然地接受母親的說法，再轉而向黛玉訴說心情。

寶玉對迎春在婚後所遭受的虐待，極為氣憤，但他不了解傳統社會對於婚姻裡的男女，有極不公平的期許與規範。例如嫁做人婦後，要遵守三從四德、潔身自愛；相反的，在法律或是社會允許下，男子可以納妾。此外，丈夫可以憑藉「七出」的規定休妻，但是妻子卻沒有權利主動斷絕婚姻關係，正如賈迎春是無法主動跟孫紹祖終止夫妻關係，除非等到一方死亡。女性步入婚姻後，就是夫家的人，縱使婚姻不幸福，還是得忍氣吞聲，原生家庭是不可隨意將出嫁的女兒接回來的，因為通常是被休離了，已婚婦人才會徹底離開夫家。

以清代法律中性別不公的條約為例，如《大清律例・妻妾毆夫》中「妻毆夫」與「夫毆妻」的法律內容，比較如下：

> 凡妻毆夫者，杖一百，夫願離者，聽。至折傷以上，各加凡鬥傷三等，至篤疾者，絞；死者，斬。故殺者，凌遲處死。〔註69〕

> 其夫毆妻，非折傷勿論；至折傷以上，減凡二人等。先行審問夫婦，如願離異者，斷罪離異；不願離異者，驗罪收贖。仍聽完聚。至死者絞。〔註70〕

若同樣是毆打傷害罪，只要是妻子打丈夫，丈夫若提出告訴，妻子就要杖一百；但若是丈夫毆打妻子，在沒有受傷的情形下完全沒罪。若是妻子毆打丈夫導致受傷，加重其刑，以比毆傷一般人加三等的原則治罪；相反的，丈夫毆打妻子導致受傷，卻以比毆傷一般人的罪再減二等的原則治罪。所以在傷害罪方面，夫毆妻的法律遠比妻子毆夫的法律來的寬鬆許多。

若妻子毆打丈夫導致其殘廢或死亡，都要予以死刑立即執行，若是故意

〔註69〕《大清律例・刑律・鬥毆下・妻妾毆夫》，卷28，頁71。
〔註70〕《大清律例・刑律・鬥毆下・妻妾毆夫》，卷28，頁71～72。

的犯行，還處以凌遲致死的刑罰；若是丈夫打死妻子，也會判絞刑，但行刑方式比較寬待一些。因此，我們可以發現，同樣是夫妻打架，「妻毆夫」致死的罪刑，遠比「夫毆妻」致死的罪罰嚴厲。這樣的法律制定，完全彰顯在婚姻法律中男女（夫妻）性別不公的狀態。

王熙鳳和丈夫賈璉，曾經發生一次重大的閨房衝突，鳳姐發現丈夫床上躺著鮑二的老婆，還聽到他們對平兒的稱讚、與對自己嘲諷詛咒，不禁惱羞成怒，遷怒平兒，打了她兩、三次，也打鮑二家的。平兒莫名受了委屈，不敢對鳳姐還手，只好也打鮑二家的。鳳姐再怎麼潑辣氣憤，再怎麼不滿自己的丈夫賈璉好色無情，她也不敢動手打賈璉；只能轉而毆打跟丈夫出軌的女人，和倒楣的平兒以及其它的無辜丫鬟。因為妻子毆打丈夫的行為屬犯罪行為，而且處罰很重。賈璉此時趁著酒氣，也作勢拿劍要砍殺妻子，但並沒有真的行動；若是真的導致鳳姐受傷，在法律上也比打一般人的罪還輕，除非殺死妻子發生命案，才有可能最高刑責到絞刑處死。

孫紹祖在婚後對妻子迎春進行言語和肢體的暴力，以清代的法律來說，除非妻子受傷嚴重，且要妻子出面告官，政府才有可能視情況來介入處理。迎春在婚後一年多去世，也只能視為憂傷致病而亡，丈夫孫紹祖並不須承擔任何法律責任。

（二）婚姻法對奴僕不公

從上述《大清律例·妻妾毆夫》的條文可知，法律明顯對於相同罪行，卻因妻子或丈夫的性別不同，而給予不公平的懲罰。至於比妻子身分更低下的妾，在婚姻法律上的規定就更不公平了。《大清律例·妻妾毆夫》的「妾毆夫」與「夫毆妾」，以及「妾毆妻」與「妻毆妾」的法律規定如下：

> 若妾毆夫及正妻者，又各加（妻毆夫罪）一等。加者加入於死。（但絞不斬，與家長則決，於妻則監候。若篤疾者、死者、故殺者，仍與妻毆夫罪同。）〔註71〕

> （夫）毆傷妾至折傷以上，減毆傷妻二等，至死者，杖一百，徒三年。妻毆傷妾，與夫毆妻罪同。過失殺者各勿論。〔註72〕

從法律的刑罰來看，同樣是毆打丈夫，但是「妾毆夫」的罪，要比「妻毆夫」

〔註71〕《大清律例·刑律·鬥毆下·妻妾毆夫》，卷28，頁71。
〔註72〕《大清律例·刑律·鬥毆下·妻妾毆夫》，卷28，頁71。

的罪,再加一等。若是丈夫毆打妾室受傷,比毆打妻子受傷的罪,還要減輕兩等。如果是丈夫毆打妾致死,竟然沒有死刑,只要杖一百,徒三年。現實生活中,可能只要給予地位較低下或是家境較貧窮的妾室家人,一些錢財當作賠償,就算是死亡官司,也可能輕鬆擺平。

> 可以看出《大清律例》之中,對於夫妻妾相毆其論罪科刑的位階非常分明,而且是以夫毆妻、夫毆妾、妻毆妾減輕;而妻毆夫、妾毆妻和夫加重,這種身分上的尊卑排序。〔註73〕

所以當賈璉被妻子抓姦在床時,熙鳳也是怒氣無處發洩,兩人分別都因遷怒打了平兒。平兒身為妾室,縱使有百般無奈及辛酸,面對丈夫和嫡妻的暴力,除非真的傷重,親自告官,否則也只能隱忍下來。

　　香菱被薛蟠納為妾室時,薛姨媽還特意宴請擺席,也算慎重其事地將香菱納入薛家。婚後她與薛蟠僅度過了一小段幸福的時光,因為丈夫很快便迎娶嫡妻夏金桂。香菱不善妒,可惜夏金桂驕縱成性,對於丈夫之前納入的這個溫柔小妾極度討厭,甚至還聯合她自己的陪嫁丫鬟寶蟾一起來陷害她。香菱三番兩次都被迫害成功,惹來薛蟠兩次怒打。香菱的命運跟平兒一樣,被夫婿責打,也被嫡妻虐打,有苦難言。她在婚姻中是極度弱勢的一方,她既身為小妾也是奴僕,明哲保身之計,也只能小心行事、萬般忍耐。

小結

　　本章以《紅樓夢》裡所呈現的清代婚姻風俗意義,和與婚姻相關的幾項重要的法律條文加以分析。

　　第一節探討《紅樓夢》裡的婚俗意義,婚姻嫁娶是人生大事,但不同出身或階級的人,就會產生不同的婚姻締結方法。依據第二章的分析,《紅樓夢》裡可分四大婚姻類型,而和這些婚姻類型所相對應的締結婚姻的方式,分別是選婚制度、聘娶制度以及買賣婚、強迫婚、贈婚等。賈元春是透過選婚制度走入皇室婚姻,而書中著墨最多的四大家族,以及和他們同階級的達官貴人,遵循著門當戶對的聘娶制度,不斷地透過兒女聯姻,來維繫或擴張家族的血脈或政經地位;一般平民如劉姥姥們,也是遵循傳統聘娶制度來完成婚

〔註73〕林侑儒:《大清律例「妻妾毆夫」條之規範分析與司法實踐》(臺北:元照出版公司,2020年2月),頁10。

姻大事。至於常因身分地位的差距，也會出現買賣婚、強迫婚和贈婚等特殊婚姻締結方式。

　　至於在婚姻締結的條件方面，分別從婚禮、婚齡、媒人、嫁妝四個面向來加以歸納分析。透過婚禮可以「合兩姓之好」，是「禮之本」，所以自古以來藉由婚禮的進行，來完成「事宗廟、繼後世」的婚姻目的。本研究以書中描寫的各項婚禮準備或習俗，對照《儀禮・士昏禮》「納采、問名、納吉、納徵、請期、親迎」的六禮程序，發現在《紅樓夢》裡描寫最完整的一個婚事就是賈寶玉和薛寶釵的婚禮。雖然此次婚禮是賈、薛、王三家再次親上加親，但為了給寶玉沖喜倉促進行，但是雙方也是努力完成重要的婚禮儀式。從婚前禮到婚禮的真正舉行，到婚後的回門或省親，我們也可以從中發現媒人與嫁妝的重要性。

　　第二節以《紅樓夢》書中所出現的婚姻法律加以釐清，小說敘寫隱含清代婚姻法的運用。主要依照《大清律例》裡規定身分禁止、行為禁止和時間禁止三個面向，以良賤不婚、居喪不婚，與中表親之婚等法律條款，和書中描寫情節加以印證。

　　作者在情節進行時，穿插許多與婚姻相關的法律事件，例如書中數量眾多的奴婢，他們的婚姻安排多由主子發派安排，少數能夠被恩典恢復良籍、或當主子的小妾，他們可能會受到良賤不婚的法律禁止所影響。至於書中出現因皇室喪事、因親屬過世，而出現違反守喪法律的賈璉偷娶尤二姐和寶釵嫁寶玉的兩場婚禮，部分狀況與當時法律有所牴觸。至於中表親的婚俗雖於法禁止，但實際上像寶玉、寶釵的姨表親，和寶玉、黛玉的姑表親聯姻，社會現況中時常出現，後來法律也作了修正，聽從民便。

　　接著，特別從《大清律例・妻妾毆夫》的法律規範中，經過對照比較，我們可以發現某些法律的規定或懲處，對於夫與妻妾在性別角色上或是賤民身分的小妾人權上，這些法律明顯規定不公。

第五章 《紅樓夢》裡婚姻生活的寫作手法

　　《紅樓夢》中寫到了許多夫妻的婚姻生活，本章節主要是以嫡妻的角度來探討婚姻生活的寫作手法。首先，紅樓中眾多走入婚姻的女子，婚姻的結局幾乎都是悲劇收尾，書中描寫最詳盡的是寶玉和寶釵婚禮，同步夾敘黛玉病危到離世的情節，讓死亡的悲傷與婚禮的喜悅同步並敘，似乎也暗喻黛玉死亡象徵「淚盡」，完成此生任務，所以對黛玉而言也並非是個悲傷結局；婚禮中的新郎寶玉和新娘寶釵，透過婚禮締結夫妻，卻不代表一生幸福喜悅。作者既用映襯對比的寫作手法，又蘊含反諷意涵；也試著分析婚姻中的夫妻情感轉移或消逝的問題，有人因配偶死亡而情意被迫中斷或消滅，有人則因為心與情感已經轉移離開到他人身上，而情愛轉淡或昇華為家人親情。接著剖析書中林黛玉、王熙鳳、薛寶釵這三位女性角色，她們分別具有某些讓人或褒或貶的人格特質，作者塑造這些特質的背後究竟想傳達什麼思想或理念？最後，針對男女角色的婚姻關係和行為，可以看出《紅樓夢》裡的婚姻百態，在不同的婚姻模式裡皆蘊含教化意義。

第一節　婚姻結局，死哀悲空

一、死亡與婚禮，悲喜並進

　　《紅樓夢》的喪事描寫，比婚禮描寫來的多與詳盡，唯一一場比較勾勒清楚的婚姻安排，就是寶玉和寶釵的婚事，包括婚前禮、正婚禮和婚後禮。

　　從第九十六回開始，賈、薛二家因為寶玉身體狀況不佳而興起沖喜的想法，於是快速推展了長輩口中的「金石良緣」。黛玉因為繪聲繪影，約略感覺長輩們的婚事安排新娘非她，讓原先就已羸弱的身體更加惡化。先是吐血，接著了無生意，只求速死；病篤時身邊只有紫鵑、雪雁和鸚哥在旁關照服侍。黛玉惱怒和悲傷，將寶玉所贈手絹和自己多年的詩稿焚燒，欲斷癡情，病情也一天比一天惡化。

　　從前那個疼愛黛玉這個外孫女的賈母，得知黛玉生病，也特別前來探望，但此時她的心情不像往日疼惜與熱絡，反而變得鎮定冷淡許多，因為賈母現在的心思，都在寶玉的健康問題和婚禮籌備上。賈母探望黛玉時，發現她身體狀況真的很不好，若是往昔，必定會悲傷的哭泣、心疼的安慰，然後趕緊想方設法尋找更厲害的醫生來醫治，應該也會加派更多僕人來瀟湘館前後看照。但此時的賈母只是態度冷靜的跟鳳姐說，黛玉的此次病情好像很難痊癒，還擔心寶玉和黛玉之間有什麼情感的糾葛；唯一的積極建議，好像就是跟寶玉一樣，也可借個沖喜婚來扭轉病情：

> 我看這孩子的病，不是我咒他，只怕難好。你們也該替他預備預備，沖一沖。或者好了，豈不是大家省心。就是怎麼樣，也不至臨時忙亂。咱們家裏這兩天正有事呢。……我方才看他卻還不至糊塗，這個理我就不明白了。咱們這種人家，別的事自然沒有的，這心病也是斷斷有不得的。林丫頭若不是這個病呢，我憑著花多少錢都使得。若是這個病，不但治不好，我也沒心腸了。（第九十七回，頁1500）

賈母的一連串發言，聽起來好像是個與外孫女偶爾才相見的外祖母所說的話，而不是已經朝夕相處七、八年以上的情深祖孫。當然賈母和鳳姐現在最擔心煩惱的，是寶玉和寶釵的婚事安排，所以對於黛玉的病情冷漠處理，比起黛玉的健康，他們比較煩憂的是寶玉能否早日恢復心智，後來也漸漸疏於關心了。

　　現在還陪在黛玉身邊的，就是她那忠心的婢女紫鵑和雪雁。一直跟黛玉情同姊妹的丫鬟紫鵑，想去瞧瞧寶玉現在在做什麼，她想要替生病的黛玉看看，平日疼愛她的那些親屬究竟在哪？怎麼不見他們的關心與詢問，也怪罪起無情的寶玉。紫鵑去探查的路上，馬上從墨雨口中得知寶玉即將成婚的消息，難過得暗自怨懟寶玉，急忙回去瀟湘館照顧黛玉。當她發現黛玉病況不佳時、覺得不妥時「叫了黛玉的奶媽王奶奶來。一看，他便大哭起來。這紫鵑

因王奶媽有些年紀，可以仗個膽兒，誰知竟是個沒主意的人，反倒把紫鵑弄得心裏七上八下。」（第九十七回，頁1507）沒想到連資深的老僕也慌了手腳，紫鵑又急忙想到榮國府因為寡居身分、而無法參加婚禮的長媳李紈，請她過來協助。

李紈來到黛玉房裡時，林之孝的來傳話，這時婚禮要開始了，需要紫鵑過去服侍新娘，讓寶玉不會起疑心。平兒恰巧也來關心黛玉情況，知道婚禮要調用紫鵑，便自作主張將雪雁派去婚禮，讓姊妹情深的紫鵑留下來處理黛玉的後事。

黛玉這邊正面臨生死交關之際，寶玉那邊卻眾人簇擁迎接新娘，熱熱鬧鬧拜堂成親，正是「那邊鑼鼓喧天娶新媳婦，那邊的喜襯著這邊的悲」〔註1〕。黛玉身邊只有李紈、平兒和紫鵑幾人陪伴服侍，寶玉這邊幾乎是家族重要成員都來協助婚禮的進行。死亡與婚禮的兩個場景交替進行，悲喜並進：一邊冷清、一邊熱鬧；一邊哭泣、一邊歡樂；一邊死亡、一邊成親，令讀者忽冷忽熱，也隨之情緒起伏：

> 情節的繼續發展是：寶玉洞房花燭之際，正是黛玉飲恨嚥氣之時。
> 一廂喜樂細奏，一廂悲不成聲！……作者一廂寫黛玉深恨寶玉焚詩斷情，一廂又寫寶玉以為即可與黛玉成親喜不自勝。〔註2〕

這樣一悲一喜的情節交錯，運用相互映襯、對比的寫作手法，讓人既為黛玉求愛不可得之死而哀傷辛酸，更為被蒙在鼓裡茫然完成婚禮的寶玉而悲歎無奈。白先勇認為這是很重要的一回，要仔細看這一回的文字和布局：

> 寫黛玉之死，作者非常會安排，黛玉把自己的詩稿，還有寶玉的那兩塊手帕——那上面有她的淚和她的詩，那個詩等於是給寶玉的自己的心聲，也是情詩，一起焚燒掉，燒詩稿，等於黛玉自焚，把自己燒掉了。我說過，詩是黛玉的靈魂，她不留在世上，也不留給寶玉，她自己焚稿斷癡情，把自己的感情化為灰燼。正在這同時，薛寶釵出閨成大禮，他寫這個強烈的對照，只見新人笑，哪聞舊人哭，對比得非常好。〔註3〕

〔註1〕白先勇：《白先勇細說紅樓夢》（臺北：時報文化出版企業股份有限公司，2018年3月，二版一刷），頁846。

〔註2〕羅德湛：《紅樓夢的文學價值》（臺北：東大圖書股份有限公司，1911年8月，增訂初版），頁88～89。

〔註3〕白先勇：《白先勇細說紅樓夢》，頁835。

所以，黛玉焚詩稿、燒手帕，展現出自己在柔弱外表中隱藏著堅決的愛。黛玉孤單的病死，這一生未能與心儀的寶玉結為佳偶，是作者延續黛玉葬花的悲劇思維，來為自己短暫的一生畫下結局。

寶玉和寶釵的婚禮看似喜事一樁，其實新郎寶玉的精神狀態並未復原，他始終以為蓋起紅頭巾與他拜堂成親的新娘，是他的意中人黛玉。而蓋起頭巾、坐上花轎與寶玉拜堂成親的新娘寶釵，從她知道母親與賈家安排這個沖喜婚起，對她而言，不論婚禮的規模或時間安排都有難言的委屈；何況這個與她成親的新郎，也沒有跟她走到情意相通的愛情路上，更悲傷與難堪的是，新郎根本誤以為新娘是黛玉而不是她。

根據作者一開始的情節鋪陳，即是黛玉第三世在人間的主要任務，就是要對神瑛侍者轉世的寶玉「還淚報恩」，既然淚盡達成報恩使命，那麼她的死亡象徵超越人間輪迴，反倒可以歸列仙班。所以黛玉死亡的安排，對黛玉來說，不是悲劇是喜事。

寶玉在婚禮結束後得知新娘不是黛玉，一開始病情加重，後來好似忘掉了黛玉已死的悲傷，與妻子寶釵平和度日。他在家人的期盼下，接受他以往不喜歡的讀書科考，也與姪子賈蘭一起赴考，還以第七名高中金榜。從寶玉結婚到金榜題名後出家，大約經歷了一年多的時間，在這段時間寶玉做足了好孫子、好兒子、好丈夫的角色，但他的內心感受又是什麼？這段時間若沒有天人交戰與委身求全，為何一參加科考後，連生養自己快二十載的家都不想回去，馬上追求自己想了結塵世俗緣的渴望呢？因此身在婚禮現場的新郎寶玉，其實是悲劇的主演者，婚後一年多的日子，更是悲劇的延伸。

寶玉拋卻家庭出家求道，是不孝的行為，所以作者多敘寫了一段寶玉在大雪中，跟父親賈政拜別的場景。這個場景相當重要，因為父母恩重難報，跪拜道別讓賈政能夠釋懷，也能夠讓這樣的心態，轉達給賈府其他失落悲傷的親友。寶玉科考高中，間接使皇帝願意讓父親賈政能夠免罪復官，也算報答父恩並光宗耀祖一番。更重要的是，他留有一個血脈給賈府的親屬，一個賈家希望的苗火、一個宗族的傳承。

喜慶的婚禮，蘊含悲傷與無奈。寶玉從婚禮到出家，最後還是選擇面對自己的初心。但是可憐的寶釵，沒人理解她答應婚事時的無奈，還得在婚姻中努力扮演賢慧的妻子與孝順的媳婦，也終究無法讓丈夫跟她情意相通、恩愛廝守。跟她的大嫂李紈一樣，丈夫過世或丈夫不歸而育有子女，在當時社

會環境裡算是幸運的安排，因為像她們這樣的富家媳婦，經濟資源已較平民寡母多太多，只要這個媳婦願意好好養育夫家子嗣血脈，願意安於寡居守節的規範，後半生自然生活無虞，最後還可能獲頒貞表牌坊，或像金榜高中的賈蘭一樣，也讓母親李紈獲得至高無上的殊榮，成了誥命夫人。

二、婚姻中的情感轉移與消逝

《紅樓夢》裡眾多夫妻的婚姻生活，只有少數幾對有特意寫出夫妻日常的生活交流。若是新婚燕爾的夫妻，多數甜蜜互動；但若是結褵多年的夫妻，日常早已缺少情愛的火花，較常出現的是家族人情往來，或者以子女教養為溝通重心。若為一夫一妻多妾的婚姻關係，更常看到丈夫與妻妾的互動，也會產生親疏差別。以下就《紅樓夢》裡幾對重要夫妻的婚姻日常，加以剖析，以釐清《紅樓夢》婚姻中丈夫與妻妾交流的狀況與其背後隱藏意義。

（一）賈璉與王熙鳳、平兒、尤二姐、秋桐

《紅樓夢》裡的夫妻日常，描寫最多的就屬賈璉和王熙鳳的夫妻生活。賈璉在迎娶門戶相當的熙鳳為妻後，兩人也度過一段恩愛的浪漫生活，他更在妻子的安排之下，納了平兒為妾，後來還有父親賈政贈與秋桐為妾。婚姻生活看似順遂，可惜賈璉的天性風流，屢次勾搭家中奴僕的妻子，也瞞著長輩與妻小，在外面偷納尤二姐為妾。

賈璉在婚姻中扮演的就是一位好色淫逸的丈夫，身為榮府嫡長孫，他捐了個同知的官位，其實是個虛缺。雖然對外看似他與妻子共同料理榮國府家務，但治理家務的權力，並非由父親賈赦和繼母邢夫人所移轉下來的，而是由叔父賈政和嬸母王夫人委交給妻子王熙鳳。因此，實際上府內的大小人事安排與經濟往來，真正實權是在妻子熙鳳手上。

書中描寫最多的就是賈璉婚內出軌的好色形象，他曾與多姑娘廝混，又與鮑二家的私通。多姑娘與鮑二家的是家中奴僕的妻子，他多次淫逸奴僕之妻，其實站在法律的角度，這樣的行為早已觸法。況且鮑二家的在被熙鳳發現他倆的不倫後，還因此自盡而亡，也惹出了一場官司。

妻子鳳姐在評估考量後，將四位陪嫁丫鬟中的平兒納為屋裡人，不論是她或是平兒，若能生下兒子，讓丈夫有子傳後，跟個性溫和又凡事敬她的平兒共事一夫，可能是鳳姐勉強可以答應的娶妾安排。可惜好色的天性和家族男性多納妾的潛移默化影響下，他又背著妻子偷納尤二姐，再加上父親賈赦

又贈他一妾秋桐，他年紀輕輕已有一妻三妾了。

　　賈璉與熙鳳的恩愛場景在新婚之際甜蜜異常，但漸漸的，當鳳姐辛苦的操辦家務時，他開始尋求外面的歡樂。他與平兒也有濃情蜜意的情感交流，但是平兒避諱鳳姐的善妒，所以努力做個低調中庸、不爭寵愛、追求三人能和平共處的小妾。至於尤二姐，我們從迎娶前後，可以看出賈璉似乎也為尤二姐的溫柔嬌態深深吸引，尤二姐也真心喜悅的接受賈璉，以為他是個可以倚靠一生的良人，卻沒想到恩愛的生活十分短暫，自從她被安排入住賈府後，她的命運已在鳳姐的計謀下，步步走向死亡。秋桐也曾短暫獲取丈夫的一些疼愛，但是在鳳姐的設計與挑撥之下，她成為一個年輕氣盛的善妒小妾。在她被利用來批鬥尤二姐的同時，也開始成為鳳姐的次要敵人了，她被汙衊生肖屬兔，沖煞尤二姐胎兒，被要求到他處暫避，也被離間了與夫婿賈璉之間短暫的恩愛關係。秋桐年輕氣盛的個性，讓她無法在尤二姐死亡後，記取妻妾相處的重要原則和分寸。在後面的故事安排中，鳳姐死後，秋桐仍與平兒爭寵，最終被丈夫遣返娘家。

　　賈璉與熙鳳的夫妻情誼，在生活的摩擦中快速轉移與消逝。賈璉曾在鮑二家的、平兒和尤二姐等人的面前，批評熙鳳善妒愛吃醋，而且還會戲謔地說希望她快死。賈璉對生病的妻子熙鳳，絲毫不見身為丈夫的關心和擔憂，熙鳳也在妻權和金錢的雙重操控下，切斷了夫妻的情感交流。

（二）賈政與王夫人、趙姨娘、周姨娘

　　賈政與正室王夫人的夫妻相處日常，書中並無太多描寫。比起其他賈家男子，賈政算是家族中比較有家業擔當的子弟。賈政十分符合曼素恩眼裡的那種男子：「就理想而言，男人以學生的身分，揭開了人生的序幕，在奮力求取官職的過程中完成終身大事，並且在家庭生活的義務與擔官任職的責任之間維持平衡」。〔註4〕賈政長年在外任官，若是在家，對母親晨昏定省十分孝順，對兒子的教育問題也特別關心。他與王夫人結縭數十年，夫妻兩人若有言語交流，多半是家居對話，或是家中事務的商討，主要的溝通幾乎也都是繞著兒子寶玉打轉，少有噓寒問暖或情意交流的傳遞，生活上也沒什麼交集。他倆發生最大的一次生活衝突，也是為了金釧兒投井一事，賈政暴打賈玉。

〔註4〕曼素恩（Susan Mann）著、楊雅婷譯：《蘭閨寶錄：晚明至盛清時的中國婦女》（臺北：遠足文化事業股份有限公司，2005年11月），頁134。

王夫人見丈夫對兒子往死裡打，過去勸說和護衛，演變到最後，王夫人只好來個以死相逼的苦肉計：

> 王夫人哭道：「寶玉雖然該打，老爺也要自重。況且炎天暑日的，老太太身上也不大好，打死寶玉事小，倘或老太太一時不自在了，豈不事大！」賈政冷笑道：「倒休提這話。我養了這不肖的孽障，已不孝；教訓他一番，又有眾人護持；不如趁今日一發勒死了，以絕將來之患！」說著，便要繩索來勒死。王夫人連忙抱住哭道：「老爺雖然應當管教兒子，也要看夫妻分上。我如今已將五十歲的人，只有這個孽障，必定苦苦的以他為法，我也不敢深勸。今日越發要他死，豈不是有意絕我。既要勒死他，快拿繩子來先勒死我，再勒死他。我們娘兒們不敢含怨，到底在陰司裏得個依靠。」說畢，爬在寶玉身上大哭起來。賈政聽了此話，不覺長嘆一聲，向椅上坐了，淚如雨下。王夫人……不覺失聲大哭起來，「苦命的兒嚇！」因哭出「苦命兒」來，忽又想起賈珠來，便叫著賈珠哭道：「若有你活著，便死一百個我也不管了。」此時裏面的人聞得王夫人出來，那李宮裁王熙鳳與迎春姊妹早已出來了。王夫人哭著賈珠的名字，別人還可，惟有宮裁禁不住也放聲哭了。賈政聽了，那淚珠更似滾瓜一般滾了下來。（第三十三回，頁511～512）

這場父親管教兒子引發的夫妻衝突，竟讓賈政無奈落淚，王夫人也隨之心疼哭泣，演變到最後，竟然勾起兩人和媳婦李紈，一起想到那個因病早逝的賈珠，心中更是悽苦萬分。

當賈政尚未納趙、周兩位姨娘為妾時，王夫人跟丈夫必定也度過了一段甜蜜恩愛的婚姻生活，只是後來丈夫納進了趙姨娘和周姨娘〔註5〕，丈夫婚姻的重心可能就會從嫡妻王夫人這邊，轉移到兩位侍妾身上。況且故事一開始王夫人已經四十多歲了，對她而言，夫婿賈政長期忙於公事，不常在家，二十多年的婚姻生活，可能與丈夫的恩愛感情早已昇華為親人之情，她最在乎的應該是子女而非丈夫。

〔註5〕趙姨娘和周姨娘何時成為賈政妾室的時間，書中並無言明。趙姨娘的長女探春小寶玉一歲，因此趙姨娘最晚也在寶玉出生年附近，就被納為小妾。至於周姨娘，感覺並不得寵，是否不如趙姨娘青春貌美，她也未生育子女。因此或許她可能是王夫人的陪嫁丫鬟，年紀比趙姨娘年長，類似平兒的角色與個性，年輕時避著王夫人的妒意少與賈政親暱，因此無子。

　　至於趙姨娘跟賈政的日常生活反而較多接觸，因賈政的生活起居是由趙姨娘服侍的，賈政較常留宿趙姨娘房中，與趙姨娘同眠共枕，這也符合趙姨娘可能較王夫人年輕貌美〔註6〕的推論，縱使出身比不上王夫人，也博得賈政多年來的疼愛。雖然她也為丈夫生下了探春和賈環，讓自己的妾室地位更加鞏固，但是她的孩子永遠都只是庶子和庶女，永遠也比不上寶玉和元春。婚姻裡的妻妾身分不公，直接影響到嫡庶子女的資源與發展，所以趙姨娘的生活重心除了服侍丈夫賈政外，就以自己和賈環的人際發展和權力爭奪為主要關注焦點。

　　王夫人的生活重心，隨著妾室的進門和三位子女的出生，她可能會不自覺的淡化人妻角色，而轉變為人母和人媳的角色為主。身為富貴千金，女教之學必定教她要相夫教子、侍奉公婆、操持家計、以和為貴。我們可以推論的是賈政年約五十多歲，王夫人也快五十歲，男性和女性在身體發展和生涯發展上，常出現不同的感受：

　　　　而在傳統社會中，男性到了五十歲還可以繼續走上人生的巔峰，在
　　　　仕途登上最高的官位，得到最大的成就；但女性到了這個年齡時，
　　　　因為生育期即將結束，就已經算是初步進入晚年了。〔註7〕

所以年輕時的王夫人終日忙著養育賈珠、元春和寶玉，還有賈母委託照料養育的迎春、探春和惜春這三位表姊妹。在長子賈珠過世後，培養好的嫡系血脈英年早逝，除了惋惜外，更多的是喪子的悲傷情緒。在女兒元春嫁入皇室後，身邊就只剩寶玉陪伴，因此王夫人的生活重心更是完全聚焦於寶玉。

　　至於賈政的另一個侍妾是周姨娘，在小說中幾乎要就快要忘記她的存在，變成一個無聲音的女子，她的出場幾乎總是跟在趙姨娘的身後。她的出身來歷與年齡成謎，但她的個性透過探春的說法來瞭解，周姨娘不像趙姨娘一樣，會做出跟丫鬟大吆小喝有失身分地位和體統的行為，她應該個性溫和不欺人，比起趙姨娘，在賈府上下的評價高多了。周姨娘在故事中也沒有任何與丈夫賈政情感交流的場景，她和丈夫之間，或許早已失去男女情愛感受，最重要

〔註6〕趙姨娘確切和王夫人相差幾歲，書中沒明說，但從以下幾個線索：一、探春
　　　比寶玉小一歲；二、賈蘭比寶玉小五歲，反推賈珠大寶玉最少十歲以上，所
　　　以王夫人和以趙姨娘頭胎生育的年齡相差十餘歲。因此當王夫人四十多歲時，
　　　趙姨娘才三十初頭歲。

〔註7〕歐麗娟：《大觀紅樓》（母神卷）（臺北：國立臺灣大學出版中心，2015 年 9 月），
　　　頁 270。

的是她沒有替丈夫生下一男半女，兩人之間連子女的管教聯繫都沒有了。

歐麗娟認為：「一個女人唯有擁有孩子，尤其是有兒子，才能確立地位，得到穩固的保障，『母以子貴』的道理最能說明這一點。」〔註8〕的確如此，所以當周姨娘看到趙姨娘死後，賈家人對她的寡情與輕視，不禁感嘆起趙姨娘有兒子賈環和女兒探春，死後尚且不被夫家重視，何況自己都沒幫夫家生育任何子嗣，以後自己的晚年或死後，又會得到怎樣淒涼的待遇？對周姨娘來說，或許她與趙姨娘的個性並不契合，但在賈府她倆常常一同出席活動，幾乎同進同出，說話的機會也多，丈夫賈政只是名分與經濟上的支柱，趙姨娘反倒像是她的姊妹，是她在賈府中最重要的情感依附。

（三）賈珍和尤氏、佩鳳、偕鸞、文花

賈珍是賈敬之子，世襲三品爵威烈將軍。他雖為賈家族長，也是寧國府長孫，卻無法肩負起治理家業的重責大任。表面上，賈珍在賈府的喜慶宴席場合，都能禮儀周全，擔任起家族重要活動的重責，但實際上，他「公私冗雜，且素性瀟洒，不以俗務為要，每公暇之時，不過看書著棋而已，餘事多不介意。」（第四回，頁74）更糟糕的是，他私下與賈璉、薛蟠等晚輩，常一起吃喝嫖賭，他的妻子尤氏與賈璉的妻子熙鳳將賈家男子這些荒誕行為都看在眼裡，卻也無力阻止。

賈珍曾在兒媳秦可卿過世後的治喪過程，表現得比可卿的丈夫、也就是自己的兒子賈蓉還悲慟。他不顧賈政勸阻，向薛蟠要了價值一千兩銀子的上好棺材，更拜託王夫人，求她讓王熙鳳來料理可卿的後事，好讓喪禮風光體面。接著又花了一千五百兩銀子，幫兒子賈蓉捐個龍禁尉前程，好讓治喪的靈幡經榜上，有個稱頭的官名，使秦可卿成為誥命夫人。他對媳婦的死，看待得異常重視，超越一般公公對媳婦去世的反應，也讓外人聯想到他與媳婦之間，是否發生有如焦大所說的爬灰事件。

尤氏是賈珍的繼室，雖然不是嫡妻，但也是元配死後迎娶入門的妻子，所以在此一併討論。賈蓉和惜春都是賈珍的正室所生，尤氏她沒有為丈夫生育任何子女，所以光從無子這一點來說，她恐怕也沒權力阻止夫婿納妾。她的繼母老尤是帶著尤二姐與尤三姐改嫁到她家的，可以猜想尤氏的父親家世環境並不好，自然尤氏的出身，也比不上其他賈家嫡妻，所以感覺她個性溫

〔註8〕歐麗娟：《大觀紅樓》（母神卷），頁271。

順、處處忍讓，還因為賈璉偷納尤二姐為妾一事，被熙鳳責罵是「又沒才幹，又沒口齒，鋸了嘴子的葫蘆，就只會一味瞎小心圖賢良的名兒」（第六十八回，頁1068）。其實她也勸阻過賈璉與尤二姐的婚事，但是對於丈夫的決定，她也無力勸說成功，面對晚輩鳳姐的責罵，也只能不停道歉。可見她與賈珍，曾經在婚姻中的甜蜜情懷，早已被現實的無奈消磨殆盡，尤氏在夫家也始終放低姿態、盡量委屈順從，才能保全自己僅存的地位與身分。

其實鳳姐曾經說過「珍大嫂子，他不算甚老」（第七十四回，頁1155）。賈母約大家賞月時，因尤氏說她要陪賈母一夜，賈母還開玩笑說尤氏和賈珍是「小夫妻家」，應該月圓日也要夫妻倆團圓團圓的。尤氏紅了臉，笑道：「老祖宗說的我們太不堪了。我們雖然年輕，已經是十來年的夫妻，也奔四十歲的人了。況且孝服未滿，陪著老太太頑一夜還罷了，豈有自去團圓的理。」（第七十六回，頁1190）所以賈珍和尤氏雖然已當公婆，但實際上年齡並不大，尤其是尤氏，理應又比丈夫小許多歲。依照尤氏自己的說法，她和賈珍結縭十多年，兩人約三十多歲，賈母還會對媳婦說這樣開玩笑的話，可以看出尤氏平日對賈母的恭敬服侍，也讓賈母頗為疼惜，更希望晚輩能夠夫妻和睦甜蜜，最好尤氏能為賈珍生育子嗣，更加鞏固她在寧國府的媳婦地位。

尤氏和賈母的這段對話，是尤氏唯一一次提到丈夫與婚姻的關係。尤氏多次出場，身後總是跟著賈珍的小妾，「這二妾（佩鳳、偕鴛）亦是青年姣憨女子」（第六十三回，頁990），賈珍的兩人小妾跟湘雲、香菱、芳蕊等人年齡相仿，當聚會時總說笑不停，感情融洽。第七十五回賈珍帶領妻子姬妾，在會芳園叢綠堂家聚賞月，「賈珍因要行令，尤氏便叫佩鳳等四個也都入席」（第七十五回，頁1180），賈珍的四個小妾就是佩鳳、偕鴛、文花，另一人書中未提及名字。這些的小妾想必都比尤氏年輕貌美，書中曾經寫到賈珍聚會結束，也沒有回到尤氏房間，而是去佩鳳房裡過夜。

此外，賈珍對尤氏的兩個沒有血緣的妹妹也敢指染，可見尤氏對賈珍的風流縱慾的享樂行為，也只能消極的隱忍放下。尤氏跟賈珍小妾一起出現的場合，雖然彼此互動的狀況都蠻和諧的，但多少正室真的可以跟妾室真心相處而不妒忌。尤氏的婚姻生活，可能很多時間都過得十分隱忍與孤單。

（四）賈赦與邢夫人、嫣紅、翠雲

賈赦是賈母的長子，邢夫人是他的繼室。賈赦的官爵是襲官而來的「一等將軍」，照理來說，身為嫡長子的他，應該會比弟弟賈政更受家族或父母的

重視，但其實賈母沒與長子同住，更沒把治理內務的職權，交代給長媳邢夫人，而是將治家大責委託給次媳王夫人，所以榮國府的二房賈政與王夫人，比起大房賈赦和邢夫人，不管是在財政經濟大權的掌握或母親的關愛程度上，明顯二房勝過大房。

邢夫人雖為賈赦繼室，但也是明媒正娶的正室，可以推論的是，她與尤氏的身分和角色十分相似，她倆同為繼室，但出身應當是比不上王夫人的顯赫高貴，婚後也都沒有生下一男半女。因此，她倆在賈府的地位，都比不上王夫人和王熙鳳，也總是一副以夫為尊的行事作風。其次，身為繼室沒有生育，對丈夫的兒女也都沒有太多母親的慈愛，讓夫妻之間也欠缺如王夫人和賈政的育兒交流機會。

根據書中描寫，賈赦最少出現一個嫡妻（賈璉的母親）外，一位繼室（邢夫人），三位姜室（迎春的母親和嫣紅、翠雲），其實應該還有更多小姜，只是書中沒有特別寫出，因為第六十九回曾經提到「賈赦姬姜丫鬟最多」〔註9〕。當賈赦娶進邢夫人時，應該也過了一段新婚浪漫的夫妻生活。可是，賈赦本性好色，身為繼室的邢夫人看在眼裡，也無法阻止丈夫性好漁色的風流習性。故事中，他們幾乎沒有出現任何行動或言語的交流，感覺兩人的夫妻情愛早已消逝。

最可悲的是，邢夫人必須去替丈夫開口遊說欲娶鴛鴦一事，她先跟媳婦王熙鳳商議，卻得到一番看似提醒、實則是嘲笑的規勸：

> 老太太常說，老爺如今上了年紀，作什麼左一個小老婆右一個小老婆放在屋裏，沒的耽誤了人家。放著身子不保養，官兒也不好生作去，成日家和小老婆喝酒。……老爺如今上了年紀，行事不妥，太太該勸才是。比不得年輕，作這些事無礙。如今兄弟、侄兒、兒子、孫子一大群，還這麼鬧起來，怎樣見人呢？（第四十六回，頁703）

這些話從自己媳婦嘴裡說出來，讓邢夫人又惱又氣，反倒幫丈夫辯駁一番。

〔註9〕熙鳳曾對邢夫人說賈赦「左一個小老婆右一個小老婆放在屋裏」（第四十六回，頁703）；平兒對鴛鴦說過大老爺太好色，「『略平頭正臉的』姑娘、丫鬟就不放過」（第四十六回，頁707）。第六十九回也提到賈璉因父親賈赦，將眾多妻姜丫鬟中的秋桐贈送給他當小姜，內心十分開心，因他平日跟秋桐早已眉來眼去，只是畏懼父親的威勢和身分，不敢做出逾越之事，誰知父親竟因他辦事順利，就賞銀一百兩，並贈送一位十七歲的秋桐，賈璉也因為有了秋桐這位新姜，立刻把之前跟尤二姐的濃情蜜意拋諸腦後，就跟他的父親一樣皆好色成性。（第六十九回，頁1079）

可她也說了一句話「我勸了也未必依」，顯現她在家中地位就是不如丈夫，也表達出她尷尬的立場，自己只好私下安排張羅。先去跟鴛鴦說了被拒後，又託鴛鴦的嫂嫂一起遊說，此事被婆婆得知，自然又換來一番「你倒也三從四德，只是這賢慧也太過了」（第四十七回，頁 717）的反諷。

賈赦看妻子邢夫人辦事不利，自己也曾出面去跟鴛鴦的哥哥金文翔威逼此事。可見賈赦在要納鴛鴦為妾這件事上，堅持到失去了一位賈家老大爺的形象；也讓自己妻子的邢夫人，落得裡外都被嘲諷的尷尬人角色。而賈赦選擇逃避母親的責罵，卻仍鍥而不捨地繼續對外買妾：

> 邢夫人將方才的話只略說了幾句，賈赦無法，又含愧，自此便告病，且不敢見賈母，只打發邢夫人及賈璉每日過去請安。只得又各處遣人購求尋覓，終久費了八百兩銀子買了一個十七歲的女孩子來，名喚嫣紅，收在屋內。不在話下。（第四十七回，頁 721）

經過這件風波，邢夫人也沒有因順承夫意而獲得賈赦的疼惜，他反倒惱怒地花重資再購小妾入門，丈夫的感情又轉移到另一年輕女子身上，邢夫人仍舊得不到婚姻裡的夫妻情愛。

（五）寶玉和寶釵

前面已經提到，寶玉和寶釵的婚禮舉辦得相當匆忙，主要是為了幫寶玉沖喜，祈求他身體趕快恢復健康。而且賈家和薛家此時家道也大不如前，寶玉身上還帶有姐姐元春的功服，所以在這個多事之秋，雙方家庭也只好低調迅速的舉辦婚禮。寶釵在答應婚事時，已經知道寶玉生病，而且寶玉以為自己的新娘是黛玉，想必寶釵心裡也是五味雜陳。甚至眾人辛苦隱瞞，既要家人、奴僕小心保密，更在婚禮進行時，讓黛玉的隨身丫鬟紫鵑（後來是雪雁過來幫忙），力求婚利順利完成。試想身為新娘的寶釵，知道母親答應婚事時的反應：「寶釵始則低頭不語，後來便自垂淚。」（第九十七回，頁 1502）新婚之夜，寶玉知道新娘不是黛玉而是寶釵，舊病復發。賈母與襲人和鳳姐在喜房協助安撫，寶釵全程也是低頭不語、默默陪同。後來寶玉被安排一同陪寶釵婚後回門，寶釵在母親面前也只能「心裏只怨母親辦得糊塗，事已至此，不肯多言。」（第九十七回，頁 1502）可見，她心裡對這段婚姻有難言之苦，卻無人可傾訴。

寶玉的狀況一天比一天嚴重，四處尋醫問藥後，終於意識稍微清醒。清醒後的寶玉先跟襲人問起婚禮一事，又跟襲人說乾脆讓黛玉和他兩個病人共

置一室，不論生與死都可以在一起。此番言論正好被寶釵聽了，馬上對他曉以大義，要他為賈母和王夫人等長輩著想，專心養病才是孝順行為。寶釵趁勢跟他說明黛玉已經病逝的消息，此事讓寶玉大哭悲痛，寶釵也因此被長輩責罵她此舉造次。

寶釵並非一時氣憤衝動，才違逆長輩的提醒：「寶釵早知黛玉已死，因賈母等不許眾人告訴寶玉知道，恐添病難治。自己卻深知寶玉之病實因黛玉而起，失玉次之，故趁勢說明，使其一痛決絕，神魂歸一，庶可療治。」（第九十八回，頁1519～1520）寶釵原本被多人誤會，不該將黛玉已死之事跟寶玉說，所幸寶釵個性沉穩冷靜，寶玉精神也日漸康復，夫妻倆也開始有了日常對話交流。寶釵常在床邊照顧寶玉，也常對他正言規勸。寶玉在赴瀟湘館弔哭黛玉後，在家人用心照料和調養後，身體也逐漸康復，長輩們也重新再幫兩夫妻擇吉日宴客，讓他們做對真夫妻。

兩人的婚事到此確實底定，寶玉看似從黛玉過世的悲傷中，快速恢復精神，還願意開始讀書；寶釵看似苦盡甘來，與寶玉開始正常的夫妻生活，其實不然。婚後的寶玉還是心裡常惦記著黛玉，他去找紫鵑問明白黛玉病逝的經過；也會偶爾愁眉不展、想起黛玉悲傷落淚。這些看在外人眼裡癡情的舉動，看在寶釵心裡難道沒有特別的感受嗎？

寶釵其實也知道寶玉對黛玉的心意，成婚後她只能做個賢妻與賢媳，也沒有做出要寶玉立即忘掉黛玉的行為。她婚後的生活重心，就是全力照顧丈夫的起居，陪他聊天與溝通觀念，默默做她應該做的工作。雖然書中提到寶玉也曾釋懷的欣賞寶釵的優點：「又想黛玉已死，寶釵又是第一等人物，方信金石姻緣有定，自己也解了好些。……又見寶釵舉動溫柔，也就漸漸的將愛慕黛玉的心腸略移在寶釵身上，此是後話」（第九十八回，頁1520），但實際上寶玉仍無法全心對待寶釵。

若是寶玉願意真心跟寶釵同心共度終身，為何在參加科舉考試後，立即割捨俗世、決定出家？這必然是長時間的心理掙扎與籌畫，所以寶玉在婚後一年多的時間，表面上與寶釵同床而居，其實內心並沒有將她視為終身伴侶，反倒將她視為一個照顧他的姐姐，又可以幫他處理家中瑣事和代盡孝道，感覺寶玉對寶釵的敬意比愛意多。

寶釵雖然聽從長輩安排與寶玉締結金玉良盟，可惜婚娶之時，寶玉的精神常恍惚瘋傻，婚禮還是長輩們以掉包的障眼法才勉強完成，等到寶玉得知

所娶新娘並非黛玉時，茫茫然舊病萌發。雖然婚後好似神智恢復，偶而也能度過正常婚姻生活，寶玉也願意順應眾人之願與賈蘭共赴考場，看似一切步入正軌，寶玉似乎也慢慢忘卻黛玉。就在婚姻中重見光明之際，卻傳來寶玉出考場後，消失不歸；接著公公又帶回寶玉隨一僧一道離去的消息。此時懷有身孕的寶釵，彷彿又步入大嫂李紈的後塵，成為一個母代父職、撫養遺腹子的母親。

（六）孫紹祖與迎春

賈迎春有「二木頭」的譏名，個性老實但懦弱怕事。她在為人處事上常隱忍退讓，或許這樣的個性跟她是庶出身分有關，但是跟她有類似出身的探春，個性卻勇敢果決。她跟賈璉是同父異母的兄妹，但無法看出兄妹情深的情景，甚至兄嫂熙鳳也很少特意照顧這個小姑，她的繼母邢夫人並不疼愛她，還常會被責罵，所以迎春個性愈趨怯懦。

因為在家中是個不被重視的女兒，所以當父親賈赦積欠孫家五千兩銀子時，想到的竟然是將迎春嫁到孫家；看似門當戶對的用心選婿，實際上感覺是賣女抵債。古代兒女的婚姻大事，最主要的決定者就是父親，雖然奶奶賈母和叔叔賈政都覺得此婚配並不適當，但是其父賈赦獨斷堅持，仍將她許給了孫紹祖。

在賈赦的眼裡，孫家跟榮、寧府有世交，孫紹祖生得相貌魁梧體壯，現在兵部候缺題陞，個性應酬權變，年紀未滿三十，重要的是家資饒富，又尚未有室，所以在賈赦眼裡的孫紹祖，是個人品、家世都相當優秀的良緣佳婿。說來諷刺，不知是賈赦打探不夠清楚，還是急著想要將欠孫家的五千兩債務一筆勾消，所以當弟弟賈政勸誡他時，仍不改心意，急忙為女兒舉辦婚禮。

孫紹祖個性驕奢淫逸又暴力，迎春的婚姻生活似乎沒有幸福的時光，迎春的奶娘回到賈府請安時，趕緊跟眾人說起孫紹祖眾多淫逸荒誕、虐待妻子的荒唐行為：「姑娘惟有背地裏淌眼抹淚的」（第八十回，頁1275）。迎春回家後跟王夫人訴說委曲，她告訴家人孫紹祖「一味好色，好賭酗酒，家中所有的媳婦丫頭將及淫遍。」（第八十回，頁1278）身為妻子的迎春跟孫紹祖本不相識，相信一開始也沒有任何夫妻情誼，但是當時父母或媒妁安排的婚姻，大多夫妻在婚前也不相識。身為嫡妻和孫家媳婦，迎春應該是在婚後，才發現丈夫有諸多好色惡習，只能希望夫婿在婚後能夠收斂起這些行為，當她鼓起勇氣勸阻，卻被責罵是「醋汁子老婆擰出來的」，反倒被說是善妒愛吃醋。

接著便惱羞的提起五千兩欠銀，也遷怒迎春，覺得迎春算是被賣還債的身分，沒資格和他充夫人娘子。所以迎春的婚姻生活中，開始出現言語和肢體的暴力，本性溫順懦弱的迎春，只能黯然接受這悲慘的暴力婚姻。今天如果換成是熙鳳嫁給孫紹祖，想必她可能會起而抗爭，而不只是像迎春一味順承受虐。

因為婚姻已成定局，所以疼惜迎春的王夫人，也只能消極地以命定論來安慰與規勸：「已是遇見了這不曉事的人，可怎麼樣呢。……我的兒，這也是你的命。……不過年輕的夫妻們，閑牙鬥齒，亦是萬萬人之常事，何必說這喪話。」（第八十回，頁 1278）

剛走入婚姻的迎春，自幼即喪母，父親又不疼愛，現在結婚後又受丈夫欺凌，王夫人卻她要認命，她雖悲痛不甘地不想吞忍卻也無力改變，所以當孫紹祖派人來接她回家時，她也只能順從的回去孫家。

婚姻裡的迎春，沒有嘗過夫妻之間的濃情蜜意，婚後卻受盡折磨，只剩委屈和眼淚。婚後才一年，當迎春病重的訊息傳回賈家時，賈母也正值病重之際，賈母聽了也十分悲傷，後來便傳來迎春病死的壞消息，賈家的人因賈母病篤，賈赦也不在家，所以只能派她同父異母的兄長賈璉去孫家了解處理：「可憐一位如花似月之女，結褵年餘，不料被孫家揉搓以致身亡。」（第一〇九回，頁 1657）因為此時賈家也自顧不暇，又無長輩代為出面，最後就讓孫家草草完結迎春的喪事。

迎春的婚事就是典型「父母之命，媒妁之言」的傳統婚配，迎春沒有權利違逆父親安排的。丈夫孫紹祖素行不良，淫逸好色，婚後也不思收斂，反而不斷地以金錢問題來責難妻子迎春。走入婚姻後的迎春，飽受精神與肉體的雙重折磨，娘家也沒有人願意幫她出面，最後年方二十就病逝，正是「嘆芳魂艷魄，一載盪悠悠」〔註10〕，結束她短暫悲劇的一生。

（七）李紈和史湘雲的青春守寡

李紈出場的時候已是寡母的角色，她的丈夫賈珠十四歲進學，後來兩人成親後生了賈蘭，但婚姻生活維持沒多久賈珠就因病去世了，此時李紈應該也是與丈夫年齡相仿或小幾歲，所以李紈的婚姻生活只有短暫的幾年，接下

〔註10〕賈寶玉在太虛幻境聽到十二支曲，其中《喜冤家》一曲：「中山狼，無情獸，全不念當日根由。一味的驕奢淫蕩還構。覷著那，侯門艷質同蒲柳；作踐的，公府千金似下流。嘆芳魂艷魄，一載盪悠悠」，正是描寫迎春婚後的不幸遭遇。見第五回，頁 92 和 106。

來的人生，就只剩下她與兒子賈蘭相依為命。

　　身為金陵名宦李守中之女的李紈，雖然族中男女皆讀詩書識字，但他父親對於女子的教育理念是「女子無才便有德」，只許女兒接受傳統女教，要求女兒以紡績井臼為要，連為女兒取名「李紈」，字「宮裁」，都蘊含女教之意。李紈身為賈政的長媳，雖然喪夫時年紀輕輕，卻得掩飾青春開朗的本性，努力做好長媳晨昏侍親、照顧小姑小叔、專心育兒的本分。

　　李紈曾經在賈母面前哭過兩次，第一次是寶玉被告狀逼死金釧兒時，王夫人看到賈政暴打寶玉衝過去阻攔時，突然想起去世的長子賈珠，讓在旁邊聽到婆婆哭喊丈夫姓名的李紈，也忍不住放聲大哭起來。

　　李紈第二次流淚，是賈母跟寶玉談到賈蘭的學習狀況，欣喜曾孫子的聰慧，希望他未來有點出息。此時賈母看著李紈，又想起賈珠來，對寶玉說：「這也不枉你大哥哥死了，你大嫂子拉扯他一場，日後也替你大哥哥頂門壯戶。」（第八十八回，頁1387）說到這裡就哭了。李紈聽了先勸說賈母別難過，勸著勸著自己也忍不住哭了出來。

　　李紈還有一次提到丈夫時，也曾在大家面前潸然落淚。李紈跟大家品嘗螃蟹宴時，看到平兒來幫鳳姐拿螃蟹回去吃，她喝了些酒，抓住平兒跟大家談論起賈府男主子的屋裡人。李紈說她羨慕鳳姐能有平兒，平兒能有鳳姐，兩人雖為妻妾關係，但其實雙方的感情比和夫婿賈璉的更好。李紈此時的感嘆是：「想當初你珠大爺在日，何曾也沒兩個人。你們看我還是那容不下人的？天天只見他兩個不自在。所以你珠大爺一沒了，趁年輕我都打發了。若有一個守得住，我倒有個膀臂。」（第三十九回，頁600）說完之後流下淚來。賈珠雖然年輕就過世，但是賈家的習慣是會幫男主子，先選幾個女子放在屋裡服侍，例如襲人在寶玉房裡照顧他，所以李紈提到丈夫身邊的人，應該也類似這樣的安排。只是透過李紈的嘴裡說出，她並不嫉妒，反而羨慕熙鳳可以擁有像平兒這樣貼心的小妾。可見李紈在寡居的婚姻裡，除了平日的家庭聚會外，私下的家居生活就是教育兒子，想必生活「槁木死灰」，過得十分孤單，可能連個說知心話的人也沒有。

　　湘雲個性乾脆俐落、愛說愛笑，性情爽朗，但是造化弄人，幼時父母雙亡無法共享天倫，寄居叔父家也不受疼愛，到賈府寄住時才能有一段快樂時光。原本以為婚配了一個才貌雙全、性情又好的夫婿，偏偏婚後沒多久就得了癆病去世，她青春喪偶、獨守空閨的漫長人生，也步上李紈的後塵。

第二節　褒貶各陳，以小喻大

一、褒貶黛玉，還淚緣盡

　　《紅樓夢》的作者曹雪芹，藉著神話的傳說，故意將真事隱去，也引出林黛玉和賈寶玉兩人三生三世的因緣糾葛。相傳女媧鍊石補天時，僅剩一塊未用丟棄，該石自經鍛鍊之後，通了靈性。一僧一道見後，便用幻術使它成為一塊美玉，又在石上鑴上「莫失莫忘，仙壽恆昌」八個字，便成為青埂峰下的三生石，這是賈寶玉的第一世，而林黛玉的第一世是西方靈河岸邊，三生石畔的一棵仙草。根據一僧一道的說法：

> 只因西方靈河岸上三生石畔，有絳珠草一株，時有赤瑕宮神瑛侍者，日以甘露灌溉，這絳珠草始得久延歲月。後來既受天地精華，復得雨露滋養，遂得脫卻草胎木質，得換人形，僅修成個女體，終日游於離恨天外，飢則食蜜青果為膳，渴則飲灌愁海水為湯。只因尚未酬報灌溉之德，故其五內便鬱結著一段纏綿不盡之意。恰近日這神瑛侍者凡心偶熾，乘此昌明太平朝世，意欲下凡造歷幻緣，已在警幻仙子案前掛了號。警幻亦曾問及，灌溉之情未償，趁此倒可了結的。那絳珠仙子道：「他是甘露之惠，我並無此水可還。他既下世為人，我也去下世為人，但把我一生所有的眼淚還他，也償還得過他了。」（第一回，頁6）

從無才補天的頑石，轉變為赤瑕宮的侍者，再到銜玉投胎賈寶玉，賈寶玉經歷了三生三世。黛玉本是一株絳珠仙草，因受神瑛侍者終日以甘露灌溉與天地精華，遂修練幻化為人形，後為報灌溉之情也隨之下凡，即為林黛玉。

　　林黛玉的母親賈敏是寶玉的姑姑，所以兩人也是姑表親。原本賈、林兩家門當戶對，奶奶賈母也頗為中意，這個外孫女可以成為自己的孫媳婦，但是黛玉出現了一個競爭者，就是寶釵。

　　先從外貌說起，初到賈府之日，大家眼裡的黛玉是：「眾人見黛玉年貌雖小，其舉止言談不俗，身體面龐雖怯弱不勝，卻有一段自然的風流態度」（第三回，頁46）；而寶玉眼裡的黛玉是這樣的風貌：「兩彎似蹙非蹙罥煙眉，一雙似喜非喜含情目。態生兩靨之愁，嬌襲一身之病。淚光點點，嬌喘微微。閑靜時如姣花照水，行動處似弱柳扶風。心較比干多一竅，病如西子勝三分。」（第三回，頁53）黛玉的外貌跟「生得肌骨瑩潤，舉止嫻雅」（第四回，頁71）

的寶釵，美貌各有千秋。

　　就行為舉止上，薛寶釵「年歲雖大不多，然品格端方，容貌豐美，人多謂黛玉所不及。而且寶釵行為豁達，隨分從時，不比黛玉孤高自許，目無下塵，故比黛玉大得下人之心。便是那些小丫頭子們，亦多喜與寶釵去頑。」（第五回，頁81）榮國府的丫鬟奴僕們人多嘴雜，在短短的時間內，便給黛玉和寶釵雙雙打了分數，似乎寶釵比黛玉來的人緣好很多，黛玉卻也因為他人這樣的評價而感到心情抑鬱。

　　就家族情感親疏來說，黛玉的母親跟寶玉的父親是親兄妹，賈母是黛玉的外祖母；寶釵的母親和寶玉的母親王夫人是姐妹，一個姑表，一個是姨表。一開始賈母對待這群孫字輩的孩子都視為小娃，也沒太多男女分際之防，寶玉和黛玉二人情同兄妹，晨夕相處，快速建立起特殊的感情。

　　因此，再就寶玉分別與黛玉和寶釵兩人的相處模式來看，寶玉和黛玉時常出現情侶般的關心、鬥嘴和撒嬌；而寶玉和寶釵相處交談時，比較像姐弟意見交流或討論。甚至我們可以發現，寶釵並沒有表露太多心儀寶玉的嬌媚姿態或情懷。

　　黛玉初見寶玉時，心裡「好生奇怪，倒像在那裏見過一般，何等眼熟到如此！」（第三回，頁52）寶玉初見黛玉時便對大家說：「這個妹妹我曾見過的。」（第三回，頁53）其實不管在眾人的心中，寶玉跟黛玉還是寶釵較為合適婚配，寶玉和黛玉的第三世，必定要有一段虐戀。

　　黛玉自憐寄人籬下的孤女身分；又自嘆體弱多病為別人造成困擾；自知不善人際交流，不若寶釵討他人喜愛。因此，黛玉陷入傷春悲秋、多愁善感的情緒之中，眼淚是她的心情與無奈，眼淚是她的感懷與抒發。雖然賈母疼她，但因寶玉失玉後精神恍惚，賈母與王夫人急欲以沖喜婚來找回寶玉的健康。此時的賈母在內孫與外孫女之間，自然選擇寶玉的健康與幸福，趕緊舉行婚禮，也因為聽聞此消息，讓原先健康不佳的黛玉身心俱疲，加速了病情的惡化，才十六歲就走完一生。

　　黛玉選中大觀園裡的瀟湘館居住，本意是「愛那幾竿竹子隱著一道曲欄，比別處更覺幽靜。」（第二十三回，頁363）但是在李紈創海棠詩社、眾人要為自己取別號時，探春故意開黛玉玩笑說：

　　　　「我已替你想了個極當的美號了……當日娥皇女英洒淚在竹上成
　　　　斑，故今斑竹又名湘妃竹。如今他住的是瀟湘館，他又愛哭，將來

他想林姐夫，那些竹子也是要變成斑竹的。以後都叫他作『瀟湘妃子』就完了。」大家聽說，都拍手叫妙。林黛玉低了頭方不言語。（第三十七回，頁559）

因為探春這樣的玩笑，連結「娥皇女英灑淚在竹上成斑」的故事，所以「『絳珠仙草』就是帶著淚斑的『瀟湘竹』的平行轉化……淚點斑斑構成了兩者的共同造型。」〔註11〕

　　在寶黛兩人的第一、二世中，並無男女情愛的因素存在，絳珠仙子感念神瑛侍者的澆灌恩情，願意下凡酬報此情，雙方並無愛情成分。對神瑛侍者來說，隨手澆灌絳珠草，即如孟子所說的惻隱之心，與大愛的隨手行善而已；對絳珠仙子而言，有恩當報莫相欠。只是到了第三世，兩人從兩小無猜的表兄妹，走進男女感情的發展，於是黛玉在種種情境下，總易感懷落淚，最終與寶玉無緣走進婚姻殿堂，淚盡而亡。

　　當賈寶玉在夢遊太虛幻境之際，聽到警幻仙子唱出暗喻十二金釵的「紅樓夢曲」，其中的第二曲《枉凝眉》，即是描寫寶玉和黛玉兩人三生三世的奇緣，黛玉為還澆灌恩情而下凡，最終「淚盡」而完結任務，了卻情緣：

　　《枉凝眉》一個是閬苑仙葩，一個是美玉無瑕。若說沒奇緣，今生偏又遇著他；若說有奇緣，如何心事終虛化？一個枉自嗟呀，一個空勞牽掛。一個是水中月，一個是鏡中花。想眼中能有多少淚珠兒，怎經得秋流到冬盡，春流到夏！（第五回，頁91）

　　其實，寶黛二人若是同為三世報恩的情緣而來到人世，自然任務完成，就得離開紅塵俗世，回歸仙班，反倒是圓滿的結局。寶玉在婚後曾經做過一個夢，夢裡有一位負責看管絳珠仙草的仙女跟他說起，關於降珠草下凡報恩，了結塵緣後，已可返歸仙境一事：「後來降凡歷劫，還報了灌溉之恩，今返歸真境。所以警幻仙子命我看管，不令蜂纏蝶戀。」（第一百十六回，頁1734）寶玉在一年多以後，既金榜高中，也替賈家留有血脈，似乎也稍微償還人間父母的養育情誼，也完成當初自願下凡感受俗緣的目的，便瀟灑的隨道士離去，最後又返回青埂峰下。

　　作者塑造黛玉的外貌，嬌美中帶有病態之美，聰慧善詩詞，與寶玉自幼

〔註11〕關於「絳珠仙草與娥皇女英的化身」的相關研究，可參閱歐麗娟《大觀紅樓》（正金釵）（臺灣：國立臺灣大學出版中心，2017年8月）一書中，頁120～127裡的論述。

青梅竹馬，兩人在長時間的朝夕相處之下，培養出許多共通喜好和思想。在寶玉面前的黛玉，常不自覺地流露出嬌嗔的神態，但也常自嘆身世而自卑自憐、感懷流淚。作者在第五回特意描寫寶釵外貌：「品格端方，容貌豐美，人多謂黛玉所不及」，且「釵行為豁達，隨分從時，不比黛玉孤高自許，目無下塵，故比黛玉大得下人之心。便是那些小丫頭子們，亦多喜與寶釵去頑。」（第五回，頁81）洪秋蕃認為從外貌和做人與品行上來評價寶釵和黛玉，看似寶釵勝於黛玉，其實不然。在黛玉和寶釵描寫手法中，作者「似是揚釵抑黛之文，豈知為尊黛貶釵之筆」：

> 今夫人孤芳自賞，高潔自期，不要譽於同儕，不見好於流俗，雖不為小人所喜，自為君子所欽；若夫毀方瓦合，和光同塵，效新莽之謙恭，師王孫之善媚，雖為小人所喜，實為君子所譏。釵黛造詣，涇渭如此，讀者自可得衡鑒之真，而皮相者猶謂黛玉性情乖僻，寶釵心地和平，抑何識見與小丫頭等哉！〔註12〕

可見，洪秋蕃透過作者的創作敘寫，對於個性孤傲高節、不善人情交際的黛玉，評價遠比寶釵來的高。涂瀛對於黛玉也是給予極高的評價：

> 人而不為時輩所推，其人可知矣。林黛玉人品才情，為《石頭記》最，物色有在矣。乃不得於姊妹，不得於舅母，並不得於外祖母，所謂曲高和寡者，是耶非耶？語云：「木秀於林，風必摧之；堆出於岸，流必湍之；行高於人，眾必非之。其勢然也。」於是乎黛玉死矣。〔註13〕

但是，王希廉卻認為「黛玉一味痴情，心地褊窄，德固不美，祇有文墨之才。」〔註14〕至於脂硯齋的點評則是：「按黛玉寶釵二人，一如姣花，一如纖柳，然世人性分甘苦不同之故耳。」〔王府 2b〕〔註15〕也就是他認為兩人在外貌方面各有不同風情，至於品行方面就讓讀者自己評判。

〔註12〕見馮其庸纂校：《八家評批紅樓夢》（北京：文化藝術出版社，1991年9月），頁136。

〔註13〕請參閱涂瀛〈紅樓夢論〉，頁45～46，收錄於馮其庸纂校：《八家評批紅樓夢》一書中。

〔註14〕見王希廉〈紅樓夢總評〉，頁4，收錄於馮其庸纂校：《八家評批紅樓夢》一書中。

〔註15〕曹雪芹原著，陳慶浩編著：《新編石頭記脂硯齋評語輯校》，頁114。

二、褒貶寶釵，良緣空待

作者透過寶玉的眼睛，寶釵的容貌是含蓄自然的：「薛寶釵坐在炕上作針線……唇不點而紅，眉不畫而翠，臉若銀盆，眼如水杏」。（第八回，頁140）寶釵在外人的眼中，具有「罕言寡語，人謂藏愚；安分隨時，自云守拙」（第八回，頁140～141）的嫻靜個性，是個外貌佳、會詩文、擅女工、理性端莊、安分守己的大家閨秀。

寶釵的出身是：「豐年好大雪，珍珠如土金如鐵」的薛家，父親早亡，有一兄薛蟠，與賈家是門戶相當。她的姨母王夫人嫁給榮國府的賈政，她的表姐王熙鳳嫁給榮國府嫡長子賈赦之子賈璉為妻，她們兩人在榮國府皆為明媒正娶的嫡妻，也都握有治理榮國府的實權。所以當她與母親薛姨媽、哥哥薛蟠寄住賈府，並非如黛玉有寄人籬下之感。相反的，寶釵的舅舅王子騰，官拜九省都檢點，是四大家族中官位最高的，所以賈家在官場上常需倚賴王家協助，薛姨媽雖帶著一雙兒女暫居榮國府，家中的經濟營利還是持續進行，自然被賈母奉為座上賓。

寶釵年長寶玉兩歲，她博學多才，琴棋書畫、詩詞歌賦皆精通。她遵循傳統賢妻良母的女教養成教育，所以能處事圓融、遇事冷靜，在賈家寄居時，對上對下都禮貌得體，獲得眾人極高評價。寶釵在母親面前，也是個乖巧聰慧的女兒；在面對嫂嫂與哥哥小妾秋菱之間的妻妾矛盾，以及婆媳爭吵，總能和緩冷靜的溝通處理。

大多數的讀者都會拿寶玉和寶釵的「金玉良緣」，和寶玉、黛玉的「木石前緣」相互比較。賈寶玉有通靈寶玉，上面印著「莫失莫忘，仙壽恆昌」；而薛寶釵也有金鎖，上面印著「不離不棄，芳齡永繼」（第八回，頁142），所以出現「金玉良緣」的說法。

黛玉曾兩次因為「金玉良緣」之說，而對寶玉生氣。對黛玉來說，若寶玉心裡沒別的想法，為何她一提此事，他就會著急慌張？

> 那林黛玉偏生也是個有些痴病的，也每用假情試探。因你也將真心真意瞞了起來，只用假意，我也將真心真意瞞了起來，只用假意，如此兩假相逢，終有一真。其間瑣瑣碎碎，難保不有口角之爭。即如此刻，寶玉的心內想的是：「別人不知我的心，還有可恕，難道你就不想我的心裏眼裏只有你！你不能為我煩惱，反來以這話奚落堵我。可見我心裏一時一刻白有你，你竟心裏沒我。」心裏這意思，

只是口裏說不出來。那林黛玉心裏想著：「你心裏自然有我，雖有
『金玉相對』之說，你豈是重這邪說不重我的。我便時常提這『金
玉』，你只管了然自若無聞的，方見得是待我重，而毫無此心了。如
何我只一提『金玉』的事，你就著急，可知你心裏時時有『金玉』，
見我一提，你又怕我多心，故意著急，安心哄我。」（第二十九回，
頁 462）

後來，又聽到史湘雲和寶玉都有金麒麟，是否又是另一項定情信物？黛
玉二度因金玉良緣一說，而自傷無父無母，可以為她安排婚事：

聽了寶玉的解釋，內心有喜又驚，又悲又嘆：所嘆者，你既為我之
知己，自然我亦可為你之知己矣；既你我為知己，則又何必有金玉
之論哉；既有金玉之論，亦該你我有之，則又何必來一寶釵哉！（第
三十二回，頁 500）

情人之間，再小的事情也可能被放大而產生誤會，更何況是如此心儀之人，
寶玉三番兩次與他人出現「愛的信物」，自然讓黛玉更加胡思亂想。

真正對金玉良緣之說推波助瀾的是王熙鳳，她在第八十四回裡曾在賈母
和邢、王二位夫人面前說：「現放著天配的姻緣，何用別處去找。……一個『寶
玉』，一個『金鎖』，老太太怎麼忘了？」（第八十四回，頁 1336）再加上賈母
之前早就有意無意地在寶玉和薛姨媽面前，稱讚寶釵「性格兒溫厚平和，雖
然年輕，比大人還強幾倍。……那給人做了媳婦兒，怎麼叫公婆不疼，家裏
上上下下的不賓服呢。」（第八十四回，頁 1333）因此，當熙鳳說出寶玉配金
鎖時，家中長輩聽到後，心裡更加篤定寶玉配寶釵的婚姻安排。

許多人都認為寶釵處心積慮地利用「金玉良緣」之說，想要當上寶玉的
妻子，說她是個有心機、擅權謀的女子，也常將她對於黛玉的意見溝通，視
為故意破壞寶黛二人情感的做法。其實寶釵多次對黛玉是付出真心的提點與
關懷；至於認為她急切想要婚配給寶玉，其實是一個莫須有的誤解。因「薛
寶釵因往日母親對王夫人等曾提過『金鎖是個和尚給的，等日後有玉的方可
結為婚姻』等語，所以總遠著寶玉。昨兒見元春所賜的東西，獨他與寶玉一
樣，心裏越發沒意思起來」（第二十八回，頁 447），就證明寶釵心裡等的那位
「有玉」的有緣人，並非寶玉。當薛姨媽對她的婚姻，自行答應後再回來跟
她商量，其實寶釵並不想接受這樣的婚姻安排。寶釵可說是金玉良緣說法的
第一受害者，她知道寶黛兩人早有情愫，她知道若不是被鳳姐等人進行調包

計謀，寶玉是不會答應這個婚事的。

不願違逆母親的寶釵，選擇勉強答應和寶玉結婚，但是從婚禮的安排到新婚之夜，寶釵最常出現的反應就是垂淚或低頭不語，安靜做好自己妻子的本分。婚後她勸寶玉要專心養病盡孝道，見他重拾書本內心欣喜，這些都是寶釵在符合社會價值下，必須要盡的妻子責任。她知道寶玉心中還有黛玉，跟寶玉相處時相敬如賓，總少了些新婚夫妻之間的親暱交流，還曾被寶玉覺得「話不投機」（第一百十三回，頁1704）而中斷話題。結果寶玉瀟灑離家求道，留她和肚裡孩子，再次在榮國府複製李紈和賈蘭孤兒寡母的生活模式。

當寶玉在夢遊太虛幻境，聽到警幻仙子的第一曲《終身誤》，即是描寫寶玉和寶釵的婚姻糾葛：

> 《終身誤》都道是金玉良姻，俺只念木石前盟。空對著，山中高士晶瑩雪；終不忘，世外仙姝寂寞林。嘆人間，美中不足今方信。縱然是齊眉舉案，到底意難平。（第五回，頁91）

所以從寶玉的角度來看，和寶釵結為夫妻，成就眾人眼裡的「金玉良緣」。在家人眼裡，寶釵婚後，寶玉身體康復，也願意讀書參加科考，夫妻倆舉案齊眉，平淡過日。只可惜在寶玉潛意識裡，還是心心念念著與黛玉的「木石前盟」，最終背離婚姻、獨留寶釵，追求他的人生理想求道而去。

襲人對於寶玉出家求道的決定感到十分傷心，日夜哭泣思念。她曾在夢裡看見寶玉是個和尚的模樣，為自己的未來感到悲痛不已，更為寶玉出家的行為，替寶釵抱屈：

> 寶玉必是跟了和尚去。上回他要拿玉出去，便是要脫身的樣子，被我揪住，看他竟不像往常，把我混推混揉的，一點情意都沒有。後來待二奶奶更生厭煩。在別的姊妹跟前，也是沒有一點情意。這就是悟道的樣子。但是你悟了道，拋了二奶奶怎麼好！（第一百二十回，頁1787）

確實如此，對賈家來說，寶玉了斷俗緣選擇出家，成就自己的理想，但站在世俗的角度來看，卻是自私的逃避現實，尤其虧欠了他的妻子寶釵，也拋卻了家族的子嗣傳承責任，所幸寶釵已懷有身孕，能夠為賈家再續血脈。但對寶釵來說，她未來的人生只剩下跟大嫂李紈一樣的選擇，待在賈府理家守節、安分育子，為夫家好好教養後代子孫，才是人生最重要的事。

書中對於寶釵的容貌形容是：「唇不點而紅，眉不畫而翠，臉若銀盆，眼

如水杏」（第八回，頁 140），一副天生麗質的姣好模樣，而她的個性：「罕言寡語，人謂藏愚，安分隨時，自雲守拙。」（第八回，頁 140～141），所以她是個聰慧手巧、言談謹慎、嫻靜理性的名門閨秀。脂硯齋點評寶釵的外貌，延續書中第五回關於寶釵外表的描寫，「與前寫黛玉之傳，一齊參看，各極其妙，各不相犯，使其人難其左右於毫末。」〔甲戌 115b〕〔註 16〕

前面提到許多評論會將黛玉和寶釵相互評比，例如洪秋蕃認為作者在描寫技巧上，「似是揚釵抑黛之文，豈知為尊黛貶釵之筆」〔註 17〕，而涂瀛在論及兩人品行時，也是認為黛玉才華高所以才會「曲高和寡」〔註 18〕，所以上述兩人對寶釵的評價低於黛玉。至於王希廉則認為「黛玉才高但德不美，寶釵卻是有才有德但福薄。」〔註 19〕

脂硯齋認為在外貌上兩人各有各的風情：「按黛玉寶釵二人，一如姣花，一如纖柳。」〔王府 2b〕〔註 20〕。

但在寶釵的性格和行事，評價不一。「擁林派」的學者或讀者，認為黛玉性情真摯，而寶釵不似表面天真善良，是個謀事深思的女孩；「擁薛派」的就主張寶釵不似黛玉嬌弱，做事聰慧冷靜，才是賈家孫媳的最佳人選。

三、褒貶熙鳳，機關算盡

曹雪芹多次提到王熙鳳的外貌，比較具體的描寫有兩次，第一次是黛玉與賈府眾多親戚的初次見面，也是她初次看見熙鳳，她的美麗和個性，都讓黛玉留下深刻的印象：

> 這個人打扮與眾姑娘不同，彩繡輝煌，恍若神妃仙子：頭上戴著金絲八寶攢珠髻，綰著朝陽五鳳掛珠釵；項上戴著赤金盤螭瓔珞圈；裙邊繫著豆綠宮絛，雙衡比目玫瑰佩；身上穿著縷金百蝶穿花大紅洋緞窄褃襖，外罩五彩刻絲石青銀鼠褂；下著翡翠撒花洋縐裙。一雙丹鳳三角眼，兩彎柳葉吊梢眉，身量苗條，體格風騷，粉面含春

〔註 16〕曹雪芹原著，陳慶浩編著：《新編石頭記脂硯齋評語輯校》，頁 182。
〔註 17〕馮其庸纂校：《八家評批紅樓夢》，頁 136。
〔註 18〕請參閱涂瀛〈紅樓夢論〉，頁 46，收錄於馮其庸纂校：《八家評批紅樓夢》一書中。
〔註 19〕見王希廉〈紅樓夢總評〉，頁 4，收錄於馮其庸纂校：《八家評批紅樓夢》一書中。
〔註 20〕曹雪芹原著，陳慶浩編著：《新編石頭記脂硯齋評語輯校》，頁 114。

咸不露，丹唇未啟笑先聞。（第三回，頁47）

黛玉未見熙鳳就聞其聲，果然外貌動人、風情出眾，賈母又說她的個性是「辣鳳子」。鳳姐一出場，大家的目光就被她的氣場吸引，她大方熱情又唱說俱佳，對黛玉又是稱讚美貌、又是拉手關心、又是落淚感嘆。此時的黛玉第一次走進賈府，心裡還戰戰兢兢、小心翼翼的，對鳳姐的熱情還來不及做任何反應。

到了第六十八回，作者又透過尤二姐的角度來看熙鳳的外表儀態：「尤二姐一看，只見頭上皆是素白銀器，身上月白緞襖，青緞披風，白綾素裙。眉彎柳葉，高吊兩梢，目橫丹鳳，神凝三角。俏麗若三春之桃，清潔若九秋之菊」。（第六十八回，頁1061）此時鳳姐看到尤二姐，也和初次看見黛玉一樣親切有禮，也馬上和尤二姐親暱的拉手進屋，展現熱烈歡迎之意，完全看不出她笑裡藏刀的心機，這些示好的舉動，也讓尤二姐原本擔心害怕的心情，快速緩和下來。

作者透過熙鳳的外貌描寫，讓人感受到她的美麗與風情。這樣的女子是能夠吸引男性的，所以丈夫賈璉跟她成親後，除了兩人是門當戶對的好婚配外，純粹男女雙方的情愛互動是熱烈的、是激情的。但是心思不定的賈璉，在許多因素的催化之下，他不斷被其他貌美的女性吸引，忘記當初新婚之際的恩愛情景。

鳳姐是賈璉叔母王家的內侄女，這樣的婚配稱得上是親上加親。她是王家第四代，第一代都太尉統制縣伯王公，第二代是管理國際貿易的行商，第三代就是姑姑王夫人、王子騰、薛姨媽等人，王子騰官至九省都檢點，手握軍權。跟賈家相比，鳳姐的娘家權勢毫不遜色，所以鳳姐在賈府雖然是個年輕的媳婦，但有姑姑王夫人委託當家重責，更讓她原本強悍好勝的個性，徹底的發揮出來。或許也是這樣強勢伶俐的做人處事方法，又掌握家族經濟大權，時間一久，丈夫賈璉就覺得跟妻子相處有壓迫感，轉而喜歡溫柔嬌媚的尤二姐。

鳳姐說到爺爺曾經負責進貢之事，粵、閩、滇、浙的洋船貨物都是由王家管理，可見當時王家深受朝廷重用，也掌握國家重要的經濟流通：「那時我爺爺單管各國進貢朝賀的事，凡有的外國人來，都是我們家養活。粵、閩、滇、浙所有的洋船貨物都是我們家的。」（第十六回，頁244）擁有富貴的家世，讓鳳姐在夫家，尤其是丈夫賈璉的面前，說話和做事的姿態，都是底氣十足。

在第二回中，冷子興與賈雨村談論起賈璉和王熙鳳兩人的狀況：

> 若問那赦公，也有二子，長名賈璉，今已二十來往了，親上作親，娶的就是政老爹夫人王氏之內侄女，今已娶了二年。這位璉爺身上現捐的是個同知，也是不肯讀書，於世路上好機變，言談去的，所以如今只在乃叔政老爺家住著，幫著料理些家務。誰知自娶了他令夫人之後，倒上下無一人不稱頌他夫人的，璉爺倒退了一射之地：說模樣又極標緻，言談又爽利，心機又極深細，竟是個男人萬不及一的。（第二回，頁34）

冷子興的話裡極度褒揚鳳姐，說她外貌標致、言詞爽利、心機深細，連男人都比不上她的行事作風。歐麗娟認為：「黛玉與鳳姐在男兒的教育之下，誠然都降低了三從四德之類施加在女性身上的馴化力量，而比較遠離溫柔貞靜的閨閣婦德，具有鮮明突出的自我個性，也都比別人更加爭強好勝。」〔註21〕的確如此，自幼似男兒的家庭教養模式，讓鳳姐說話做事的風格都與一般大家閨秀不同，處處可見她好強潑辣的性格。

將熙鳳的丈夫與之評比：賈璉的官位是捐官得來的，並非憑自己的才學靠科考獲得，他本來也需要協助父親治理家族，結果娶進這個聰慧能幹的妻子，於是他在實際生活上，可以遠離治家瑣事；在夫妻情感上，也被妻強夫弱的現況悄悄逼退。賈璉和鳳姐的夫妻情誼，隨著妻子在家族中的聲勢和權力越攀向高處，夫妻沒有太多思想上的交流，兩人的婚姻生活越趨向冷淡。

鳳姐管理榮國府，上下要安排調配的人數眾多，當時她年紀尚輕，上面有王夫人和賈母這樣的尊長，以及公婆賈赦和邢夫人，在這麼紛雜的人事關係和龐大的金錢調度之下，可以有能力被賦予當家理財的重責，且基本上鳳姐還能處理詳細，實屬不易。劉姥姥跟周瑞家的談論起鳳姊，兩人也是大力讚揚：

> 劉姥姥因說：「這鳳姑娘今年大還不過二十歲罷了，就這等有本事，當這樣的家，可是難得的。周瑞家的聽了道：「我的姥姥，告訴不得你呢。這位鳳姑娘年紀雖小，行事卻比世人都大呢。如今出挑的美人一樣的模樣兒，少說些有一萬個心眼子。再要賭口齒，十個會說話的男人也說他不過。回來你見了就信了。就只一件，待下人未免

〔註21〕歐麗娟：《大觀紅樓》（正金釵），頁640。

太嚴些個。」（第六回，頁114）

所以，熙鳳也說過她可是見過大世面的，加上從小家庭給予她的「假充男兒教養」，讓她不論是在檯面上還是在檯面下，都敢說敢言，就連觸法的事情也敢一再挑戰，終究引發抄家禍端。

在《紅樓夢》中，作者透過王熙鳳，塑造了一個成功的閨閣女子正反形象。在她的身上，可以看到漂亮聰慧、精明幹練的當家氣勢，更可以看到爭強好勝、陰險狠毒的處世手段。[註22] 冷子興對她的評價也是外貌標緻又善言心機，連男人也比不上的。她年僅二十歲時，就在王夫人的輔佐下在榮國府當家，就知道辦事能力不輸男子。

僕人興兒對尤二姐評論起王熙鳳，說她：「心裏歹毒，口裏尖快」（第六十五回，頁1030）、「嘴甜心苦，兩面三刀；上頭一臉笑，腳下使絆子；明是一盆火，暗是一把刀：都全占了。」（第六十五回，頁1031）。興兒年紀雖小，但在賈璉身邊一久，也看盡了鳳姐各種凶狠毒辣的行事風格，所以特別勸說尤二姐。可惜尤二姐不以為意，被鳳姐溫柔賢慧的偽裝所欺騙，一步步走進死亡的陷阱裡。

從第十二回起，作者開始描寫幾個大事件，來敘說鳳姐的處世方法和真實性格。第十二回寫她「毒設相思局」，狠毒地設局讓賈瑞上鉤導致後來病死；第十三回寫她「協理寧國府」，因秦可卿病逝要兼理寧國府，嶄露她的管理才幹；第十五、十六回的「弄權鐵檻寺」，寫她因為貪婪收賄，害死了兩條命，卻大賺三千兩，鳳姐不但不思悔改，還愈加恣意而為；到了第六十九回，更借刀害死了尤二姐。這些大量描寫鳳姐凶狠貪婪性格的事件，可以看出她在成功達成任務後，愈加大膽。她曾經對鐵檻寺的老尼說過：「（我）從來不信什麼陰司地獄報應的，憑是什麼事，我說要行就行」（第十五回，頁230），表示自己不信鬼神，凡事以追求對自己最大利益為宗旨，縱使因此損害他人權益或性命也無妨。

[註22] 薩孟武評論鳳姐：「此奸臣做為之惡有三：其一是奸滑，也就是見人說人話，見鬼說鬼話，謀取個人最大利益，又表裡不一，說一套做一套，表面識大體與人為善，暗裡又一個樣，做些利己損人的事。」「其次是狠毒，也就是完全無道德良知，凡不利我者，不分青紅皂白，必定是千方百計置之死地而後快，尤二姐吞金自殺，就是鳳姐的傑作。」「其三是貪財，也就是營私舞弊，收受賄賂，買賣職缺。」請參閱薩孟武：《紅樓夢與中國舊家庭》（臺北：三民書局股份有限公司，2018年6月，三版），頁178～179。

　　鳳姐趁著管理榮國府的好時機，將手上大筆現金，甚至是丫鬟奴僕的月錢都挪去放高利貸，但她種種貪婪行為，長期被她聰明機伶、善於迎合的行為掩飾成功，最後卻也因為她擁有的借券被查抄出來，成為賈家嚴重的犯罪證據。

　　鳳姐的丈夫賈璉，早就因為尤二姐被鳳姐間接折磨而死一事感到心寒〔註23〕，夫妻之間的感情更趨冷淡疏離。鳳姐因為小產後身體落下病根，接著又因為操辦賈母的喪禮，在人力與資金短絀之下，飽受負面評價，好強的鳳姐求好心切，病情加重。又因昔日借券成為抄家時被扣押的罪證，害丈夫賈璉被免去官職，雖然最後有官復原職，但夫妻嫌隙邊增，鳳姐內心羞愧，導致病情惡化。病榻前的鳳姐，身邊只剩下平兒全心照料，邢夫人、王夫人漠不關心，接著又因為家中經濟出現虧空和失竊的問題，對待鳳姐的態度更不悅；丈夫賈璉的態度竟是「近日並不似先前的恩愛，本來事也多，竟像不與他相干的」、「（賈璉）回來也沒有一句貼心的話」。（第一百十三回，頁1698）悔恨加鬱悶的心情，讓鳳姐在芳齡二十五歲時就病逝了。

　　寶玉在夢遊太虛幻境，聽到警幻仙子所演唱的第九曲《聰明累》，即是王熙鳳一生的寫照：

> 《聰明累》機關算盡太聰明，反算了卿卿性命。生前心已碎，死後
> 性空靈。家富人寧，終有個家亡人散各奔騰。枉費了，意懸懸半世
> 心；好一似，蕩悠悠三更夢。忽喇喇似大廈傾，昏慘慘似燈將盡。
> 呀！一場歡喜忽悲辛。嘆人世，終難定！（第五回，頁92）

鳳姐的刻薄狠毒，直接或間接害死了好幾條人命；她在搜刮金錢上不擇手段的貪婪行為，反倒破壞了許多人與人的基本情誼，尤其是當丈夫賈璉多次開口跟她提到錢財一事，她就馬上不留情面的拒絕，最後還因為辛苦積累的借券，成為重利盤剝的罪證。結果一生汲汲營營，事事好強爭利，死前身邊只剩平兒真心為她擔憂，不但人生空歡喜一場，最後還失去她寶貴的性命。

　　譚立剛認為「由於評論和戲劇塑型的影響，把王熙鳳的性格片面地看成

〔註23〕經過王熙鳳一連串的計謀，尤二姐身心俱疲，最後選擇吞金而亡，這一切似乎主要歸因於王熙鳳。但是才剛歡喜迎娶尤二姐的賈璉，才度過一小段恩愛婚姻生活，卻因身邊又多了秋桐這個贈妾，馬上將尤二姐冷落在一旁，因為他的不關心，所以並不知道尤二姐所受的苦，因此關於尤二姐的死亡，賈璉也是難辭其咎，只是他自己不自知，把責任全歸責給妻子王熙鳳。

是傳統社會貪、饒、嫉、兇、毒的化身。人們很少看到她謀（策畫）、機（靈敏）、慮（遠見）、憂（製肘）、變（應付）的才智。」〔註24〕所以導致對王熙鳳的評論「褒少貶多」〔註25〕。試想王熙鳳未滿二十歲時即嫁入賈家，縱使她是與賈家門戶相當、明媒正娶的嫡妻，夫家也有個姨母王夫人當她重要後盾，但若非她的處事俐落與善言靈巧，王夫人應該也不會把治理家務的重責，轉交給才二十出頭歲的熙鳳。

魯彩蘋認為說熙鳳「機關算盡太聰明，反算了卿卿性命」，實際上也不全然是她個人造成的結局，而是整個賈府和其他家族成員共同導致的悲劇結果，因為：

> 事實上在一個男權的社會裡，賈府的男人們都不學無術、鬥雞走狗、驕奢淫逸、遊手好閒，而把管理家政、教育子女的重責都推給了榮寧二府的女人們，具體來說由王熙鳳擔任此重任。而後王熙鳳在管家當中的種種行為，也是由於賈府男人的無所作為，長輩的放縱，家族榮耀之後的驕奢，導致王熙鳳在權力的道路上越走越貪婪、越來越殘忍，並不加以自我約束，以至於賈府走向徹底的衰亡。在中國文化當中，家和國事一體的，治國理家的道理也是一致的，曹雪芹的春秋筆法也正在此處。《紅樓夢》表面上寫賈府在王熙鳳的治理下走向衰敗，實際上事更有深意，女人們的貪婪失德是由於男人們的不學無術，一個家族的興衰榮辱又折射著整個國家政治體制的腐朽沒落。〔註26〕

對熙鳳的一生給予貶義的評價，的確也對她不公平，畢竟賈家兒孫一代不如一代，熙鳳嫁給賈璉後，也不是成為驕奢的貴族婦人終日享樂，而是被賦予治家的重責。從薩孟武給予熙鳳的負面評價上來看，除了貪財的個性比較屬於個人金錢慾望外，奸滑、狠毒的做事風格可算是後天養成，也就是說賈府的大環境無為縱容，讓丈夫賈璉跟她的夫妻淡薄情意，導致了她後來做出更多違法殘忍的行為。賈璉也直到妻子病逝，才想起她「素日來的好處，更加悲哭不已」（第一百十四回，頁1711），但此時後悔也來不及了。

〔註24〕對於「王熙鳳的特殊性格」之相關論述，請參閱譚立剛：《紅樓夢社經面面觀》（臺北：新文豐出版股份有限公司，1991年12月），頁358～362。
〔註25〕譚立剛：《紅樓夢社經面面觀》，頁356。
〔註26〕魯彩蘋：《紅樓夢中的寫作管窺》（蘭州：甘肅人民出版社2016年4月），頁42。

第三節　婚姻生活，蘊含教化

　　在《紅樓夢》裡，曹雪芹先建構出一個龐大的家族關係網絡，賈、史、王、薛是金陵四大家族，不僅擁有政治、經濟、軍事各方面的隆盛地位，他們更憑藉兒女聯姻來為拉攏關係，維繫政經、官場、人脈、血緣上的互惠互利優勢，成為大家眼中不可得罪、亟欲攀附的官僚集團。應天府的門子特別對賈雨村指點一下「護官符」的家族關聯：

> 如今凡作地方官者，皆有一個私單，上面寫的是本省最有權有勢，
> 極富極貴的大鄉紳名姓，各省皆然；倘若不知，一時觸犯了這樣的
> 人家，不但官爵，只怕連性命還保不成呢！所以綽號叫作「護官符」。
> （第四回，頁67）

　　賈家上有賈元春入宮為妃，家族又有多位男子封官襲爵，是盛極多代的皇親貴族世家；薛家是為皇家服務、負責採辦雜料的皇商；王家的王子騰官運亨通，高升為九省都檢點，掌握軍事大權；史鼎從忠靖侯又升任到外省大員。他們在婚喪喜慶時互相協助幫襯，在有官司纏身時互相奔走支援。除了四大家族外，林如海林家、夏金桂夏家、孫紹祖孫家、秦可卿秦家、李紈李家等，家族長輩都會彼此留意子女的婚姻大事，希望有機會可以安排牽線，讓彼此親上加親，從政經上的盟友，進一步成為血緣上的親友，鞏固「一榮俱榮」的家族命脈。

　　賈母在湘雲出嫁回門的時候，跟孫姪女談到過世的黛玉、婚姻不幸的迎春、懸宕已久的薛蟠殺人案件，薛家、邢家、甄家、和自己家中，都是家家有難言之事，這些都成為家族間互相影響的複雜人事，真的是「六親同運」〔註27〕（第一百八回，頁1632）。

一、富貴夫妻難白首，平淡守樸才長久

　　《紅樓夢》的賈母是家族聯姻的典型代表，史太君在聯姻政策下嫁入賈家變成賈婦，熬了數十年後，成為賈家最年長的精神領袖。這種家族聯姻首要目的是為了鞏固與擴張家族的勢力，讓政治與經濟上等各種利益，都能魚幫水、水幫魚的持續握在手中，至於締結婚配的兩位男女，其個人情感是不可凌駕於家族的利益之上的，也就是他們心中的想法是被忽略的。

〔註27〕「六親同運」是指近支親族休戚關係、命運相同。（見一百八回的注釋2，頁1642。）

　　在「父母之命，媒妁之言」的包辦婚姻中，結為連理的枕邊人，可能從未見過，也沒有思想或觀念的溝通磨合，就算心中願意也僅是順從父母長輩的安排，更何況有時當事人並不願意，也無法拒絕抗爭。外人眼中的門當戶對，並不是婚姻幸福的保證，走入婚姻後的相處，才是真正考驗夫妻關係的時刻；就算新婚時情投意合，時間一久，柴米油鹽、人際、育兒等各種婚姻現實狀況，都一一浮現。再加上這些官爵豪門的子弟，交際應酬機會多，出手闊綽，外在的誘惑也比平民百姓多，如果無法把持自己對婚姻的忠貞，社會也給予多子的合理期待。因此以賈家為例，幾乎所有的男子皆是一妻多妾，納妾或收屋裡人似乎是合理正常的事情，為家族增添子嗣，只是幫這些風流貪色的丈夫，提供一個合情合理的藉口。身為元配的眾家千金小姐，嫁為人婦後，多半只能黯然接受，丈夫的枕邊人越來越多的事實。

　　賈元春才貌雙全，嫁入皇室，是多少家庭羨慕的皇族婚姻，不但光宗耀祖，也替家族爭取到強大的政治與經濟後盾。可是我們在書中看不到元春在婚姻裡的幸福與喜悅，只聽到她說對家人說皇宮是個「不得見人的去處」，只有滿滿的與家人分開的離別之苦，當她說出「田舍之家，雖虀鹽布帛，終能聚天倫之樂；今雖富貴已極，骨肉各方，然終無意趣！」（第十七～十八回，頁 272）這句話的時候，內心應該是十分後悔嫁入帝王家的。

> 全書中最富貴的夫妻應該是皇上和賈妃，說正確些，他們是屬於夫與妾的關係。但是就算貴為皇帝和皇后，他們縱使享受到天下最尊崇最奢華的權勢與財富，也很難可以相知相守、終身廝守。皇宮裡的后妃都是婚姻中最悲劇角色，就情感上來說，眾人服侍一夫，本來就違反人性，更何況這些複雜的婚姻關係裡，充斥著權謀鬥爭與政治角力。〔註28〕

　　反觀平凡如劉姥姥，出身農家，家境貧困，雖然年事已高，還得拉下老臉到賈府籌錢，一生中好日子也沒能過上幾天。其女兒劉氏和女婿王成也是貧賤夫妻百事哀，終日生活重心應該就是柴米油鹽的瑣碎金錢支出，但他們卻是《紅樓夢》裡少數沒有婚姻破碎的夫妻，兩人坎坎坷坷度日，仍能貧賤與共，共度一生。

　　邢岫煙是賈府大太太邢夫人的侄女，舉家投奔姑媽。她生得「端雅穩重，

〔註28〕陳美玲：《紅樓夢裏的小姐與丫鬟》（臺北：文津出版社有限公司，2001 年 8 月），頁 25。

且家道貧寒，是個釵荊裙布的女兒。」（第五十七回，頁 892）她被安排寄居在二小姐迎春的紫菱洲，過著跟一般丫鬟一樣的日子，月例二兩，還得將一兩錢給父母，生活過得拮据，她仍守本守分。邢岫煙個性溫厚雅致、不慕虛榮；做事通情達理，安貧樂道，不怨天尤人。最後被薛姨媽看中，嫁給薛蝌，是紅樓女兒中，少數能擁有幸福婚姻的一個女子。

薛蝌與邢岫煙兩夫妻雖相遇於家道中落之際，他倆堅持善良本心、安樸守敬，不好高騖遠，也不懷憂喪志，謹遵本分做好當下應該做的事情。兩人情投意合相互吸引，長輩們也樂觀其事，雖然婚禮辦得簡單倉促，婚後也短暫借居姑媽家，兩小夫妻平淡和氣，才能細水長流、恩愛度日。

寶釵曾對寶玉談論起薛蝌的婚事：

> 算起來我們這二嫂子的命和我差不多，好好的許了我二哥哥，我媽媽原想體體面面的給二哥哥娶這房親事的。一則為我哥哥在監裏，二哥哥也不肯大辦；二則為咱家的事；三則為我二嫂子在大太太那邊忒苦，又加著抄了家，大太太是苛刻一點的，他也實在難受，所以我和媽媽說了，便將將就就的娶了過去。（第一百十四回，頁 1710）

薛蝌父親已逝，母親生病，這陣子陪伴在薛姑媽身邊，做事穩當，看在姑媽眼裡也頗為欣慰，準備以一個長輩的身分代為作主，好好地為姪子籌畫婚姻大事。寶釵知道邢岫煙孝順體貼，欣賞她的品德，所以也相當喜歡這個家族新成員。

在清代，「夫為妻綱」的儒家理學思想仍根深蒂固，尤其像四大家族這樣的豪門貴族，婚姻締結的條件首重家世，我們很難看到夫妻之間能互敬互重、地位平等、攜手共進的夫妻相處模式。婚後的女性在社會與法律的要求下，不但未婚時被要求在家從父、出嫁後從夫，甚至夫死要從子，不管她身為人子、人妻、還是人母，都處於家庭中較低下的地位，正室的地位都如此，何況是比妻子身分更卑賤的小妾們。就連賈母，她雖然年事已高，貴為賈府的精神領袖，但是在許多家族大事件上，還是由族長賈珍或者兒子賈赦安排做主，她並不能過度介入與干預。

賈母、王夫人和邢夫人這三位年紀較長、結婚年限比較久一點的夫妻，有的守寡，有的丈夫也多由妾室照料起居，跟丈夫的感情早已昇華為家人。年輕的夫妻，有的守寡，有的也早已失去新婚的甜蜜，丈夫也將心思轉向新納入的小妾，實在很難找到一對夫妻能夠真心對待、相親相愛、廝守到白頭

的。相反的如劉姥姥這樣的平凡家庭，或是像薛蝌和邢岫煙夫妻願意同甘共苦，生活過得雖然平淡，卻比較能夠相互體諒，維繫較長久的夫妻關係。

二、命名讖語已注定，金釵簿冊好事終

《說文解字》云：「讖，驗也。」〔註29〕讖語，一般人常以為它能預示未來凶兆。在《紅樓夢》中，讖語的運用，可衍生許多形式出現，如物讖、夢讖、戲讖、圖讖等，而這些文字圖案等隱語，往往暗中揭露人物性格或故事發展，預示人物未來命運發展。胡聯浩認為：

> 《紅樓夢》中有大量的讖語，以各種形式隱約或委婉地預示家族、人物包括愛情的命運或結局，既是一種獨特的寫作手法（伏筆法，草蛇灰線法），屬結構性密碼，又增添了文字的趣味性和神祕感。
> 〔註30〕

曹雪芹創作《紅樓夢》時，透過書中眾多人物或事物的命名，特意選字擇意，或是取用諧音、或是引用歷史典故、或是反面諷刺，來隱喻或透露該人物的性格或命運特點，同時也暗示情節發展的走向。

寶玉在神遊太虛幻境時，看見薄命司「金陵十二金釵正冊」，警幻仙子道：「即貴省中十二冠首女子之冊，故為正冊」。（第五回，頁85）所以，我們以十二金釵的命名，來做讖語的討論，試著從作者針對金釵名字的特意設計，來分析金釵們的婚姻發展與命運。

十二金釵正冊的十二位女子分別是林黛玉、薛寶釵、賈元春、賈探春、史湘雲、妙玉、賈迎春、賈惜春、王熙鳳、巧姐、李紈和秦可卿。在她們的命名中最典型的讖語形式，就屬「元春、迎春、探春、惜春」四位堂姊妹，她們名字中的首字組合是「元迎探惜」，即為「原應嘆息」之意。

賈元春嫁入皇室，看似享盡富貴榮華，也成為賈家最大的政治靠山。身為皇帝眾多妻妾之一的她，即使享有婚姻的幸福甜蜜，也多是短暫的恩寵，對她來說與家人骨肉分離更為悲苦；賈迎春是賈赦的庶出女兒，她無奈地接受父親安排所嫁非人，婚後被丈夫孫紹祖身心羞辱和折磨，短短一年後便病逝。賈探春是賈政庶女，是賈家最有遠見、最有能力的女子，她曾努力對日

〔註29〕〔漢〕許慎撰、〔清〕段玉裁注：《說文解字注》（頂淵版），頁90。
〔註30〕胡聯浩：《紅樓夢愛情密碼》（北京：時代出版傳媒股份有限公司，2011年3月），頁17。

益衰敗的賈家進行改革，可惜礙於女子身分和時機，終究無法扭轉家族命運。
書中沒有寫到她的婚姻生活，只知道她被安排遠嫁，也須面對與家人骨肉分
離之苦。賈惜春是賈珍的妹妹，但她與其他三位姊妹自幼共住賈母身旁，本
身性格較為孤僻冷漠，她與妙玉交情好，多少受她的影響，最後選擇終生獨
身，以「獨臥青燈古佛旁」成為最後的人生結局。這四位正金釵的名字首字
組合「原應嘆息」，可說是清楚暗示這四位女子一生的結局，將是令人嘆息不
已的悲劇走向。

　　秦可卿諧音「情可輕」，正如甄英蓮諧音是「真應憐」；而嬌杏即為「僥
倖」，本嫁給賈雨村為二房，後因生了兒子，恰巧又遇嫡妻病故，嬌杏便幸運
地被扶作正室，這樣的命運安排實在僥倖。以上列舉幾個名字，與上面的賈
家四姊妹的命名，都採取諧音法，透過文字的讀音，轉化成另一個隱喻的意
思。胡文彬研究《紅樓夢》中的姓名藝術後指出，作者擅長「以姓名字號隱喻
人物的形象性格、命運。例如，林黛玉、薛寶釵、史湘雲、李紈以及元、迎、
探、惜四姊妹的姓名字號，都與他們的形象塑造、性格特徵、命運人生相關。」
〔註31〕而巧兒之名乃劉姥姥所贈，護花主人評曰：「劉姥姥取名巧姐，既補出
巧姐生日，又說『逢凶化吉，遇難成祥』，直伏一百十八回中事。」〔註32〕

　　此外，運用古代詩詞中的某些詩句來幫人物命名，也是《紅樓夢》中人
物命名的一大特色，「元春、迎春、探春、惜春」四春的名字也都取材於古詩
詞。林黛玉〔註33〕之名溯其本源是來自晏幾道的〈虞美人〉詞：「飛花自有牽
情處，不向枝邊墜。隨風飄蕩已堪愁，更伴東流流水、過秦樓。樓中翠黛含春
怨，閒倚欄杆遍。自彈雙淚惜香紅，暗恨玉顏光景、與花同。」詞句中的落花
飄零意境堪比黛玉的身世，她哀憐落花、感時淚流，其命運也如同落花一樣
飄零消逝。薛寶釵之名源於李義山的〈殘荷〉：「殘花啼露莫留春，光發誰非

〔註31〕 胡文彬：〈紅樓夢與中國姓名文化〉（《紅樓夢學刊》，1997 年，第三輯），頁
　　　　 91。至於「《紅樓夢》中的姓氏及其隱喻性、人物的命名藝術、主要人物的字
　　　　 號、僧尼道士的名號及優伶藝名以及人物名、字、號的藝術價值」等更加深
　　　　 入詳盡的研究，可參閱本論文頁 74～94。
〔註32〕 〔清〕護花主人、大某山民、太平閒人評：《紅樓夢三家評本》（上海：上海
　　　　 古籍出版，1988 年 2 月），頁 678。
〔註33〕 「林黛玉的四個名字，瀟湘妃子有斑竹淚、絳珠有血淚、黛玉和顰顰則愁眉
　　　　 淚眼，淚自貫穿其中，名字之間也互相映襯、互相關聯，使讀者能清晰地感
　　　　 知林黛玉對愛情的忠貞執著、深情纏綿，預感到其情路多災多難，她的愛情
　　　　 必將過早夭折的結局。」見歐麗娟：《大觀紅樓》（正金釵），頁 26。

怨別人。若但掩關勞獨夢，實釵何日不生塵。」〔註34〕其中「獨夢」二字與
她婚後命運相符。這種借用詩詞的句子來命名的方式，也就是將詩中的寓意
套用在該人物身上，詩的意境是悲是喜，也暗示人物最終的命運發展。

　　賈母的丫鬟鴛鴦，名叫鴛鴦，應該希冀夫妻和滿，如鴛鴦成雙成對，可
鴛鴦卻未能走入婚姻，選擇自盡殉主，以保自己周全。黛玉的丫鬟紫鵑，與
鴛鴦也同樣是用鳥類名稱命名。紫鵑對黛玉忠心不二，黛玉去世後，悲戚莫
名，使人聯想到「杜鵑啼血」的典故。

　　因此，除了人物的命名，人物的判詞、或詩句、或謎語等，都可以瞭解
到作者想要明示或暗示的寓意或讖語：

> 《紅樓夢》中的讖語豐富多彩，從應驗的方向性來分，可有正讖與
> 反讖兩種。讖語一般為正讖，預言與結果正面應驗。預言與結果反
> 向應驗時則是反讖，通靈玉上的「莫失莫忘，仙壽恆昌」和金鎖上
> 的「不離不棄，芳齡永繼」就是典型的反讖語。無法做到「莫失莫
> 忘」和「不離不棄」，他們的婚姻與壽命也就無法長久。〔註35〕

　　此外，作者在寫到「金陵十二釵正冊」時，也運用諧音的手法，杜撰了
「千紅一窟」茶與「萬艷同杯」酒，而其含意則是「千紅一哭」與「萬艷同
悲」，更清楚揭示紅樓女兒，最後也都沒有完美的結局。

三、鏡花水月夢連連，真假還無難回天

　　《紅樓夢》開篇時作者自云：「因曾歷過一番夢幻之後，故將真事隱去，
而借『通靈』之說，撰此《石頭記》一書也。」又說「此回中凡用『夢』、用
『幻』等字，是提醒閱者眼目，亦是此書立意本旨。」（第一回，頁1）因此，
《紅樓夢》藉由「無朝代年紀可考」（第一回，頁3），以及「假語存」、「真事
隱」、「甄家與賈家」這樣「真假」夾雜，或是借著大大小小的許多夢境經歷，
來對照現實人生，讓人有「鏡花水月」之慨。

> 曾有人統計，《紅樓夢》中一共描寫了大大小小三十二個夢，其中前
> 八十回寫了二十個夢。最長的夢是第五回賈寶玉夢遊太虛幻境，整
> 整寫了一回書，用了八千三百餘字，最短的夢是第十三回賈寶玉夢
> 中聽見秦氏死了，只用了十餘字。夢的形式也多種多樣，有性夢、

〔註34〕李商隱：〈殘花〉（《全唐詩》，16冊，540卷），頁6198。
〔註35〕胡聯浩：《紅樓夢愛情密碼》，頁17。

情夢、白日夢、托夢、幻覺等，夢的作用則有預示作用、警戒作用、因果報應等……。〔註36〕

《紅樓夢》裡最重要的一個夢，應該就是第五回賈寶玉神遊太虛之夢，他在薄命司那裡看見了正金釵、副金釵、又金釵簿冊，即是書中重要的三十六個女子的姓名，或是判詞與紅樓夢曲。只是當時寶玉年紀小（第五回時，寶玉十一歲），並不了解警幻仙子話裡的意涵，與那些文字或圖案的隱寓意義。

賈家作為「白玉為堂金作馬」的四大世族之一，主要依靠祖先的軍功發跡，因帶兵有功，賈太公的長子賈演和次子賈源，被封為寧國公和榮國公，為賈家奠下基業，並且依照法律的規定或皇帝的感念，將其恩澤庇蔭後代，子孫可以承繼世襲的官爵或者贈官，讓後代子孫可以輕鬆地獲得官職，讓賈府的政治命脈可以延續。

因為憑藉祖先的恩澤就可世襲官位，所以權勢或財富並非自己努力得來的，兒孫們不懂盛筵必散的道理，導致原先的鐘鳴鼎食之家，竟然一代不如一代，家族快速由興盛轉為衰敗。

不只賈家，四大家族中最早家勢衰退的是薛家。薛家為紫薇舍人薛公之後，薛家始祖可掌管宮中財權，因此既富且貴。寶釵祖父詩書文采，亦是朝中高官，到了寶釵父親這代，轉型為世襲的皇商，因為與皇室關係特殊，所以壟斷許多產業，產業遍佈天下各省。

身為四大家族中最富貴的一家，薛寶釵父親早逝，母親對於兒子薛蟠，「憐他是個獨根孤種，未免溺愛縱容些，遂致老大無成。」（第四回，頁71）比起妹妹寶釵的愛讀書和乖巧懂事，薛蟠就是個典型享樂、不懂營生的富家公子：

> 五歲上就性情奢侈，言語傲慢。雖也上過學，不過略識幾字，終日惟有鬥雞走馬，遊山玩水而已。雖是皇商，一應經濟世事，全然不知，不過賴祖父之舊情分，戶部掛虛名，支領錢糧，其餘事體，自有夥計老家人等措辦。（第四回，頁71）

〔註36〕胡聯浩：《紅樓夢愛情密碼》，頁 122。又根據魯彩蘋的統計，她根據前人總結的基礎上，進一步甄別，認為書中大大小小共寫了二十五個夢境，羅列出二十五個夢，又分別將這些夢在小說中的寫作目的，分為六大類。見魯彩蘋：《紅樓夢中的寫作管窺》，頁 30～56。至於《紅樓夢》裡到底寫了幾個夢，因為有些宛若恍惚之際的思緒，有些是夢中夢，或個人認知不同，所以常會導致統計時，出現一些數字上的落差。

雖為皇商之子，但薛蟠無心學習經商之道，終日不務正業。「自薛蟠父親死後，各省中所有的買賣承局、總管、夥計人等，見薛蟠年輕不諳世事，便趁時拐騙起來，京都中幾處生意，漸亦消耗。」（頁71）身邊的朋友或是家族生意夥伴，趁機佔便宜，經濟收入變少又被拐騙，自然家業逐漸蕭條。

後來薛蟠又經歷了兩次官司，第一次搶奪英蓮誤殺馮淵，在賈雨村的徇私枉法後，就花了些銀子快速將命案擺平。但是他沒得到教訓，寄居賈家時，更與賈璉、賈珍等人花天酒地、吃喝嫖賭，薛家只好慢慢的將店鋪、當鋪，一間間的賣出去，家境已大不如前。這時薛蟠又因打死酒店裡的夥計，惹上第二次官司，最後花了很多銀子疏通，才能將故意殺害改判成誤殺，直到一百二十回，薛家還得去借貸贖罪銀兩，薛蟠才重獲自由。至此，曾經「珍珠如土金如鐵」的薛家，只能勉強維持生活而已。

接著，賈家也開始步上薛家衰敗的後塵，尤其是在被抄家之後，不管家裡營生之事的賈政，才發現家中不僅銀兩早已虧空，之前賴以生存的大筆地租收入，也都到了寅吃卯糧的窘境了。

身為「東海少了白玉床，龍王來請江南王」的王家，祖先王公官至太尉，長孫世襲爵位，專管各國進貢朝賀之事，「粵、閩、滇、浙」所有的洋船貨物都是王家的，所以王家珍寶無數，富貴逼人。次孫王子騰初任京營節度使，後升為九省統制，後又加授九省都檢點，最後更入京任內閣大學士，是四大家族中政治權勢最高的一位。

但是，王子騰竟然在赴京就任內閣大學士的途中病逝了，家中的男子只剩下王子勝和王仁。對於他倆的為人處事，書中幾乎都沒有好的評價。賈母曾說：「二太太的娘家舅太爺一死，鳳丫頭的哥哥也不成人，那二舅太爺也是個小氣的，又是官項不清，也是打饑荒。」（第一百八回，頁1632）寶釵曾對寶玉說過「王家沒了什麼正經人了」（第一百十四回，頁1710）；「王子勝又是無能的人」（第一百十四回，頁1711）。賈璉曾經氣憤的跟王熙鳳說，王仁在外的名號是「忘仁」，可見此人評價不好，後來在鳳姐過世後，王仁的所作所為，連親外甥女都要陷害，真的與外面的「忘仁」評價相符。可見王家跟薛家一樣子孫不肖，後繼無人，家運快速走下坡。

《紅樓夢》裡最早實寫出紅顏早逝的女子是秦可卿，她在死前曾來到熙鳳夢裡說：

常言「月滿則虧，水滿則溢」；又道是「登高必跌重」。如今我們家

> 赫赫揚揚，已將百載，一日倘或樂極悲生，若應了那句「樹倒猢猻
> 散」的俗語，豈不虛稱了一世的詩書舊族了！……否極泰來，榮辱
> 自古周而復始，豈人力能可保常的。但如今能於榮時籌畫下將來衰
> 時的世業，亦可謂常保永全了。（第十三回，頁199）

秦可卿入夢來跟治理家業的熙鳳勸說，具有特殊的暗喻與警示作用。自古榮
辱富貴周而復始，目前興盛的家業不能確保永世不變，要有未雨綢繆的觀念，
不只是賈家，其他權盛一時的豪族世家也都一樣，否則百年基業，都可能會
樹倒猢猻散，快速由盛轉衰，如鏡花水月夢一場。可惜王熙鳳並沒有聽懂秦
可卿的夢裡暗示，無法幫賈家扭轉敗勢。

　　賈寶玉第二次重遊太虛幻境，他已歷過最疼愛他的奶奶去世的悲痛，此
時十二金釵也是死亡的死亡、出家的出家。此次再看到金陵十二金釵簿冊，
他了解簿冊上所說、所唱、所畫內容的真正涵義，正是這些女子的命運安排。
當寶玉夢醒後，他彷彿聽懂夢裡和尚的提示，生命無常，他要參加科舉應試，
回報答父母恩情後，拋卻凡塵。

> 不止「金陵十二釵」的命運多舛，書中人物多逃離不了悲劇性的結
> 局。所有的富貴、功名、美貌、情愛等世俗所欽羨之事，終究淪為
> 鏡花水月消逝無蹤。〔註37〕

《紅樓夢》又叫《風月寶鑑》，其書名典故主要源於第十二回「王熙鳳毒
設相思局，賈天祥正照風月鑑」，寫賈瑞色迷追求鳳姐，鳳姐兩次設圈套惡整，
賈瑞中計後生了重病，適逢跛足道人拿來一風月寶鑑，賈瑞不聽其勸，屢屢
偷看正面的鳳姐假象，最後體虛而亡：

> 通過跛足道人的介紹，說明風月寶鑑為何物，是何來歷，有何功效，
> 在道士的口中，這不是一面普通的鏡子，來歷不凡，有「濟世保生
> 之功」，作為實物的風月寶鑑是如此神奇，賈瑞的病拖了將近一年，
> 幾十斤草藥吃下去，不見任何起色，何以一面鏡子就能治好呢？《紅
> 樓夢》寓意深刻，不會憑空出現這麼一段描神畫鬼的情節，作品中
> 屢次出現太虛幻境、警幻仙子、仙姑、跛足道人、癩頭和尚，這些
> 情節人物也不是消遣之作，遊戲之筆。《紅樓夢》，以夢寫實，以假
> 語村言敷衍真實人生，所以這些夢幻、神奇的情節完全是作者寫實

〔註37〕請參閱筆者〈紅樓夢鏡意象研究〉之內容，收錄於《健行學報》，第35卷，
　　　　第1期，2016年1月，頁100。

的手段，是作者為了提醒讀者不要被表像迷惑的工具。〔註38〕

正如賈瑞曾魅惑於鏡子裡的美人熙鳳，他分不清現實人生和鏡中幻物，心有欲念，念茲想茲卻不可得最苦，終至喪失生命。寶玉曾在夢中看見甄寶玉，恰好甄寶玉也在做夢尋他（第五十六回），真假寶玉相會，分不清真假，還是互為對方的鏡中幻影。可是當賈寶玉親自與甄寶玉見面時，發現兩人志趣不同，「熱烈期盼的心情轉為冷淡失望。可見虛像可能是為幻像，真實成像可能是反倒戳破想像的空間，殘酷的把真相（像）顯露出來。」〔註39〕賈寶玉就從昔日心儀甄寶玉的幻鏡裡走出來。賈寶玉與他的所愛黛玉此生已陰陽兩隔，無緣締結連理，所以他選擇從虛幻的人生走出來，跟著跛足道人走進他追求的真世界。

江寶釵認為《紅樓夢》就是建立在「真」「假」二元對立概念下發展而來的：

> 《紅樓夢》這些二元對立元素基本上可以以真假這條線索加以統轄、整合，自然、女性、年輕、個人這個正面概念都與「真」相關，文化、男性、年長都與「假」相關，也就是說，種種對立概念都在真假這對概念下發展，形成「次概念」，「甄」「賈」寶玉、木石金玉緣盟等等。〔註40〕

賈寶玉第一次在「太虛幻境」看見一副「假作真時真亦假，無為有處有還無」的對聯。賈雨村偶遇一道士，見他面善，即問他是否為甄士隱，那道人說笑道：「什麼真，什麼假！要知道真即是假，假即是真。」（第一百三回，頁1582）當寶玉第二次進入太虛夢境，又看見「引覺情痴」匾額的兩邊出現「喜笑悲哀都是假，貪求思慕總因痴」（第一百十六回，頁1732）的對聯。故事結束前，空空道人在青埂峰上看見石上刻印的故事，又自言「真而不真，假而不假」。（第一百二十回，頁1798）

所以作者在書中不斷出現真與假的辯證，正指人生真假難辨，如鏡裡鏡外的萬物，總有一天會消逝無蹤，轉眼成空。就像昔日鐘鳴鼎食富貴之家紛紛衰敗，看似良緣佳偶總難恩愛白首。

〔註38〕蘇倩：〈論俞平伯的「鏡子說」與「風月寶鑒」〉（《語文學刊》基礎教育版，第9期），頁106。

〔註39〕請參閱筆者〈紅樓夢鏡意象研究〉，頁102。

〔註40〕江寶釵：〈論紅樓夢真假結構所呈現的思考特色〉，收錄於《真假愛情與悲劇：紅樓夢論文集》（臺北：文水出版社，2015年9月），頁42。

　　《紅樓夢》裡是個真假交疊的世界，大觀園是真而太虛幻境是假；但對現實世界而言，大觀園卻是個虛構的風花雪月世界。〔註41〕大觀園裡的女子，不論有無走入婚姻生活，人生最終也是什麼恩愛悲喜都得拋下，只剩下「落了片白茫茫大地真乾淨」。

小結

　　《紅樓夢》裡寫了許多丈夫與妻妾之間的婚姻生活，本章進一步探討，作者在描寫這些婚姻生活時，所運用的寫作手法。

　　首先，《紅樓夢》中描寫最詳盡的一場婚禮就是寶玉和寶釵的沖喜婚，一邊描寫喜慶的婚禮活動，一邊敘述黛玉病危到離世的情節，作者運用映襯對比的寫作手法，讓婚禮的喜悅和死亡的悲傷交錯並敘。對黛玉而言，死亡象徵「淚盡」，也就完成此生報恩任務，因此也不全然是個悲傷結局，相反的，透過婚禮締結為夫妻的寶玉和寶釵，卻很快地終結夫妻情緣，畫下分離的句點，婚禮的喜慶如鏡花水月般早已消失。綜觀書中走進婚姻的女子，有的年輕喪偶、有的病死、有的妻妾紛擾，眾多夫妻的情感早已轉移或消逝或昇華為親情，婚姻結局幾乎都是「死哀悲空」的悲劇收尾。

　　接著分析林黛玉、王熙鳳、薛寶釵這三位重要的女性角色，從她們的外貌、言談、行事態度、人格特質著手，探究她們的情感、婚姻，乃至於整個人生的發展，以及研究者對她們的外貌性格進行褒貶評價，當然也可以發現作者塑造這些形象或特質的背後，所要傳達的思想與理念。

　　最後，透過書中所描繪的婚姻關係和婚姻生活，歸結出《紅樓夢》作者敘寫婚姻百樣姿態，試圖在不同的人物角色和婚姻模式中，蘊含各種人生教化意義。

〔註41〕「曹雪芹在紅樓夢裡創造了兩個鮮明而對比的世界。這兩個世界，我想分別叫它們作烏托邦的世界和現實的世界。這兩個世界，落實到《紅樓夢》這部書，便是大觀園的世界和大觀園以外的世界。」余英時：《紅樓夢的兩個世界》（臺北：聯經出版事業股份有限公司，1978 年 1 月初版；2017 年 11 月二版），頁 41。

第六章　結　論

　　《紅樓夢》中有后妃帝王、奴僕、平民等各種婚配形式，其中以王爵世族一妻多妾的婚姻關係、門當戶對的聯姻嫡妻與妾室生活為主軸。小說中所呈現的各種婚俗法制，也是中國傳統婚姻的縮影，更呈現了眾多女性的生存模式與人生悲喜。

第一節　研究結果

　　本論文第二章探討《紅樓夢》的婚姻內容、類型、妻妾嫡庶紛爭。小說中的婚姻類型有后妃帝王、王爵世族、一般平民和奴僕等四種。在第一類后妃婚姻中，以賈元春嫁入皇室為代表，雖然貴為皇妃，卻進入一個最龐大的妻妾集團中，眾多女子共事一夫；元春最終因病在宮中結束短暫而孤單的一生。第二類是賈、史、王、薛的王爵世族之婚，是門當戶對、父母之命的婚姻類型。從史太君婚配賈代善開始，王夫人嫁賈政、王熙鳳嫁賈璉、寶釵嫁寶玉，賈敏嫁林如海、賈迎春嫁孫紹祖、夏金桂嫁薛蟠；婚姻成為鞏固家族政經地位的籌碼。

　　第三類是一般平民婚姻，僅描寫劉姥姥的女兒女婿和甄士隱夫妻。一夫一妻的庶民夫妻，沒有妻妾和嫡庶的紛爭，面臨的是現實中的經濟問題、養兒育女和姻親的磨合。第四類是眾多男女奴僕的婚姻，類型多元，但多受制於主子的發配安排。少數獲得主子恩典可以解除奴籍後，自行婚配；當然有些變成主子的小妾，成為半個主子。極少數歷自由戀愛的奴僕，婚姻之路也多走得坎坷。

　　《紅樓夢》王爵世族男子一妻多妾的婚姻，因共事一夫，產生了複雜的

妻妾問題。例如妻妾爭奪丈夫的寵愛，經濟月例和服侍奴僕人數等方面的不公平，而產生仇恨。妻妾情仇的糾葛，也延續到後代嫡庶子孫身上。

　　第三章探討《紅樓夢》裡的婚姻觀。包括「父母之命，媒妁之言」的傳統婚姻觀、自我追尋的愛情以及婚姻裡的無奈。

　　父母之命的婚姻，講究家世匹配。書中角色也有自己的婚姻觀：如柳湘蓮和蔣玉菡希望未來妻子能外貌與品性兼具；尤三姐、司棋、尤二姐與寶釵，她們對婚配男子的期待是有擔當、人品佳、能倚靠；至於賈母和王夫人，她們認為女子婚後的好壞都是命，只能靠忍讓的美德和雅量去解決婚姻問題。

　　第二節先探討婚前相戀的小紅和賈芸、邢岫煙與薛蝌，他們幸運延續婚前相愛的情愫，順利成為夫妻。書中有更多有緣無分的情侶，如賈薔與齡官、司棋和潘又安。襲人本是賈母為寶玉安排的屋裡人，可惜最後寶玉出家，襲人嫁給蔣玉菡。尤三姐在婚前見過柳湘蓮，心儀於他，但因她形象不佳，遭到退婚而剛烈自盡。薛蟠因夏金桂貌美而一見鍾情，但婚後才發現，嫁娶對象應該首重人品，婚姻才有可能長久。此外，薛寶玉和林黛玉的木石前盟，出現了「金玉良緣」的競爭者薛寶釵，最後木石情緣因黛玉去世、寶玉和寶釵成親宣告失敗，但金玉緣也因寶玉離家求道而幻滅。

　　第三節以婚姻中的無奈為主題，歸納出婚後的兩大悲劇結局，一為喪偶，一為同床異夢。在喪偶議題方面，主要聚焦在年輕寡居的女子如李紈、史湘雲、和丈夫失蹤的寶釵三人身上。在同床異夢方面，主要以薛寶釵與賈寶玉以及王熙鳳和賈璉，這兩對夫妻的婚生活加以探析。第四節特別針對書中一群獨身、未走入婚姻即死亡或出家的女子加以分析，以及她們未能步入婚姻的原因。

　　第四章討論《紅樓夢》裡的婚俗法制。《紅樓夢》裡的后妃帝王婚姻多採用選婚制度，像四大家族一樣的貴族世家和一般平民多用聘娶制度，至於書中數量龐大的奴僕婚配模式，除了主子的指定分配對象外，可能會透過買賣、強迫、贈婚等形式締結婚姻。在婚姻締結的條件方面，從《紅樓夢》中的描寫，來分析對照有關婚禮、婚齡、媒人、嫁妝等四個婚俗的重要內涵。

　　第二節剖析《紅樓夢》裡重要的婚姻法律，例如婚姻法律之禁止行為，例如良賤不婚、居喪不婚，以及中表親之婚。關於婚姻法律之身分不公，主要從《大清律例》裡的婚姻法，來分析婚姻法對男女性別不公，以及婚姻法對奴僕身分不公。依據《大清律例》中「夫毆妻」、「夫毆妾」和「妻妾毆夫」規定，以同樣的毆打事件來看，卻因妻子或丈夫的性別不同，或是妾與妻子

和丈夫的身分地位不同,而出現了不公平的懲罰。如熙鳳在盛怒時也不敢毆打丈夫,只能遷怒於妾室平兒和奴僕。至於婚姻法對奴僕不公,妾室若毆打主子夫妻,其罪罰遠比主子夫妻對妾施暴來的重刑,因為出身卑賤的妾室,與妻子的地位是極為不平等的。

第五章特別針對《紅樓夢》裡婚姻生活的寫作手法加以分析。首先討論書中最重要的一場婚禮描寫,就是寶玉和寶釵婚禮,作者在本該欣喜進行的婚禮描寫時,同步插敘黛玉病危到離世的悲傷情節,映襯對比的寫作手法,將死亡與婚禮,悲喜並進。接著分析婚姻中的夫妻情感轉移與消逝的問題,通常在丈夫迎娶妾室入門後,愛情多移轉到妾室身上,與妻子的情感多趨向平淡或轉換成親情;而李紈和史湘雲兩人皆因丈夫過世,導致她們青春守寡,夫妻情愛也被迫中斷。其次就林黛玉、王熙鳳和薛寶釵這三位女性角色,討論其個人特質、行事風格,以及其他角色給予她們的評論,脂硯齋、王希廉等人也給予她們不同的褒貶評價。

第三節歸納出婚姻中蘊含的人生教化,例如眾多富貴夫妻多無法恩愛白首,反而是像邢岫煙和薛蝌這樣平淡質樸的小夫妻,或是如王狗兒這樣的平民夫妻,日子雖清苦,卻努力不被外在環境影響,婚姻才能踏實穩健的往前走。至於書中很多人物的命名,作者或運用諧音、或是引用歷史典故、或是反面諷刺,早已暗藏他們的人生結局,金釵簿冊裡的女子多以悲劇退場。最後以鏡花水月、真假世界之慨,來作為婚姻生活或是人生的重要體悟。

本論文可歸納出二個研究結果:《紅樓夢》裡呈現了婚姻百態,以及婚姻的理想與教化涵義。

一、《紅樓夢》呈現婚姻百態

(一)婚姻裡的夫與妻妾,關係多元複雜

作者描寫出許多不同成因的婚姻類型,也是現實社會各類婚配關係的縮影。如賈元春嫁入皇室,後宮就屬於龐大的一夫一妻多妾的婚姻關係。若是父母之命的婚姻,一般多會遵循傳統六禮的婚俗進行。娶嫡妻的婚禮安排慎重其事,是給予岳家及新娘的基本尊重,若是納妾常便宜行事,有時只是長輩諾允知悉,就算被正名了。

《紅樓夢》裡許多出身「詩禮簪纓之族」的男子,他們扮演著人生不同的角色,如兒子或丈夫或父親。可惜他們多無法繼承祖先開創家業的志向,

既不能成為好兒子或好丈夫，對國家社會而言也無政治建樹，只是貪圖享樂的走往「花柳繁華地，溫柔富貴鄉去安身樂業」，讓家族功業代代的衰敗下去。

《紅樓夢》裡出現的女子角色多元豐富，她們有些也同樣出身富貴，在父母的安排之下，嫁作人婦，她的身分從一個女兒，變成妻子和媳婦，等到婚後生兒育女，她就成為一位母親，等到兒女婚嫁時，她又轉換為婆婆和岳母的身分。

對於這群妻子來說，與丈夫的愛情可能曾經短暫存在過，但漸漸在日常生活中消磨殆盡；或是因為丈夫迎娶妾室入門，讓她的婚姻生活也失去了原來的歡愛。她們的精神寄託早已從丈夫的身上，移轉到養育子女以及家族的瑣事上，大約要等到向賈母一樣的年紀或資歷時，才能較為釋然的放下自己的家庭重擔[註1]。

《紅樓夢》裡賈府以及四大家族眾多男子的婚姻，多屬於一妻多妾的安排。鳳姐雖然個性剛強有主見，但對家中長輩親屬，基本禮儀還是不敢逾越，夏金桂是書中唯一一個敢對婆婆、小姑大聲爭辯的媳婦，薛家在她嫁進門之後，終日爭鬧不休。

（二）婚姻內外的愛恨情仇，刻畫人性與命運

《紅樓夢》裡幾乎都從妻或妾的角度來敘寫婚姻生活，多數的丈夫總是在重要家庭活動如宗族祭典或婚喪喜慶裡才會出現，平日不事生產；或是婚後不改好色貪淫本性，繼續拈花惹草，少見他們與妻子的情感溝通，通常都是商討家務或是小孩的問題。

賈璉與王熙鳳，薛蟠與夏金桂這兩對夫妻，是書中最常起衝突的夫妻。賈璉一妻三妾，嫡妻熙鳳個性坦率潑辣，利用秋桐去陷害尤二姐。平兒當了妾也還是奴僕，她聰慧又懂忍讓，對熙鳳也忠心不移。薛蟠先納香菱為妾，後娶夏金桂為嫡妻，金桂看似理想美眷，卻因蠻橫自私的個性，婚後仍處處爭強，家中成員都深受其苦。

《紅樓夢》裡的小妾中，最讓人爭議的就是趙姨娘，她為賈政生育賈探

〔註1〕曼素恩認為：「老化的過程為許多精英婦女帶來了休息的機會，使她們能夠從婚姻、生兒育女、以及侍奉公婆的操勞與情緒紛擾中脫身。」曼素恩（Susan Mann）著、楊雅婷譯：《蘭閨實錄：晚明至盛清時的中國婦女》（臺北：遠足文化事業股份有限公司，2005年11月），頁154。但縱貫全書，已步入中年的幾位女性，恐怕到了老年，也無法像賈母一樣可以如此尊榮的過完一生。

春和賈環，也引發嚴重嫡庶糾葛。妻與妾共事一夫，站在情感的角度上來看是極不人道的，像尤氏和邢夫人這樣看似能與小妾相處和樂的嫡妻，實屬少數。而像秋桐、寶蟾這樣性格的小妾，若是繼續留在夫家生育子女，應該也會跟趙姨娘一樣，成為心狠手辣又爭寵的女子了。

不管從現實的家居生活或是從法律、經濟或情感對待的角度來看，妻與妾的地位明顯不公，以王夫人和趙姨娘為例，兩人從月例和服侍的奴僕數量極度不公，更嚴重的是來自於家庭成員的不公平情感對待，賈母、邢夫人、王熙鳳等甚至是家中奴僕，也都十分明顯喜歡寶玉二爺勝過賈環三爺。這種種的不平等對待，讓趙姨娘更加費盡心思的對付寶玉，心想如果沒有寶玉，她的兒子賈環才有出頭的機會。

周姨娘溫和不欺人的個性，比趙姨娘來得讓人喜歡，但她完全沒有生育子女，在榮國府相當弱勢。妾室若沒有生育子嗣，想必壓力一定很大。趙姨娘雖為姨娘，但有兒有女，尤其又有賈環一子，讓她感覺有了與嫡子寶玉比拼的籌碼，而無法安分守己、踏實過日，最後導致貌似中邪、精神錯亂而亡。

《紅樓夢》中因為一夫多妾而衍生出嫡庶兒女的問題，最後導致家族與個人的爭執與無奈。至於《紅樓夢》少見的平民婚姻，如劉姥姥的女兒女婿和甄士隱夫妻，都是一夫一妻，他們沒有妻妾爭寵、嫡庶不公的問題，但是要面對的柴米油鹽、生活營利的現實問題。

至於像妙玉、惜春、紫鵑、芳官、蕊官、藕官等人因出家而未走入婚姻，或是像黛玉、晴雯因病離開人世，而鴛鴦、張金哥、司棋、尤三姐等人，則因生命所求終不可得，寧願自盡求全。這群女子都在婚姻之外嶄露自己最真實的愛恨情感，這也是她們對於人生的最終堅持與執著。

（三）婚姻裡的其他家人〔註2〕，情感親疏有別

《紅樓夢》裡婚姻的締結主體是一男一女，若是一妻多妾，或是已生育

〔註2〕此處所說的「家人」，是指家中有血緣或婚姻關係下產生的親人，也是一般通俗的用法。但根據游師秀雲的研究指出：「《紅樓夢》中的『家人』一詞，並非指以血緣或婚姻為基礎的家庭成員，而是眾多分擔家庭事務的僕人。『家人』指涉家僕的大量用法，始自明代官方文書，在明末清初的小說中也大量出現。」「如《紅樓夢》即以『家人』指奴僕，描寫了清代旗人世家許多有名有姓，有個性形象的『家人』。」請參閱〈紅樓夢中的「家人」〉，《銘傳大學 2016 年「中國文學之學理與應用」國際學術研討會論文集》，2016 年 4 月出版，銘傳大學應用中國文學系（所）編印，頁 1～32。

子女的家庭，家庭成員就會再擴充。

　　婚姻的重要目的之一就是「下以繼後世」，也就是生兒育女、繁衍後代，尤其父系社會重視家族的血脈傳承，所以生育兒子尤顯重要。在賈府的嫡長子寧國公支脈中，賈敬傳承賈珍，賈珍的元配已過世但育有一子賈蓉，不過他仍需再納繼室與小妾，為他的家族開枝散葉、興盛子孫。賈珍有一個手足妹妹惜春，但年齡差距多，且她自幼住在賈母與王夫人身邊，所以兄妹沒太多情感的交流。

　　至於榮國府，賈母育有二子一女，所以家族成員較為龐大，親屬關係也較為複雜。邢夫人和王夫人是賈母的媳婦，但賈母與二子賈政這房同住。書中也有很多對婆媳關係，尤其是賈母，年歲、輩分最長，眾媳婦與女眷們，在生活起居上，都時時從旁張羅陪伴。

　　邢夫人不是賈璉的親生母親，所以她雖是熙鳳的婆婆，但王夫人是熙鳳的姑姑，所以鳳姐跟王夫人感情較親密，而她僅在表面尊敬邢夫人。王夫人是李紈的婆婆，她心疼媳婦年輕守寡，也疼愛長孫賈蘭，在經濟上也給予較多的幫襯。比起黛玉，王夫人更喜歡親外甥女寶釵，寶釵能成為她的兒媳婦可是親上加親。

　　書中唯一一對婆媳關係極度不睦的，就是薛姨媽和媳婦夏金桂。夏金桂自幼驕縱，沒想到婚後仍不收斂本性，加上薛蟠早納香菱為妾，導致她醋心大發，也多次對婆婆和小姑寶釵發生言語上的衝突。

　　賈璉只有一位同父異母的妹妹迎春，迎春自幼跟兩位堂妹惜春和探春一同住在賈母那邊，所以兄妹也不熱絡，反倒是寶玉跟探春感情融洽。姐姐元春自幼教寶玉讀書，十分疼愛這個弟弟。寶玉和庶妹探春的感情，比探春和賈環這對親姐弟更親密。此外，寶玉跟庶出弟弟賈環，幼時也沒太多摩擦，反倒是年歲漸長，經由趙姨娘的教養，催化了賈環嫉妒和厭惡哥哥的心，導致他還曾故意用油燙傷哥哥。至於賈蘭，因為是家中最年幼的孩子，又憐惜他自幼失怙，大家都疼愛他。

　　經由婚姻關係，一個大家庭會多了許多家人，有些是有血緣關係的家人，但縱使是手足關係，也有異母或異父的兄弟姊妹，更多是無血緣的家人，如公婆、岳父母、繼父母、妯娌、兄嫂……等。

　　《紅樓夢》寫婚姻百態，也因為家族成員繁多，出現的家人也比一般家庭來得複雜。有些朝夕相處、感情親密；有些關係平淡，交集不多；有些則感

情不睦，適合敬而遠之。

　　鳳姐與平兒既是妻妾也是主僕關係，平兒對鳳姐又恭又尊，情意深長，連鳳姐病了窮了都願意陪在她身邊，也願意承諾照顧她女兒。像尤氏和尤二姐是無血緣的繼姊妹關係，但是，當尤老娘帶著兩位妹妹來投靠她時，她還是基於家人的名分而收留她們。此外，如封肅和甄士隱、賈赦和孫紹祖的翁婿關係，都因為錢財的緣故，連帶破壞了女兒和父親的親情關係。至於賈珍、賈蓉和賈璉三人，平常關係連結就是吃喝嫖賭，也非理想的增進家人情感的方式。

　　總之，與婚姻中的其他家人的相處，也是婚姻生活中很重要的親屬交際。除了平日的相處時間長短、本身興趣與思想是否相近、利益關係是否相同、家人情感或經濟上的對待否公平，都可能影響夫妻或是家人感情，甚至是家族發展。

二、《紅樓夢》蘊含婚姻理想與教化

（一）婚姻裡的理想成真與幻滅

　　分析《紅樓夢》裡的婚姻現象，發現有人訴說了他們內心對於愛情、對於婚姻的理想與婚姻觀。出身四大家族之一的賈母嫁給賈代善，她年輕守寡，丈夫也曾納有多名小妾。她曾說過：「模樣性格兒難得好的。」或許要跟賈家子弟談婚論嫁的對象，根基也不能真的太差，但是性格首推第一，畢竟夫妻和睦相處才能幸福。

　　賈母真心疼愛黛玉這位外孫女，只是擺在眼前的現實考量，黛玉健康不佳，寶玉又心神混亂，當務之急選擇寶釵舉辦個沖喜婚，也是疼愛孫子的賈母第一心願：

> 終身大事，其實是命運問題。大觀園裡的姊妹，不管是為人妻妾或
> 為人奴婢，實則不時都在問這個問題嗎？賈母不娶黛玉為孫媳，並
> 非突然厭惡黛玉所致，而是她更關愛寶玉，必須替他討一房身無微
> 恙，又可以操持家務的媳婦，如此才能傳宗接代，不致絕後。〔註3〕

　　賈母一生應該看過許多夫妻間悲歡離合的故事，她或許也曾衷心想要兩位心愛的晚輩能締結連理。所以寶玉和黛玉無法結成良配，不是法律上中表

〔註 3〕余國藩著、李奭學編譯：〈紅樓夢裏的自我與家庭——林黛玉悲劇形象新論〉（《中外文學》，第 19 卷，第 6 期，1990 年），頁 116。

親禁婚所限制，也非誰的阻撓，只能怪兩人此生的命運安排，無法完成木石前盟。

步入婚姻超過三十年的王夫人，以傳統儒家思想和個人體悟，道出許多理想婚姻的幻滅原因，也希望新婚夫妻能明瞭，要學會忍讓才能婚姻長久。

司棋和表弟潘又安情投意合，但戀情受阻，當他倆追尋愛情不可得，雙雙選擇以死明志，保全了他們對於愛情的忠貞。尤二姐嫁給賈璉，以為找到了終身依靠，可惜元配熙鳳善妒，讓她在婚姻中痛苦無助，最後自盡而亡，不但婚姻美夢破碎，還將性命陪葬。寶釵也曾對寶玉說過，他是她的終身倚靠，也想跟他白頭偕老，但寶玉選擇切斷這個姻緣，讓寶釵獨守空閨。蔣玉菡的婚姻理想是夫妻能相互欽慕共同成長，非一般世俗的外貌或經濟條件，他想要的是一生一世的夫妻關係。

《紅樓夢》裡稱得上是幸福的夫妻是薛蝌和邢岫煙，他們的長輩又願意做主，這是客觀條件；他們的個性一位安貧一位忠厚，又互有愛意，最後成就理想的婚姻。

平凡如王狗子夫妻在面對家計問題時，雖有很大的精神壓力，但夫妻願意齊心面對問題、解決問題，夫妻關係也比四大家族裡的好多貴族婚姻來的平實美滿。所以婚姻裡的理想，絕非只有愛情，還要有共同付出的責任與目標。

（二）婚姻責任之承擔與逃避

對於《紅樓夢》裡的眾多男女，我們可以歸類出許多因結婚而衍生出來的婚姻責任，比如像是孝敬公婆、照顧丈夫、養兒育女、操持家務、維持生計等。賈府的諸位媳婦，對最年長的賈母，總能恭敬服侍、順承心意。侍奉公婆是媳婦的重要職責，賈母身邊有八位丫鬟可以張羅家居等隨身照顧的工作，但只要賈母出現的場合，王夫人、邢夫人等人，就會左右服侍，展現對賈母的孝心與尊敬。至於養兒育女方面，寡居的李紈，年紀輕輕就要自己養育遺腹子賈蘭，寶釵未來的生活也是如此，但身為賈府的母親，幸運的還有奶媽與丫鬟幫忙照顧小孩，也不須擔心家中經濟問題。相較起來，王狗兒的妻子需要照顧丈夫與兒女，還得親自家務勞動等事，又得擔心家計用度，十分辛苦。

王狗兒家平日務農也會另謀生計，但仍入不敷出。當他惱怒不知如何改善家中經濟時，丈母娘劉姥姥挺身幫他去賈府借貸。當甄士隱離家求道未歸之後，她的妻子「日夜作些針線發賣，幫著父親用度」，所以書中的平民百姓男子如王狗兒，願意承擔婚姻生活的經濟責任，而甄士隱面臨愛女失蹤、生

活困頓、志氣難伸之時，選擇求道而去，反而獨留妻子設法謀生、補貼娘家。

　　賈府或四大家族的成員，一般來說並不需擔心家中經濟問題，他們靠著公家的供給以及月例的發放，大多可以安穩過一生。但若是真的生活所需，連寶釵在婚前也願意「留心針黹家計等事，好為母親分憂解勞」（第四回，頁71）。但反觀賈府男性，平日聚眾吃酒賭博，除了幾位領有官俸，其他並沒有肩負起治家理財的家庭責任。說到養兒育女的責任，自古以來，母親總發揮母愛對子女極力呵護，當巧兒得水痘時，鳳姐內外張羅，希望可以幫助女兒順利恢復健康。此時，賈璉被要求齋戒，他卻趁機勾三搭四，絲毫不見為女兒齋戒求福的心意。

　　所以，賈府對外來看是鐘鳴鼎食之家，但自從寧國公、榮國公奮勇殺敵，獲取軍功後，賈府的男性享受著祖父輩流血流汗所建立的世襲功業，不須努力便可承繼官爵和經濟資源，他們幾乎不事生產，只顧享樂，賈政稱得上是賈家少數願意認真工作營生的男子。如果家族要興盛，婚姻要長久，後代子孫豈能「一代不如一代」。

　　護花主人總評論賈府的男性：「賈敬、賈赦無德無才，賈政有德無才，賈璉小有才而無德，賈珍亦無德無才，賈環無足論，寶玉才德另是一種，於事業無補。」[註4] 這些家世優越的官爵男子，才德無法兼備，絕非值得終身依靠的良人，婚配對象的品性才是第一考量的條件。[註5] 也就是說，婚姻幸福與否，和家世、外貌無絕對相關，應以婚配對象的人品、責任和道德感有關。

　　既然婚姻首重家族血脈傳承，子孫人格與品性的養成格外重要，所以家族更應著重子女的家庭教育。

　　賈府有自己的私塾，但子弟讀書不是很用心，常發生爭執打鬧事件。賈

〔註4〕〔清〕曹雪芹、高鶚著，〔清〕護花主人、大某山民、太平閒人評；《紅樓夢》（三家評本）（上海：上海古籍出版社，2007年5月，六刷），頁15。
〔註5〕同上註，頁15～16。護花主人總評中對於論賈府的女性的評價：「邢夫人、尤氏無德無才，王夫人雖是有德，而偏聽易惑，不是真德，才亦平庸。至金陵十二釵：王鳳姐無德而有才，故才亦不正；元春才德固好，而壽既不永，福亦不久；迎春是無能，不是有德；探春有才，德非全美；惜春是偏僻之性，非才非德；黛玉一味癡情，心地褊窄，德固不美，祇有文墨汁才；寶釵卻是有德有才，雖壽不可知，而福薄已見；妙玉才德近於怪誕，故陷身盜賊；史湘雲是曠達一流，不是正經才德；巧姐才德平平；秦氏不足論：均非福壽之器。」紅樓女子也有許多性格或處世上的缺點，但是小說中的男子多因為自己風流的本性，讓婚姻變得更不理想，也導致婚姻裡的女人痛苦比男人多。

家的女兒與其他貴族小姐一樣，多讀啟蒙識字、女教之書，平日也要求針黹女工之學。賈家後代男子依賴世襲或買官，常終日花天酒地、賭博玩樂，家道快速衰敗落。除非如賈寶玉，因家族面臨無官可襲的窘境，所以被要求必須參加科考，來延續家族政治與經濟命脈。

李紈身為年輕寡母，賈母特別委託鳳姐給她較多的月例和其他營收，以支援她孀居與獨力教育兒子的重責大任。對於後代子嗣的教育是非常重要的，薛蟠和夏金桂就是最好的例子，兩人皆幼年失怙，使得寡母特別溺愛，順其本性，導致薛蟠終日遊樂，也沒學會做生意的工夫，還犯下兩椿命案；夏金桂的脾氣更是強悍，婚後容不了小妾香菱，對自己的陪嫁丫鬟也是暴怒暴打，連自己的小姑和婆婆都是一再頂嘴不敬，若家有惡媳，以後子孫的教育問題恐怕也很嚴重。

縱使家貧，也能教養出如邢岫煙一樣溫柔善良、知書達禮、端莊穩重的女兒。賈母曾稱讚過李紈和寶釵，兩人也和邢岫煙一樣「受得富貴，耐得貧賤」，只是薛蟠與寶釵來自同一家庭，兩兄妹的心性和做事態度截然不同，可能是母親自幼特別寵溺薛蟠，未能及時在幼年時給予正確的做事規範和約束，而寶釵資質較高，個性溫柔體貼、孝順，才能謀事有節、行事有度，在賈府贏得眾人的喜愛。

紅樓中諸多走入婚姻的女子，婚姻多以悲劇收尾，書中所寫寶玉和寶釵婚禮，將死亡的悲傷與婚禮的喜悅並敘，似乎也諷諭人生本是悲喜交疊。現實生活裡的男女，在面對婚姻選擇或困境時，能否有足夠的智慧或堅定的信念，去挑戰問題、排除困難，還是消極地選擇逃避或放棄，或是宿命論的無奈接受？這些都是《紅樓夢》裡各式各樣的婚姻現象，所蘊含的種種教化意義。

第二節　未來展望

本論文旨在爬梳《紅樓夢》所呈現的各種婚姻現象，在研究的過程中發現，未來可以再深入開展的方向有二：

一、以《紅樓夢》故事為本，參酌其他小說創作再深入研究

《紅樓夢》內容博大精深，主題繁多，各項研究題材皆有可觀之處，是以《紅樓夢》中婚姻現象入門，在研究的過程中主要以小說內容為基礎文本，

若能再參酌其他小說創作如《金瓶梅》、《聊齋誌異》、《鏡花緣》等內容，佐以輔助或對照，便可將《紅樓夢》裡所敘寫的一些法律制度，或社會風俗加以釐清，到底是作者借古虛托其事，還是當時社會確實有這樣的風俗或制度存在。例如《聊齋誌異》裡寫道寄生與表妹閨秀和另一女子發生的愛情故事，裡面就牽涉到中表親的問題，以及娶親婚俗和妻妾的安排，若能將進一步梳理《紅樓夢》前後時期的小說創作，想必可以更加澄清作者創作的真與假，以及用意為何。

二、參照更多《紅樓夢》評本，進一步探析作者的創作意涵

本文以曹雪芹前八十回《紅樓夢》，與高鶚校訂後四十回本為研究範圍，主要以馮其庸等校注的《紅樓夢校注》為研究文本，若在能力及時間允許下，可更加詳盡的參酌更多脂硯齋的脂評和王希廉、姚燮、張新之的三家評本或馮其庸纂校的《八家評批紅樓夢》等評論，來作為參照引用，讓未來的研究可加深加廣鑽研，也更能多角度地探析作者的創作意涵。

徵引文獻

一、基本史料與文本

1. 〔漢〕許慎著、〔清〕段玉裁注：《圈點段注說文解字》（臺北：萬卷樓出版社，2002 年 8 月，再版）。

2. 〔漢〕許慎撰、〔清〕段玉裁注：《說文解字注》（臺北：頂淵文化事業有限公司，2003 年 8 月）。

3. 〔漢〕劉熙：《釋名·釋喪制》。收錄於《欽定四庫全書》本。

4. 〔清〕阮元：《十三經注疏》（臺北：藝文印書館，1985 年）。

5. 《十三經注疏》《禮記正義》（臺北：台灣古籍出版公司，2001 年）。

6. 〔清〕趙爾巽等撰，啟功等點校：《清史稿》（北京：中華書局，1977 年）。

7. 〔清〕徐本、〔清〕三泰：《大清律例》。收錄於《欽定四庫全書》本。

8. 〔清〕隆科多等奉勅纂修：《大清會典（雍正朝）》（清雍正年間刻本）。

9. 〔清〕陳立：《白虎通疏證》（北京：中華書局，1994 年）。

10. 〔清〕《欽定大清通禮》。收錄於《摛藻堂四庫全書薈要》本。

11. 〔清〕曹雪芹、高鶚著，〔清〕護花主人、大某山民、太平閒人評：《紅樓夢三家評本》（上海：上海古籍出版社，1988 年 2 月）。

12. 馮其庸纂校：《八家評批紅樓夢》（北京：文化藝術出版社，1991 年 9 月）。

13. 曹雪芹、高鶚原著，馮其庸等校注：《紅樓夢校注》（臺北：里仁書局，2003 年 2 月，七刷）。

14. 曹雪芹原著、陳慶浩編著：《新編石頭記脂硯齋評語輯校》，（臺北：聯經出版事業公司，2011 年 3 月，二版二刷）。

二、專書與論文集（按作者姓氏筆畫做為排列順序）

1. 王志剛、張少俠編著：《紅樓法事》（蘭州：甘肅人民出版社，1989 年 8月）。

2. 王昆侖（太愚、松青）：《紅樓夢人物論》（臺北：里仁書局，2000 年 1月，初版五刷）。

3. 王夢阮、沈瓶庵：《紅樓夢索隱》（北京：北京大學出版社，2011 年 1 月）。

4. 尹伊君：《紅樓夢的法律世界》（北京：商務印書館，2007 年 7 月）。

5. 林侑儒：《大清律例「妻妾毆夫」條之規範分析與司法實踐》（臺北：元照出版公司，2020 年 2 月）。

6. 白先勇：《白先勇細說紅樓夢》（臺北：時報文化出版企業股份有限公司，2018 年 3 月，二版一刷）。

7. 白先勇：《正本清源說紅樓夢》（臺北：時報文化出版企業有限公司，2018年 7 月）。

8. 李鴻淵：《紅樓夢人物對比論》（杭州：浙江大學出版社，2011 年 12 月）。

9. 李貞德主編：《中國史新論——性別史分冊》（臺北：聯經出版事業有限公司，2009 年 5 月）。

10. 何永康主編：《紅樓夢研究》（北京：中華書局，2011 年 1 月）。

11. 余新忠：《中國家庭史——第四卷明清時期》（廣東：廣東人民出版社，2007 年 4 月）。

12. 余昭：《紅樓人物的人格論解》（臺北：刻印出版有限公司，2008 年 1 月）。

13. 吳存浩：《中國民俗通志——婚嫁志》（山東：山東教育出版社，2005 年3 月）。

14. 余英時：《紅樓夢的兩個世界》（臺北：聯經出版事業股份有限公司，1978年 1 月初版；2017 年 11 月二版）。

15. 周德鈞、丁長清：《皇族婚媾》（臺北：文津出版社有限公司，1996 年 10月）。

16. 周錫山：《紅樓夢的奴婢世界》（太原：北嶽文化出版社，2006 年）。

17. 周汝昌：《紅樓夢與中國文化》（臺北：東大圖書股份有限公司，2007 年，二版一刷）。

18. 周思源：《周思源看紅樓》（臺北：大地出版社，2007 年 10 月）。

19. 胡聯浩：《紅樓夢愛情密碼》（北京：時代出版傳媒股份有限公司，2011 年 3 月）。

20. 侯會：《向賈寶玉學做上流人——看紅樓夢中的物質世界》（臺北：遠流出版事業股份有限公司，2018 年 3 月）。

21. 俞平伯：《俞平伯論紅樓夢》（香港：上海古籍出版社，1988 年 3 月）。

22. 馬玉山：《中國古代人口買賣》（臺北：臺灣商務印書館，1999 年 2 月）。

23. 夏桂霞：《紅樓夢鏡像下的清朝禮制文化》（北京：中國經濟出版社，2013 年 5 月）。

24. 孫軼旻：《紅樓收藏》（臺北：時報文化出版企業有限公司，2004 年 6 月）。

25. 啟功編著：《啟功說紅樓》（香港：中華書局（香港）有限公司，2007 年 2 月）。

26. 康來新：《石頭渡海：紅樓夢散論》（臺北：漢光文化事業公司，1985 年 2 月）。

27. 理查・波斯納著、楊惠君譯：《法律與文學》（臺北：商周出版社，2002 年）。

28. 常建華：《婚姻內外的中國古代女性》（北京：中華書局，2006 年 5 月）。

29. 陳美玲《紅樓夢中的寧國府》（臺北：文津出版社有限公司，1999 年 5 月）。

30. 陳美玲：《紅樓夢裏的小姐與丫鬟》（臺北：文津出版社有限公司，2001 年 8 月）。

31. 郭玉雯：《紅樓夢人物研究》（臺北：里仁書局，1998 年 9 月）。

32. 郭松義：《倫理與生活：清代的婚姻關係》（北京：商務印書館，2000 年 8 月）。

33. 曼素恩著，楊雅婷譯：《蘭閨寶錄：晚明至盛清時的中國婦女》，（臺北：遠足文化事業有限公司，2005 年 11 月）。

34. 馮爾康：《中國古代宗族與祠堂》（臺北：臺灣商務印書館，1998 年 9 月）。

35. 馮爾康：《生活在清朝的人們：清代社會生活圖記》（北京：中華書局，

2005 年 3 月，二刷）。

36. 程郁：《清至民國蓄妾習俗之變遷》（上海：上海古籍出版社，2006 年版）。

37. 楊家駱主編：《續幽怪錄》（臺北：世界書局，1997 年 3 月，十一刷）。

38. 經君健：《清代社會的賤民等級》（北京：中國人民大學出版社，2009 年 11 月）。

39. 歐麗娟：《詩論紅樓夢》（臺北：里仁書局，2001 年 1 月）。

40. 歐麗娟：《紅樓夢人物立體論》（臺北：里仁書局，2006 年 3 月）。

41. 歐麗娟：《紅樓一夢：賈寶玉與次金釵》（臺北：聯經出版事業股份有限公司，2007 年 10 月）。

42. 歐麗娟：《大觀紅樓》（綜觀卷）臺北：國立臺灣大學出版中心，（2014 年 12 月）。

43. 歐麗娟：《大觀紅樓》（母神卷）（臺北：國立臺灣大學出版中心，2015 年 9 月）。

44. 歐麗娟：《大觀紅樓》（正金釵）（臺北：國立臺灣大學出版中心，2017 年 8 月）。

45. 蔡元培：《石頭記索隱》（上海：上海三聯書店，2014 年 4 月）。

46. 劉翠溶：《明清時期家族人口與社會經濟變遷》（臺北：中央研究院經濟研究所，1992 年 6 月）。

47. 鄭鐵生：《紅樓夢敘事藝術》（北京：新華出版社，2011 年 12 月）。

48. 魯迅：《魯迅小說史論文集》（臺北：里仁書局，2006 年 9 月，一版三刷）。

49. 魯彩蘋：《紅樓夢中的寫作管窺》（蘭州：甘肅人民出版社，2016 年 4 月）。

50. 瞿同祖：《中國的法律與社會》（北京：中華書局，2000 年 10 月，初版五刷）。

51. 薩孟武：《紅樓夢與中國舊家庭》（臺北：三民書局股份有限公司，2018 年 6 月，三版一刷）。

52. 譚立剛：《紅樓夢社經面面觀》（臺北：新文豐出版股份有限公司，1991 年 12 月）。

53. 羅湛德：《紅樓夢的文學價值》（臺北：東大圖書有限公司，1991 年 8 月，增訂初版）。

54. 嚴明：《紅樓釋夢》（臺北：洪葉文化事業有限公司，1995 年 12 月）。

55. 嚴明：《紅樓夢與清代女性社會》（臺北：洪葉文化事業有限公司，2003年6月）。

56. 龔鵬程：《紅樓夢夢》（臺北：臺灣學生書局，2005年1月）。

三、學位論文（按畢業年度先後排列）

（一）博士論文

1. 胡龍隆：《文學、道德與法律的辯證——以包公故事為例》（輔仁大學比較文學系博士論文，2008年）。

2. 江佩珍：《儒家文化與紅樓夢性別意識》（東華大學中國語文學系博士論文，2014年）。

（二）碩士論文

1. 彭毓淇：《丫鬟與小姐之互動關係研究——以紅樓夢為主的論述》（清華大學中國文學系碩士論文，2004年）。

2. 郭潔：《試論清代妾在家族中的民事法律地位》（蘇州大學碩士論文，2008年）。

3. 王靜嫻：《包辦婚姻的歷史發展》（高雄師範大學回流中文碩士班，2009年）。

4. 陳玟錦：《台灣傳統婚俗與禁忌之研究》（長榮大學台灣研究所碩士論文，2009年）。

5. 梁瑞雅：《紅樓夢的婚與非婚》（中央大學中國文學系碩士論文，2009年）。

6. 于婷婷：《論紅樓夢裡的愛情、婚姻和家庭問題》（遼寧師範大學中國文學碩士論文，2012年）。

四、期刊論文（按作者姓氏筆畫做為排列順序）

1. 丁如盈：〈紅樓夢鏡意象研究〉之研究（《健行學報》，第35卷，第1期，2016年1月）。

2. 毛立平：〈清代的嫁妝〉（《清史研究》，2006年2月，第1期）。

3. 江寶釵：〈論紅樓夢真假結構所呈現的思考特色〉（《真假愛情與悲劇：紅樓夢論文集》（臺北：文水出版社，2015年9月）。

4. 余國藩著、李奭學編譯：〈紅樓夢裏的自我與家庭——林黛玉悲劇形象新

論〉（《中外文學》，第 19 卷，第 6 期，1990 年）。

5. 定宜莊：〈清代滿族的妻與妾制度探析〉（《近代中國婦女史研究》，1988 年 8 月，第 6 期）。

6. 胡文彬：〈紅樓夢與中國姓名文化〉（《紅樓夢學刊》，1997 年，第三輯）。

7. 郭松義：〈清代的納妾制度〉（《近代中國婦女史研究》，1996 年 8 月，第 4 期）。

8. 許玫芳：〈紅樓夢中襲人轉蓬般之性命〉（《師大學報》人文與社會類，第 50 期，第 1 卷，2005 年）

9. 游秀雲：〈紅樓夢中的「家人」〉（《銘傳大學 2016 年「中國文學之學理與應用」國際學術研討會論文集》，2016 年 4 月出版）。

10. 游秀雲：〈紅樓夢世家大族的管理〉（《銘傳一週》【929 專論】，2016 年 6 月 17 日）。

11. 趙婭、王引萍：〈別樣噓嘆，一樣悲哀──趙姨娘和尤二姐形象之比較〉（《青年文學家》，2011 年，第 3 期）。

12. 劉相雨：〈被侮辱與被損害的女性──論趙姨娘及中國古典長篇小說中的妾婦形象〉（《紅樓夢學刊》，2001 年，第三輯）。

13. 蘇倩：〈論俞平伯的「鏡子說」與「風月寶鑒」〉（《語文學刊》基礎教育版，2010 年，第 9 期）。